KB044374

정찬주 장편소설

시간이 없다

불광출판사

차
례

21세기 과학 시대에

선(禪)의 대중화, 세계화가

만개하기를 간절히 발원하며

이 책을 바칩니다.

프 롤 로 그

∞

이 무슨 도리인가?

정오의 부산 하늘에는 거대한 흰 구름과 먹구름이 나란히 떠 있었다. 맑을지 흐릴지 가늠할 수 없는 후텁지근한 날씨였다. 그래도 안국선원 안은 서늘한 공기가 감돌았다. 남산의 짙은 숲 그늘은 안국선원 건물 옆구리까지 내려와 있었다. 남산 정상에서 내려다보면 안국선원 건물은 산자락 끄트머리에 둥지를 틀고 있는 것처럼 보였다.

　　로버트 버스웰 교수는 안국선원 건물을 보는 순간 파격을 느꼈다. 한국의 전통 사찰 송광사나 해인사처럼 기와집일 것이라는 선입관이 순식간에 깨졌다. 안국선원 좌우에 자리한 직사각형의 중학교와 아파트 건물과도 전혀 달랐다. 안국선원은 한 개의 원형과 두 개의 타원형 건물로 이루어져 있었다. 그래서인지 광대무변한 우주 어딘가에서 날아왔을 것이라고 추측하는 미확인비행물체(UFO)를 연상시키기도 했다. 그러나 그런 연상은 공상과학의 영역이고, 텅 빈 충만의 진공묘유(眞

9

空妙有) 내지는 깨달음의 일원상(一圓相)을 형상화시킨 건물로 봐야 타당할 터였다.

로버트 버스웰 교수는 아내 크리스티나와 함께 안국선원 지하 주차장으로 들어섰다. 미국 햄프셔대학 종교학 교수이자 뉴욕 불광사 부주지인 혜민이 안내했다. 세 사람은 지하 주차장 복도에서 엘리베이터를 타고 곧장 2층 접견실로 갔다. 접견실에 들어서자마자 기다리고 있던 안국선원 선원장 수불과 신도회장 무량심 보살이 세 사람을 반갑게 맞았다. 안쪽 소파에 앉아 있던 수불이 말했다.

"간화선 수행하러 오신 것을 환영합니다."

"선원장스님, 저희들을 받아주셔서 감사합니다."

버스웰 교수가 두 손을 모으며 합장했다.

"마음을 냈으니 좋은 결과가 있기를 바랍니다."

수불이 미소를 지으며 격려했다. 버스웰 교수는 베이지색 반팔 남방에 바지를 입고 있었고, 그의 아내 크리스티나는 원피스 위에 반팔 흰색 카디건 차림이었다. 큰 창문 옆에 걸린 벽시계는 12시 30분을 가리키고 있었다. 간화선 집중수행은 오후 1시부터 하는 것으로 예고돼 있었다. 녹차와 다식이 다섯 사람 앞으로 각각 나왔다. 수불이 녹차 잔을 만지작거리며 짧게 법문했다.

"부산의 한 조간신문에 나왔더군요. 한진중공업 부산 영도조선소에서 우리나라 기술로 건조되는 최초의 쇄빙선 '아라온호' 진수식이 오늘 열린다고 합니다. 얼음이 두껍게 언 남극 대륙 부근이나 북극해를 항해할 쇄빙선이지요. 화두의심을 하는 것도 쇄빙선이 얼음을 뚫고 돌진하는 것처럼 돌진해야 해요. 좌절해서는 안 됩니다. 포기하려 하는 에너지마저 이용할 때 의심의 얼음덩어리가 깨질 겁니다."

안국선원을 찾은 세 사람은 차만 마셨다. 긴장한 탓인지 다식(茶食)으로 나온 청포도와 떡은 먹는 시늉만 했다. 혜민은 처음으로 간화선 집중수행에 참여한다며 조심스럽게 각오를 드러냈다. 동시통역은 재미 교포인 크리스티나가 맡았다. 한국 이름은 이연주였다. 크리스티나는 자신의 의견은 거의 말하지 않았다. 수불과 버스웰 교수 간의 대화만 통역했다. 얼굴이 작고 단아한 체구의 무량심 보살이 세 사람을 보면서 덕담했다.

"세 분이 이곳 안국선원까지 공부하러 와주셔서 고맙습니다. 반드시 좋은 변화를 체험할 수 있을 것입니다."

"보살님, 저희들이 고맙습니다."

혜민이 말하자 모인 사람 모두가 미소로 답했다. 짧은 순간에 긴장을 풀고 화기애애한 분위기로 바뀌었다. 간화선 집중수행이라는 서로 간의 목적은 하나였다. 신도회장 무량심 보살이 세 사람에게 또박또박 천천히 말했다.

"1시가 다 돼갑니다. 이제 4층 법당으로 가시어 선원장스 님께 화두를 받을 시간입니다."

"예, 알겠습니다."

수불이 먼저 일어났다. 맑고 부드러운 회색 승복이 탈속의 빛을 발했다. 어깨에서부터 흘러내린 장삼 자락과 펄럭거리는 넓은 소매가 시선을 끌었다. 아무라도 함부로 입는 옷이 아니었다. 보통 사람이 입지 못하는 고원한 느낌 때문인지 장삼에 영적인 기운이 서린 것도 같았다. 버스웰 교수는 수불의 승복을 보고는 예전 송광사 수행 시절이 떠올라 문득 가슴이 뭉클했다.

혜민은 4층으로 오르면서 안국선원 내부를 둘러보고는 감탄했다. 천장이 매우 높아서 허공 속을 걷는 듯했다. 삼삼오오 오가는 안국선원 신도들이 합장하며 목례했다. 버스웰과 혜민은 법당 출입구를 들어서자마자 불단을 향해 합장했다. 높이가 18미터나 되는 둥그런 법당은 우주를 축소해 놓은 듯했다. 자신도 모르게 서늘한 경외심이 들었다. 그래서인지 사람을 겸손하게 만드는 기운 같은 것이 충만해 있었다. 법당의 돔형 천장 사방의 창문에서는 빛이 쏟아져 들어왔다.

간화선 집중수행을 하려는 남녀 120여 명이 벌써 법당 좌복에 앉아서 선원장 수불을 기다리고 있었다. 맨 앞줄에 앉은 사람들은 서울에서 내려온 중앙승가대학 학인스님들이었다.

수불은 오후 1시 정각에 설문하는 자리인 법상(法床)에 오르기로 돼 있었다.

세 사람은 무량심 신도회장이 안내한 곳에 자리를 잡았다. 법당에 모인 남녀 모두가 일제히 버스웰 교수를 주시했지만 세 사람은 개의치 않았다. 그들은 세련되고 장엄한 불단과 불보살상을 올려다보면서 설레는 마음을 가까스로 진정했다.

이윽고 수불이 법상에 올랐다. 법상에 앉은 수불의 모습은 얼음처럼 차갑게 보일 정도로 냉정했다. 접견실에서 보았던 자애로운 모습과 사뭇 달랐다. 눈매는 날카로웠고 이마와 콧날은 반짝였다. 버스웰 교수는 수불의 눈빛이 어느 순간 자신에게 향하고 있음을 느꼈다. 잠시 후 수불이 입을 열었다.

"이 무슨 도리인가? 어디에서 왔는가? 죽으면 어디로 가는가? 우리는 이런 근원적인 문제에 한번 정직하게 부딪쳐야 합니다. 생사 문제를 풀지 못하면 허무한 인생을 면할 수가 없습니다. 시간은 흘러갈 뿐 우리를 기다려주지 않습니다. 한번 태어난 사람은 누구나 죽음을 피할 수 없습니다. 모두가 부모로부터 태어났다고 생각하지만, 부모 이전에는 도대체 어디서 왔는지 까맣게 모르고 살아가고 있습니다. 또한 죽으면 어떻게 되는지도 전혀 알지 못합니다. 그러고도 태연히 살아가는 모습을 돌아보면 자신의 어리석음에 가슴이 섬뜩해지지 않습니까?

우리가 오늘 집중수행 하려고 하는 간화선은 번뇌망상을 없애지 않고 일어나는 대로 내버려 두고 공부하는 수행법입니다. 번뇌망상을 가라앉히려는 일반 명상법과는 본질적으로 다릅니다. 번뇌망상을 일어나는 대로 내버려 두고, 오직 내가 제시하는 화두에만 집중해야 합니다.

화두의심이 익어지면 번뇌망상과 혼침 등 모든 방해를 이겨내고 결국 정신적인 장벽을 타파하게 됩니다. 화두는 일어나는 번뇌망상과 직접 싸우게 해주는 강력한 힘을 가지고 있기 때문입니다."

마침내 수불이 손가락을 튕기는 탄지(彈指) 화두를 제시했다.

"집게손가락을 들어 튕겨보세요."

버스웰 교수는 수불이 하는 대로 집게손가락을 구부렸다가 폈다. 법당에 모인 사람들도 마찬가지로 따라 했다. 그러자 수불이 물었다.

"무엇이 이 손가락을 튕기게 했습니까?"

뜻밖의 질문에 법당에 모인 사람들 모두가 침묵했다. 그러자 수불이 다시 물었다.

"손가락을 튕기게 한 것은 내 손가락입니까? 마음입니까? 무엇입니까?"

법당에 모인 사람들 중에서 몇 명이 대답했다.

"손가락입니다."

"아니지요."

"스님께서 시키시니까 그랬습니다."

"아니요."

"마음이 시켰습니다."

"아니지요. 다 틀렸습니다."

법당에 모인 사람들이 다시 침묵했다. 수불이 해결의 열쇠를 쥐여주듯 두어 마디를 더 말했다.

"의심을 하되 내가 낸 문제는 생각하지 말고 답만 찾으면 됩니다. 생각으로 찾으려 하면 안 됩니다. 몸으로 찾아야 답이 나옵니다. 머리를 잘라버리고 몸으로 의심하십시오. 아마도 답답할 것입니다. 그러나 의심해서 답을 찾는 순간 답답함은 상쾌하게 없어질 것입니다."

법상에서 일어난 수불은 자신의 방으로 총총히 가버렸다. 120여 명의 남녀 중에 일부는 법당에서 자리를 잡은 뒤 좌복에 앉았다. 법당 옆의 넓은 선방으로 들어가 면벽하는 사람들도 많았다. 로버트 버스웰과 크리스티나, 혜민은 작은 선방으로 가서 화두를 들었다.

크리스티나는 좌선을 힘들어했다. 온갖 잡생각이 그녀의 머릿속을 떠나지 않았다. 그녀는 목이 말라 물을 마시기 위해 일어났다. 긴장한 탓에 화장실을 수시로 갔다. 그녀는 시계를

15

자주 보면서 일어날 궁리만 했다. 그러나 버스웰 교수와 혜민은 승려 생활의 경험 때문인지 좌선을 그런대로 해냈다. 문제는 번뇌와 망상이 머릿속에서 들끓는 것이었다.

저녁때쯤 옆에서 좌선하던 어린 고등학생이 친구와 함께 사라졌다. 선방을 자주 들락거리더니 견디지 못하고 오락실이니 집으로 가버린 것이 분명했다. 그런가 하면 놀랍게도 벌써 가방을 싸는 사람도 보였다. 화두를 든 지 몇 시간 만에 답을 찾은 사람이었다. 변화가 왔다고 생각되면 수불이 머물고 있는 방으로 가서 점검을 받았다. 좌선하던 모든 사람들이 좌복을 제자리에 두고 나가는 그를 부러워했다. 그러나 머릿속에서 부침을 반복하는 번뇌망상 때문에 그런 부러움은 곧 잊혀져 버렸다.

다음 날도 세 사람은 별로 달라진 것이 없었지만 갑갑한 상태로 면벽 좌선을 계속했다. 3일 동안 컴컴한 동굴에 갇혀 있는 것처럼 답답한 시간이 지속됐다. 자신이 든 화두와 번뇌망상이 끈질기게 숨바꼭질을 했다. 화두가 성성할 동안에는 번뇌망상이 가라앉고, 번뇌망상이 들끓으면 화두가 순식간에 사라졌다. 버스웰 교수는 수불이 했던 법문을 상기했다.

간화선은 번뇌망상을 없애지 않고 일어나는 대로 내버려 두고 공부하는 수행법이다. 번뇌망상을 가라앉히려는 일

16

반 명상법과는 본질적으로 다르다. 번뇌망상을 일어나는 대로 내버려 두고, 오직 내가 제시하는 화두에만 집중해야 한다.

화두의심이 익어지면 번뇌망상과 혼침 등 모든 방해를 이겨내고 결국 정신적인 장벽을 타파하게 된다. 화두는 일어나는 번뇌망상과 직접 싸우게 해주는 강력한 힘을 가지고 있기 때문이다.

좌선한 지 3박 4일 만이었다. 혜민이 먼저 화두를 타파한 듯 일어났다. 수불의 점검을 받더니 바랑에 든 물건들을 정리했다. 이제 안국선원 선방을 떳떳하게 나가도 되었다. 혜민뿐만 아니라 수불에게 점검을 받고 귀가하는 사람이 하나둘 늘었다. 크리스티나도 나름대로 답을 찾고는 가방을 챙겼다. 크리스티나의 일굴에 기쁨이 가득했다.

그러나 버스웰 교수는 화두를 타파하지 못했다. 안국선원을 함께 찾은 세 사람 중에 자신만 답을 찾지 못했으므로 몹시 낙심했다. 답을 찾은 아내 크리스티나가 새삼 아름답고 귀엽게 보였다. 크리스티나는 행복한 감정이 솟구치는지 어쩔 줄 몰라 했다. 버스웰 교수는 혜민에게 자신은 안 될 것 같다고 고백했다. 구산 방장스님 문하로 출가해 5년 동안 무(無) 자 화두를 든 바 있었는데도 전혀 진전이 없기 때문이었다.

실제로 간화선 수행은 지나간 예습 따위는 필요 없었다. 현재 있는 자리에서 치열한 정진이 간화선 수행이었다. 버스웰 교수가 수불을 찾아가서 실토했다.

"스님, 의심이 안 됩니다. 저는 이번에 포기해야겠습니다. 둔한가 봅니다. 아무리 하려고 해도 진전이 없고 뭐가 뭔지 도대체 갑갑하기만 합니다. 아, 그만두겠습니다."

미국 UCLA 교수라는 은근한 자부심, 동국대 불교학술원장이라는 책임 의식, 크리스티나의 남편이라는 자존심 등 때문에 버스웰 교수는 더 절망했다. 버스웰 교수를 뚫어지게 바라보던 수불이 그에게 손을 내밀면서 말했다.

"포기하지 말아요. 의심이 안 된다고 괴로워하는 것도 진전이지요. 그만두겠다고 하는 그 생각을 의심하는 데에다 붙여놓고 한번 더 해봐요."

"선원장스님, 말씀대로 다시 시도해 보겠습니다."

버스웰 교수가 갑자기 눈물을 흘렸다. 굵은 눈물을 뚝뚝 떨어뜨렸다. 수불이 볼 때 그의 눈물은 다시 화두를 들겠다는 의지이고 분한 마음이었다. 순간, 수불은 버스웰 교수가 화두 의심을 타파할 것이라고 확신했다. 분한 마음은 화두의심을 밀어붙이고 끌고 나가는 동력이기 때문이었다. 버스웰 교수가 좀 전의 상황에 민망했던지 벌떡 일어나면서 말했다.

"가서 다시 하겠습니다."

혜민이 버스웰 교수를 돕겠다고 나섰다. 수불은 버스웰 교수에게 방을 따로 주었다. 이때부터 버스웰 교수의 태도는 확연하게 달라졌다. 침식을 잊고 돌진하듯 치열하게 화두를 들었다. 수불은 비로소 버스웰 교수에게 '불이 붙었다'고 느끼면서 지켜보았다. '이마에 불이 붙은 듯 공부하라'는 것이 학인을 지도한 옛 선사들의 경책이었던 것이다.

마침내 이틀이 지난 밤 11시 30분 무렵이었다. 혜민이 다급하게 수불에게 와서 말했다.

"스님! 버스웰 교수가 좀 이상합니다. 빨리 가시어 좀 보셔야 되겠습니다."

수불은 버스웰 교수가 좌선하고 있는 선방으로 갔다. 혜민은 여전히 놀란 표정으로 뒤따라왔다. 아니나 다를까, 버스웰 교수가 몸을 벌벌 떨면서 숨이 막 넘어갈 듯 헐떡거렸다. 수불은 버스웰 교수에게 변화가 왔나고 여겼다. 화두의심이 타파되려고 할 때 나타나는 현상이었다. 수불이 버스웰 교수를 조금 더 지켜보다가 '할!' 하고 소리쳤다. 그러고는 주먹으로 버스웰 교수의 등을 사정없이 가격했다. 선가(禪家)에 전해지고 있는 고함을 치는 할(喝)과 몽둥이를 휘두르는 방(棒)이었다.

버스웰 교수는 1미터 정도 앞으로 밀려 나갔다. 버스웰 교수가 움찔하는 순식간에 벌어진 일이었다. 간화선 집중수행에 참여한 중앙승가대학 학인스님들이 다가와 상황을 지켜보았다. 한참 만에 버스웰 교수가 작은 소리로 말했다.

"누가 한 대 때리는 것 같았는데, 도대체 뭐가 뭔지 모르겠습니다."

"내가 한 대 때렸지요. 어떤 변화가 오던가요?"

"아, 그때 저를 때렸습니까? 뭔가 저를 건드리긴 했는데, 저는 전혀 그런 것에 상관없이 막 의심 속에서 그냥 시간을 보냈습니다."

수불은 버스웰 교수가 화두타파의 임계점까지 온 것이라고 판단했다.

"그럼, 계속하세요."

방으로 돌아온 수불은 잠시 눈을 붙였다. 방으로 돌아온 지 1시간 30분쯤 지났을 때였다. 시계가 새벽 1시를 가리키고 있었다. 혜민이 또다시 헐레벌떡 뛰어왔다.

"스님, 버스웰 교수가 이상합니다. 잘되고 있는 것인지 미친 것인지, 도대체 20분을 쉬지 않고 웃고만 있습니다."

"혜민 스님이 버스웰 교수의 호법신장 노릇을 톡톡히 하고 있구먼."

"사람들이 지금 난리 났다고 야단입니다. 버스웰 교수가 20분 동안 쉬지 않고 웃고 있습니다. 정신이상이 온 것은 아닌지 사람들이 걱정하고 있습니다. 저희들은 버스웰 교수를 건

드릴 수가 없어서 어쩌지 못하고 있습니다.”

“가봅시다.”

수불이 중앙승가대학 학인스님들을 물리치고 버스웰 교수에게 다가갔다. 혜민의 말대로 버스웰 교수가 앉아서 큰소리로 웃고 있었다. 10여 분 동안 수불을 의식하지 않고 웃기만 했다. 그러더니 큰 대(大) 자로 누워서 또다시 파안대소를 했다. 화두에 대한 답을 나름대로 깨달아 후련하다는 듯 기쁨을 그렇게 표현하고 있었다. 수불로서는 지금까지 들어봤던 웃음 중에 가장 크고 긴 웃음이었다. 중앙승가대학 학인스님들 중에 서너 명은 그런 버스웰 교수를 보고서 합장했다. 이윽고 수불이 버스웰 교수의 귀에 대고 말했다.

“스톱!”

“오케이!”

버스웰 교수는 곧바로 아무렇지 않은 듯 본래의 모습으로 돌아왔다. 6일 동안 버스웰 교수를 지켜본 수불은 따로 점검은 하지 않았다. 어젯밤 11시 30분부터 꼭두새벽까지 버스웰 교수가 변화하는 과정을 생생하게 보았기 때문이었다. 다만, 날이 밝은 아침에 선원장 방으로 찾아온 버스웰 교수에게 한마디 물어보았을 뿐이었다.

“간밤에 왜 웃었소?”

“선원장스님, 웃고 싶어서 웃었습니다.”

버스웰 교수의 대답은 명쾌했다. 간화선 수행을 체험한 사람답게 군더더기가 없는 대답이었다. 버스웰 교수가 방을 나간 뒤 수불은 혼잣말로 중얼거렸다.

'이제 한국불교 간화선이 뭔지 알겠지?'

간화선 집중수행 기간은 내일까지였다. 6월 11일에 시작해서 6월 17일에 끝나는 셈이었다. 일주일간이었다. 6일이 지나면서 간화선 집중수행을 시작했던 126명의 사람들이 60명으로 줄어 있었다. 60명은 아직도 화두를 타파하지 못한 안타까운 사람들이었다. 해답을 찾은 66명은 나름대로 변화를 맛보고 이미 안국선원을 떠난 상태였다. 그들 66명은 각자의 방식으로 자신의 실상을 사무치게 체험한 사람들이었다. 버스웰 교수, 크리스티나, 혜민도 그들 중의 한 사람이었다.

∞
첫 대중강연

서울 안국선원에는 수불이 머무르는 한옥 한 채가 안국동에
따로 있었다. 부산에서 올라오면 대부분 이 한옥에서 신도와
손님을 만나고 차를 마셨다. 담 너머에서 가로수 낙엽이 날아
와 마당에 떨어졌다. 참새 서너 마리가 잔디 마당에서 모이를
찾아 쪼고 있었다. 잔디는 10월의 된서리를 맞아 마른 은행잎
처럼 누렜다. 잘 다듬은 소나무 세 그루만 푸르른 제 빛깔을 지
키고 있었다. 소나무에 이어 또 하나 변함이 없는 것은 한옥 기
둥에 쓰인 주련이었다.

祖師入滅傳皆妄	조사입멸전개망
今日分明坐此臺	금일분명좌차대
杖頭有眼明如漆	장두유안명여칠
照破山河大地來	조파산하대지래

조사께서 입멸하셨다는 말은 다 허망해
오늘도 분명히 여기 앉아계시지 않는가.
주장자 머리에 눈 있어 밝기가 칠흑 같고
산하를 비춰 깨트리니 대지가 드러나네.

경허의 선시(禪詩)를 누가 왜 주련으로 걸었는지는 알 수
없었다. 선시는 무의식 세계까지 표현하는 서구의 초현실주의
(Surrealism) 시와 흡사했다. 천 년 전에 입멸한 조사(원효 대사)가
지금 여기 눈앞에 있고, 주장자 머리에 눈이 있지만 밝기가 칠
흑같이 어둡다거나, 산하를 깨트리니 대지가 드러난다는 표현
은 모두 무의식 세계에서나 가능한 일이었다. 토방에는 스님
용 회색 신발이 한 켤레만 놓여 있었다. 이는 다실에 손님이나
선원 간부들이 없다는 증거였다.

2009년 10월 23일 점심 전이었다. 수불은 다실로 선원 간
부들을 부르지 않았다. 혼자서 차를 따라놓고 조용히 상념에
잠겼다. 오후 2시에 조계종 불학연구소가 주최하는 〈제11차
간화선 세미나〉가 예정돼 있었다. 장소는 대한불교조계종 한
국불교역사문화기념관 지하 2층 전통문화공연장이었다. 대주
제는 '간화선 수행의 성공 사례와 간화선 대중화의 비전'이었
고, 발표자는 수불과 벽송사 벽송선원장 월암 두 사람이었다.
수불은 '안국선원의 간화선 수행과 지도 방법'을, 월암은 '벽송

선회(禪會)와 간화선 대중화의 비전'을 발표하기로 했다. 수불은 발표 원고를 따로 준비하지 않았다. 수첩에 메모만 몇 줄 해두었을 뿐이었는데, 선원에서 경험했던 실제 사례를 방청객에게 그대로 들려줄 생각이었다. 로버트 버스웰 교수가 부산 안국선원에서 간화선 집중수행을 한 지 4개월 만이었다.

수불은 녹차를 한 잔 따라놓고 자신의 법명을 중얼거렸다. 자신을 호명하는 행위는 자기 내면을 응시한다는 것이나 다름없었다. 혼자 있으니 가능한 자기 내면과의 대면이었다. 좌선할 때마다 경험하는 일이었다. 마치 앞에 놓인 찻잔 속에 자신의 얼굴이 비치는 것과 흡사했다. 그런가 하면 유체이탈하듯 작은 찻잔 속에 자신을 풍덩 담그고 있다는 느낌이 들었다.

수불(修弗).
어떤 미국인은 두(do)와 돈트(don't)가 합쳐진 아리송한 이름이라고 했다. 한자로는 위(爲)와 무위(無爲)의 조합과 비슷했다. '닦되 닦지 않는다' 혹은 '하되 하지 않는다'라는 뜻이었다. 거기에는 도가(道家)의 무위자연이나 불가(佛家)의 무집착의 의미가 어른거렸다. 어른스님이 법명을 줄 때는 어떤 의도가 분명 있었을 터였다. 어쩌면 어른스님은 더 이상 수행할 것이 없는 수행자가 되라고 그런 법명을 주었는지도 몰랐다.

이윽고 수불은 녹차를 마셨다. 녹차가 입 안에서 부드럽게 목구멍을 타고 내려갔다. 녹차 향은 입 안에 남고 찻물은 단전 쪽으로 내려갔다. 내려갔다기보다 스며들었다. 찻물은 단전에서 나른한 몸에 긴장을 주었다. 머릿속의 세포까지 활발해지는 느낌이 들었다. 바로 그때, 선원의 재가신도 부회장 중 한 명이 밖에서 수불을 불렀다. 그는 시인이었다.

"스님, 공양 시간입니다."

"나갈 테니 기다리세요."

수불은 장삼 차림으로 접힌 가사를 들고 다실을 나갔다. 가사는 공양하는 방으로 들어가기 전에 재가신도 부회장에게 맡겼다.

오후 2시.

한국불교역사문화기념관 전통문화공연장은 방청객이 가득 들어차 있었다. 지하 공연장 특유의 썰렁한 냉기는 전혀 느껴지지 않았다. 오히려 객석에 착석한 수백 명의 열기로 장내가 사뭇 달아올라 있었다. 앞쪽 객석 중앙의 세 줄은 전국에서 올라온 비구와 비구니스님들이, 앞쪽 좌우 객석과 뒤쪽 및 위층 객석은 재가불자들이 차지했다. 앉을 자리가 없어서 서서 참관하는 안국선원 신도들도 많았다. 세미나는 오후 2시가 조금 지나 시작했다. 대한불교조계종 총무원 교육부장스님이 먼저 세미나 행사 취지를 소개했다.

"간화선에 대한 관심이 그 어느 해보다 고조돼 있는 이때입니다. 몇몇 성공 사례들이 우리에게 간화선 대중화의 가능성을 제시해 주고 있습니다. 도심 속에서 간화선풍을 휘날리고 있는 수불 스님, 지리산 산중에서 실참 수행 과정을 통해 대중화에 앞장서고 있는 월암 스님으로부터 그동안 알려지지 않았던 성공 노하우를 듣기 위해 이 자리에 모셨습니다."

교육부장스님의 간단한 행사 취지 소개에 이어 수불이 바로 '안국선원의 간화선 수행과 지도 방법'을 강연하기 시작했다. 재가불자들은 강연이라기보다는 법담(法談)으로 들었다. 수불의 법담은 조금 빠르고 확신에 차 있었다.

"저는 오늘 이 자리에 발가벗는다는 심정으로 나왔습니다. 저의 방법이 부족한 점이 많더라도 여러 대중들께 조금이나마 도움이 된다면 다행이라는 생각에서 온 것이라 생각해 주십시오.

결론부터 말씀드리자면, 간화선을 잘하려면 처음부터 화두를 제대로 들어야 합니다. 이게 첫 단추인데, 여기서부터 잘못되면 나중에는 상기병(上氣病)이 생기고 여러 문제가 마구 발생하게 됩니다.

제가 처음으로 선원을 개원한 것이 1989년인데, 화두를 어떻게 들어야 하는지 가르쳐주지 않고 마구잡이로 시키다 보니 잘 되질 않았습니다.

　그때 곰곰이 생각해 보니 나한테 문제가 있더라는 겁니다. 뜻이 제대로 전달이 안 되니 공부가 빗나가는 것이로구나. 저는 그때 간화선이라기보다는 조사선(祖師禪) 방법으로 공부를 시키고 있다는 점을 깨달았습니다. 화두를 바로 들기보다 오직 의심만 지속하도록 지도했다는 것이죠.

　비유해서 말씀드리자면 동산수초(洞山守初) 선사가 무엇이 부처인지 물으니 삼서근(麻三斤 마삼근)이라. 이것이 공안이 되었습니다.

　무엇이 부처냐고 묻는 이들 중에 장난삼아 묻는 이는 없을 것입니다. 부처에 대한 근거를 모르고 실질적인 사안(事案, 한 생각 일어나기 전)을 알지 못해 묻는 것입니다. 이때 선지식들은 의심하도록 유도를 합니다. 유도 방법은 여러 가지가 있죠. 산에 올라가는데 동쪽의 길도 있고 북쪽의 길도 가능하듯이 선지식들은 여러 방법으로 질문자로 하여금 의문을 불러일으키게 합니다.

　무엇이 부처인가 의심하다가 최선을 다해 물었을 때, 줄탁동기(啐啄同機) 할 수 있는 스승을 만나면 그때 깨달음에 들어가게 됩니다. 그런데 스승이 던졌는데 이를 깨닫지 못하면 설상가상 불에 기름을 붓는 격이 됩니다.

　지금 수행하는 선지식들은 평생 머리 깎고 세세생생 물러서지 않는 원력으로 수행하고 있습니다. 그런데 머리 기른 일반인들이 할 수 있을까. 일반인들은 '대체 어떤 수행 방법으로 소화할 수 있나. 불가능한 것 아니냐. 그렇게 애써서 공부한 사람들도 저리 힘들어하는데' 하는 의구심을 가질 수밖에 없습니다.

대중들의 그 의구심, 쉽고 빠르게 공부할 수 있을까 하는 의문의 해답은 돈오(頓悟), 즉 깨달음에 대한 체험에 달려 있습니다. 여기에서 말하는 돈오는 돈오돈수, 돈오점수의 돈오와는 조금 의미가 다릅니다. 매미가 허물을 벗듯 한 꺼풀 한 꺼풀씩 공부를 지속할 수 있는 시스템을 만들어놓고 수용하도록 해야 합니다. 그러려면 돈오의 체험이 반드시 필요합니다. 그 다음은 또 다른 차원에서 논할 단계이므로 여기서는 이야기하지 않도록 하겠습니다.

고시 합격하려는 사람이 고시원에 5~6년간 틀어박혀 있다고 합격할 수 있습니까? 고시원에 들어가는 것은 빨리 합격해서 남에게도 도움이 되고 나에게도 이익이 되게 하기 위함입니다. 하지만 고시원에 남기 위해 고시원에 가는 사람은 없습니다.

한번은 3개월간의 안거를 끝내고 후배스님이 찾아왔습니다. 다짜고짜 '화두가 무엇입니까?'라고 묻는 것입니다. 그래서 제가 '이놈아, 들어가기 전에 물어야지 지금 와서 그걸 물으면 어떡하냐'고 했죠. 그랬더니 '물을 사람도 없고 물어도 가르쳐줄 것 같지도 않아서 화두가 뭘까 생각하다가 왔다'고 하는 겁니다.

지금 한국불교의 현실이 이렇습니다. 고시원에 틀어박혀 있는 것이 목적이 된 형국입니다. 간화선 대중화의 관건은 올바른 가치관을 심어주고 그 가능성을 열어주느냐에 달려 있습니다.

안국선원에서는 이번 철에 1,914명이 안거에 들어갑니다. 아마 그 가운데 중도에서 그만두는 사람들을 제외하고 1,800명쯤은 안거를 마칠 것으로 생각됩니다. 그 많은 분들이 왔을 때 제가 1:1로는 못 가르칩니다. 그런 이들을 지도하는 방법은 공통된 가치를 제공하는 것입니다.

그 방법 중 하나를 예로 들어보겠습니다. 손가락을 들어서 튕겨보라고 합니다. 그러고 내려놓으라고 합니다. 그런 뒤에 묻습니다. 무엇이 나로 하여금 이렇게 하게 하나?

대답이 각양각색이겠죠. 손가락이 그랬다. 스님이 시키니까 그랬다. 내가 그랬다. 마음이 그렇게 시켰다. 그럴 때마다 제가 모두 부정합니다. 어찌 보면 부끄럽게 똥칠을 하는 거죠. 그런 데서 얻어지는 정신적인 벽을 느끼게 합니다.

달마가 면벽 수련을 했다고 하는데, 그것은 벽을 보고 수행했다는 이야기가 아닙니다. 실질적인 벽은 정신적인 벽입니

30

다. 그 일에 관심을 두고 선지식의 가르침을 받아들이는 순간 스스로를 비춰볼 수 있어야 합니다. 그래야 의심이 생깁니다. 그렇지 않으면 의심해도 조작된 의심만 생겨납니다.

삼서근에서 깨달으면 타파된 건데, '어째서 삼서근이라고 했을까?' 하고 의심만 하면서 그것이 간화선이라고 착각하면 뭔가 오해가 있는 것입니다. 그런데 대부분은 늘 거기서 뺑뺑 돕니다.

그렇게 공부한다고 해도 옆에 선지식이 있으면 가닥을 쳐줍니다. 그런데 선지식 없이 혼자서 그러고 있으면 그 경계를 이겨낼 수 없습니다. '가능성을 믿고 죽자 살자 공부해 봐라. 그 입장을 견지해라.' 이렇게 독려를 하고, 최선을 다해서 눈앞의 정신적인 벽을 뚫고 나갈 때 타파되는 것이 화두입니다.

눈 밝은 선지식이 계속 호법(護法)을 하면서 격려하고 끝까지 공부하도록 밀어붙이는데 공부 못 할 사람이 누가 있겠습니까? 의심이 잡혀져 경계가 수용되는 것이 화두인데, 의심도 안 잡히면 어떻게 경계가 생기겠습니까?

화두의심이 활발발(活潑潑)해져서 그것이 의정(疑情, 의심덩어리)이 됐을 때, 그러니까 화두의심이 냉추추(冷湫湫)해지면 화두가 도망을 안 갑니다. 그렇게 하면 화두가 저절로 들려지는 순일무잡(純一無雜)한 경지 속에 들어갑니다.

물론 그럼에도 방해는 계속 찾아옵니다. 그것은 어떻게

이겨내냐. 제대로 된 화두 힘은 그것을 극복할 수 있습니다. 반면 억지로 잡은 화두는 그 경계가 찾아오지도 않습니다.

저는 이를 팽이가 도는 상태에 비유하곤 합니다. 팽이가 처음에는 쳐도 잘 안 돌아갑니다. 그래도 세게 치면 제 방향을 잡고 돕니다. 그때부터는 계속 채찍을 휘둘러야 합니다. 채찍을 맘대로 치면 팽이가 멋대로 돌듯이 화두도 처음부터 맘대로 치면 제멋대로 갑니다. 화두를 한번 딱 물었다 하면 절대로 놓치지 않는 사자처럼 화두의심을 놓치면 안 됩니다(獅子咬人 사자교인).

그런데 도대체 어떤 상태가 돼야 그 상태라고 할 수 있나. 그걸 알 수 있는 사람이 있어야 화두를 이야기하죠. 공부를 하고는 싶은데 공부가 안 되고, 이론적 근거를 붙이지만 옆에 선지식이 없으니 늘 도루묵입니다.

화두 들면서 경계와 현상이 어떻게 적용되고, 어떻게 더 큰 의심으로 거듭나는지는 선지식을 의지해서 공부하면 쉽지만 그렇지 않으면 어렵습니다. 그런 공부 인연을 적어도 7박 8일은 겪게 만들어야 합니다.

간화선은 도인들이나 하는 수행이고 일반인은 꿈도 못 꿀 일이다. 그 인연을 만나는 것만도 고마운 일이다. 이렇게 사고하면 아무것도 안 됩니다. 간화선 수행으로 누구나 성취할 수 있습니다.

그런데 한국불교의 문제점은 법문은 조사선으로 하면서 수행은 간화선으로 하라고 이야기한다는 점입니다. 이것은 이율배반입니다. 법문도 간화선, 수행도 간화선으로 유도해야 합니다. 차라리 조사선으로 공부시키려면 조사선으로 수행 방법을 제시해야 합니다.

간화선이든 조사선이든 묵조선이든, 이런 수행법들은 우열을 가리게 하기 위해 마련된 것이 아닙니다. 누구나 수행하도록 하기 위해 만들어진 것입니다. 《몽산법어(蒙山法語)》를 보면 몽산 스님이 화두를 제시하면서 공안과 화두를 갈라놓았습니다. 그런데 번역된 책들은 모두 화두가 공안이요, 공안이 화두인 것처럼 번역해 놓았습니다.

조사선의 입장에서는 화두가 곧 공안, 공안이 곧 화두입니다. 그런데 간화선으로 전환해서는 공안에서 비롯된 의심이 곧 화두입니다. 그것이 인연을 채찍질해서 더 큰 의심을 가지게 될 때 이 공부를 쉽고 빨리하게 하는 계기, 즉 전환점이 마련됩니다. 그래야 공부가 쉽게 됩니다. 그다음에는 눈 밝은 선지식이 어떻게 공부해라 이야기할 수 있습니다. 그런 눈을 뜬 이후에 입장을 제시해야 내용이 달라지고 말고 할 것 아니겠습니까.

간화선이 어떻다. 한번 체험해 봐야지. 삼서근이다. 이렇게 하면 많은 이들이 간화선에 호기심을 가지는 단계까지는

가능합니다. 그런데 오랫동안 수행하신 큰스님들께서 결제, 해제 법문 때 법문은 조사선 입장으로 하면서 수행은 간화선으로 하라고 요구한다면 그 수행의 성과를 기대하기 어렵습니다. 오늘날 법문을 듣는 수행자들에게 간화선에 대한 활발발하고 직접적인 방법을 제시해서 활구(活句)의심으로 단도직입(單刀直入)하도록 해야 할 것입니다.

저는 최근에 많은 사람들이 간화선을 하려고 마음을 내는 데까지는 조계종이 해놓았다고 생각합니다. 많은 이들이 간화선을 체험할 준비가 돼 있습니다. 지금 당면한 문제는 영향력 있는 분들이 나와서 간화선 수행에 목말라하는 이들의 목을 적셔줄 수 있나 하는 것입니다.

간화선과 조사선을 구분하지 못하고 화두를 제대로 들지 않은 상태로 수행을 하다 보면, 잘못하면 무기(無記, 아무 생각 없이 있음)에 떨어질 수 있습니다. '송장 끌고 다니는 놈이 뭣꼬(拖尸者誰 타시자수)?' 하는 것은 문제의식이고 문제제기를 하는 것입니다.

'송장 끌고 다니는 놈이 뭣꼬?' 하고 문제제기를 받은 사람은 답만 찾아야 됩니다. 문제를 외우면서 답 찾는 오류를 범하면 안 되는 것입니다.

대부분의 사람들은 문제를 모르는 것이 아닙니다. 행주좌와 어묵동정(行住坐臥 語默動靜) 하는 것이 '마음'이라는 사실은 누구나 알고 있습니다. 중요한 것은 깨달음에 접근하는 방법입니다. 그렇다면 어떻게 의심을 하도록 유도해야 할까.

진(眞)의심을 해야지 조작의심을 해서는 안 됩니다. 대부분의 사람들은 참의심과 조작의심을 구분하지 못합니다. 경계를 만나면 두려움을 느끼고 화두를 놓아버립니다. 그러니 갈팡질팡하는 것입니다.

자기가 들고 있는 죽은 화두(死句 사구)가 화두인 줄 알고 참의심이 아닌 조작의심을 품고 골똘히 하고 있으니 상기병이나 걸리고 공부에 진척이 없는 것입니다. 공부를 하려고 믿음을 냈는데, 10년 20년이 가도 답이 안 나오는 경우가 허다합니다. 이런 경우에는 어떻게 하면 참의심이 돈발(頓發)되고 그래서 깨달음으로 갈 수 있는지, 그 방법을 아는 사람에게 의지해야 합니다.

제대로 된 화두를 들고 잠된 의정을 품는 것이 첫 단추입니다. 첫 단추를 잘 꿰면 나머지는 술술 잘 풀리게 돼 있습니다. 그러려면 뼈저린 의심이 돈발돼야 합니다.

간화선에 대한 이해를 위해서는 보다 정확한 선학적인 근거가 필요하며 동시에 이 바탕 위에서 화두의심을 온몸으로 체험하고 타파해야 그때부터 진정한 수행이라 할 수 있습니다.

간화선의 전통에서 볼 때 현재 우리 선원의 수행 풍토의 문제점은 동중수행(動中修行) 부분이 결여된 것이라고 봅니다. 간화선은 앉아 있음만으로 선을 삼는 묵조선에 대한 반성에서 제기되었음에도, 간화의 정신에 입각한 동정일여(動靜一如)의 수행법보다는 단지 오래 앉아 있는 것만으로 수행을 삼는 경우가 종종 있는데 이는 묵조선과 다를 바가 없습니다. 한국의 간화선이 만약 선정주의(禪情主義)에 치우친다면 올바른 지견(知見)을 얻을 수 없을 뿐만 아니라 정혜쌍수(定慧雙修)의 수행 전통에도 위배됩니다.

결론적으로 간화선 대중화를 위한 지도자 양성을 위해서는 무엇보다도 눈 밝은 스승(明眼宗師 명안종사)이 절실히 필요합니다. 그리고 종단 차원에서의 간화선 홍보를 위한 특별한 수행 공간과 연구원이 필요합니다. 그리고 안거의 횟수나 참선 수행 기간이 오래되었음을 미덕으로 삼는 것을 자제하고 정확하게 공부한 자를 가려내는 장치가 필요하다고 봅니다.

저는 수행이 인류 미래의 대안이라고 생각합니다. 선(禪)이 나타나면서 공부는 수단이 되었습니다. 또 다른 더 높은 수행법이 나올지 모르지만 인류가 지금까지 발견된 최선의 가치는 선이 아닌가 생각하고 있습니다.

아날로그에서 디지털 시대로 가면서 세상은 더욱 빨리 변하고 있습니다. 수행을 하고 나서 물질적인 부까지 형성된다면 하지 말라고 해도 할 것입니다.

수행 전과 수행 후에 어떤 변화가 일어나느냐 하고 물으시는 분들이 많은데, 직접 수행을 체험해 보면 그 변화를 바로 느끼게 됩니다. 하지만 그것을 말로 표현하거나 설명하기는 아주 힘듭니다.

이런 이야기를 감히 한다는 자체가 필요한지 아닌지는 모르겠지만 이런 기회가 쉽지 않으니 하도록 하겠습니다.

저는 30여 년 전 굉장한 의혹에 휩싸인 적이 있습니다. 물론 생사 문제였죠. 고민 고민하다가 그 이전에 '저분이다'라는 느낌을 받은 분을 제가 찾아갔습니다. 찾아갔다가 5~6일 동안 그 문제를 가슴에다 담아놓고 물어보고 싶어도 못 물어보고 주야로 혼자서 갈등만 했습니다. 그러다가 밤을 꼬박 새운 적도 있어요. 그냥 확 문 열고 들어가면 되는데, 뭔가 그래도 체면이 남아 있는지 예의범절을 생각해서인지 뭔가가 걸려서 못 물어봤습니다.

그러다 그 이야기를 할 수 있는 계기가 생겼습니다. 그런 변화를 겪은 후에 고집스럽게 내 공부한다고 애를 쓰기는 썼는데 미진한 것이 많았습니다. 그런데 현장에서 포교당 열고 직접 부딪치니까 허물이 또 많이 있었구나, 느꼈어요. 아직도, 지금도 허물을 느껴요. 내 공부가 100% 잘 됐다고 생각 안 해요. 안 됐음을 알아요.

그러나 30년 전 그때의 나와 지금의 나를 비교해 보면 굉장한 변화를 느끼고 있습니다. 그렇지 않다면 오늘 제가 이런 이야기를 어떻게 할 수 있겠습니까? 아무 원인 제공받은 것도 없이.

물론 이 말이 100% 옳다 그르다는 이야기는 제 입으로 말하지 못하겠습니다. 많은 사람들이 스스로 검증해서 서로의 이해가 같아진다면 두말할 나위 없이 좋아지겠지만, 이해가 틀리는 부분이 있으면 서로 도와야 합니다. '저 사람 떠들긴 떠들지만 참 아까운 사람이다' 싶으면 한 수 가르쳐서 더 빼어난 사람으로 나를 이끌어주면 고맙겠고, 그렇지 않고 이익을 서로 나눕시다 하면, 저도 다 내려놓고 못 할 게 뭐 있겠습니까?

서로 이익을 주고받자는 것이지 내가 잘 났다고 내 폼 내려고 이런 이야기하는 것은 아닙니다. 우리가 모두 중생제도 하려는 부처님의 큰 그늘 안에서 최선을 다하는 것이지 않겠습니까. 앞으로도 그런 입장에서 열심히 살아가야 할 것이고요.

그런 생각을 하면서 여러분들의 앞날에 많은 행복이 있기를 바라면서 오늘은 여기서 마치겠습니다."

수불은 세미나가 끝나자마자 거처인 안국동 한옥으로 돌아왔다. 한옥 거실의 불단 앞에서 합장했다. 불상이 유난히 반짝이며 맞아주었다. 어느 때보다 감회가 깊었다. 다실에 들어서 좌복에 앉았다. 그러자 뒤따라온 선원 부회장단이 삼배를 올렸다. 간화선 세미나에서 수불의 법담을 듣고 감격한 모습들이었다. 그러고 보니 1978년 여름 범어사 원효암에서 달마 대사의 《혈맥론(血脈論)》을 보다가 깨달은 이후 30년 만에, 1989년 금정포교당을 개원한 이래 간화선 수행을 표방한 지 20년 만에 조계종 불학연구소가 예의를 갖추어 초청한 오늘의 행사였다. 그동안 안국선원에서 간화선 집중수행을 하고 거쳐 간 2만여 명이 간화선 대중화를 외친 것에 대한 적잖은 응답이었다. 수불은 신도회장 무량심 보살 및 부회장단과 향기로운 차를 마시면서 자축했다.

1
장

∞

영혼의 노래

1978년 여름.

　범어사 강원을 졸업한 수불은 바로 산내암자인 내원암으로 올라갔다. 내원암에는 세속의 철학과 심리학, 윤리학 등을 두루 섭렵한 능가 스님이 주석하고 있었다. 능가 스님은 안국사 주지 지명 스님의 은사였다. 그러니까 지명 스님의 상좌인 수불은 능가 스님의 손상좌인 셈이었다. 내원암에 올라온 수불은 능가 스님에게 큰절을 했다. 오늘 강원을 졸업했다고 말씀을 드렸다. 그런데 수불의 얼굴에는 강원을 졸업한 학인다운 기쁨은 전혀 찾아볼 수 없었다. 홀가분한 모습이기보다는 어딘지 침울한 얼굴을 하고 있었다. '참선이든 불학이든 공부에는 때가 있다'는 능가 스님의 덕담도 귓등으로 흘려들었다. 무언가 큰 의혹에 휩싸여 있었다. 실제로 강원을 졸업하기 며칠 전부터였다. 자신의 생사에 관한 의혹이 머릿속을 떠나지 않았던 것이다.

'이 무슨 도리인가? 어디서 와서 죽으면 어디로 가는가?'

스스로 묻곤 했지만 답은 오리무중이었다. 바로 잡힐 것 같던 답은 안개처럼 저만큼 빠져나가 버리곤 했다. 스스로 답을 찾기란 불가능했다. 이제는 누군가에게 명쾌한 대답을 듣지 않으면 안 될 것 같았다.

결국 수불은 마음에 두고 있었던 스님을 내일 강원 도반과 함께 찾아가 뵙기로 결심했다. 그분은 범어사 산내암자 가운데 하나인 원효암에 주석하고 있는 지유 스님이었다. 선과 교를 회통했다고 알려진 스님이었다. 지유 스님은 일본 태생이었다. 따라서 일본 말에 능통했다. 일본 원서로 된 달마 대사의 《혈맥론》과 한문 원서로 된 《혈맥론》을 비교하며 읽곤 했다. 지유 스님은 하루에 점심 한 끼만 했고, 대중에게도 한 끼만 먹도록 요구했다. 뿐만 아니라 낮에는 대중 모두가 밭으로 나가 농사를 짓게 했고, 밤에는 달마 대사의 《혈맥론》과 보조 지눌의 《수심결(修心訣)》을 강의한 뒤 참선을 지도했다.

수불은 내원암에서 하룻밤을 보내면서도 고뇌했다. 이 무슨 도리인가? 어디서 왔는가? 죽으면 어디로 가는가? 암자는 별천지처럼 조용했다. 이따금 시원한 골바람이 처마 끝의 풍경을 흔들었다. 신도들이 드문드문 오갈 뿐 적막했다.

그러나 산문 밖은 소란스러웠다. 해운대와 광안리 해수욕장에는 수십만 피서객들이 모여들어 북적거렸다. 산사와 도시의 해변은 지근거리에 있었지만 드러난 모습은 성(聖)과 속(俗)인 듯 유별났다.

다음 날. 수불은 원효암으로 올라가려고 장삼을 입었다. 그런데 갑자기 먹구름이 몰려오더니 천둥번개가 쳤다. 거센 소나기가 내릴 듯 굵은 빗방울이 한두 방울 떨어졌다. 수불은 마루 밑에서 우산을 꺼내 들었다. 내원암에 와 있던 객승이 만류했다.

"스님, 장대비가 내릴 기셉니다. 이런 날 산길은 우산을 쓰나 마나입니다. 비가 그치면 가시지요."

"아무래도 지금 올라가야 할 것 같네요. 도반과 약속도 했고요."

"스님, 어디로 가십니까?"

"원효암에 가려고 해요."

원효암과 내원암은 서로 반대쪽 산사락에 있는 범어사 산내암자였다.

"아, 지유 큰스님이 계시는 암자군요. 저도 인연이 되면 큰스님께 공부하려고 합니다."

적어도 범어사 내에서 지유 스님에 대한 평판은 좋은 편이었다. 선승이면서도 교학에 밝기 때문이었다. 작고 마른 체구였지만 스님의 풍모는 해맑았다. 범어사 선방 선객이나 강원 학인들에게 존경을 받았다. 객승의 말대로 소나기는 빗발이 굵은 장대비였다.

　장대비가 참나무 잎을 세차게 두들겼다. 밝았던 산길이 어둑어둑해졌다. 산길에 박힌 돌멩이들이 번들번들 빛이 났다. 산죽 이파리들이 면도날처럼 날을 세웠다. 그래도 수불은 자신의 의지를 꺾지 않았다. 걸망을 메고 원효암 가는 산길로 나섰다. 생사에 대한 의혹이 목구멍까지 차올라 와 있었다. 바짓가랑이와 소맷자락이 금세 젖었다. 빗발에 젖은 신발은 물속에 들어갔다가 나온 것처럼 무거웠다. 설상가상 산길 가의 잡목 가지에 부딪힌 우산대가 부러져 우산은 무용지물이 돼버렸다. 수불은 원효암까지 쉬지 않고 걸어 올라갔다.

　소나기는 수불이 원효암에 이르러서야 멈추었다. 국지성 소나기답게 미련 없이 뚝 그쳤다. 먹구름은 어느새 사라지고 하늘은 퍼런 저수지처럼 뻥 뚫려 있었다. 원효암의 원주가 구면인 수불을 보더니 놀랐다.

　"장대비를 맞고 올라왔습니까?"

　"우산을 쓰긴 했는데 이렇습니다."

　수불의 장삼은 흠뻑 젖은 채 몸에 바짝 달라붙어 있었다. 마치 배고픈 산짐승이 먹이를 찾아 암자에 들어온 모습이었다. 원주가 속으로 혀를 차면서 용건을 물었다.

　"무슨 일로 올라왔습니까?"

　"큰스님께 공부하러 왔습니다."

"잘됐습니다. 아침 일찍 한 스님이 공부하겠다고 먼저 와 있는데, 스님까지 같이하면 더 좋겠지요."

"오늘 같이 오기로 했던 강원 도반인 것 같습니다."

원주가 수불에게 방을 배정해 주었다. 대중이 함께 사용하는 방이었다. 수불은 당장 젖은 장삼을 벗었다. 그런 뒤 걸망에서 새 장삼을 꺼내 입었다. 잠시 후, 원주를 따라 지유 스님이 주석하는 방으로 갔다. 큰절을 하는 동안 원주가 수불을 소개했다.

"내원암 능가 큰스님 손상좌입니다. 강원을 어제 졸업했습니다."

"내원암 능가 스님은 일본에서 대학을 다니신 분이지. 공부는 촌음을 늦출 수가 없네. 며칠 뒤에 반드시 공부를 시작할 것이니 준비하고 있게."

"예, 큰스님."

지유 스님은 말이 짧았다. 할 말만 하고 입을 다물었다. 수불은 지유 스님 방을 물러 나왔다. 대중 방으로 가니 먼저 공부하러 올라온 도반이 수불을 맞이했다. 그런데 수불과 도반이 원효암에 올라온 이유는 전혀 달랐다. 동상이몽이라고 할 수 있었다. 수불은 생사에 대한 의혹 때문이었고, 도반은 선서(禪書)를 공부하는 것이 목적이었다.

원효암 첫날부터 수불은 동굴에 갇혀 있는 것처럼 답답하기만 했다. 강원 도반이 궁금해했지만 수불은 말하지 못했다. 가슴에 담아놓은 생사 문제 때문에 혼자서만 밤낮으로 끙끙 앓았다. 하루는 밤을 꼬박 새운 적도 있었다.

소쩍새가 피를 토하듯 우는 한밤중이었다. 수불은 지유 스님 방까지 갔다가 차마 문을 열지 못했다. 스님의 단잠을 느닷없이 깨우는 것은 학인으로서 예의가 아니었다. 또한 저녁 강설 때 질문해도 될 문제를 한밤중까지 끌고 온 자신이 유별나고 쑥스럽기도 해서였다. 컴컴한 밤하늘에 별이 한가득 반짝거렸다. 수불은 한순간도 눈을 붙이지 못했다. 대중방 창호에 푸른 새벽빛이 일렁였다. 요의 때문에 밖으로 나가보니 별빛은 희미해지고 먼동이 트고 있었다. '이 무슨 도리인가? 어디서 왔는가? 죽으면 어디로 가는가?'에 대한 생사 문제의 의혹은 여전히 목구멍과 가슴을 오르내리며 입술을 바짝 마르게 했다.

수불과 도반은 지유 스님의 가풍대로 낮에는 채마밭으로 나가 풀을 뽑고 밤에는 참선을 했다. 새벽에 일어나 도량석을 하고 암자 경내를 비질하는 것도 두 사람의 몫이었다. 수불은 도반이 물어도 행동을 같이할 뿐 일체 말하지 않았다. 마치 묵언수행 하듯 침묵했다. 생사 문제의 의혹을 아무에게나 토로할 수 없었다.

마침내 닷새가 흘러갔다. 지유 스님이 강설을 시작하는 날이었다. 수불은 지유 스님에게 자신이 품어온 의혹을 질문할 순간이 다가왔다고 생각했다. 두 사람은 지유 스님 방으로 들어가 무릎을 꿇었다. 지유 스님이 꺼낸 책은 달마 대사의 《혈맥론》이었다. 첫날은 《혈맥론》의 앞장을 짧게 지유 스님이 읽으면서 강설했다. 교학에 밝은 스님 특유의 독강(讀講)이었다.

若離衆生性 別有佛性可得者 佛今在何處 卽衆生性 卽是
佛性也
약리중생성 별유불성가득자 불금재하처 즉중생성 즉시
불성야
性外無佛 佛卽是性 除此性外 無佛可得者 佛外無性可得
성외무불 불즉시성 재차성외 무불가득자 불외무성가득

만일 중생의 성품을 떠나서 따로 부처의 성품을 얻을 수 있다고 한다면 부처는 지금 어디 있는 것인가? 중생의 성품이 곧 부처의 성품이다.
성품 밖에 부처가 없으니 부처는 바로 이 성품이다. 이 성품 밖에서 부처를 얻을 수 없고 부처를 떠나서 성품을 얻을 수도 없다.

지유 스님은 여기까지 마친 뒤 보조지눌의 《수심결》을 강설했다.

삼계를 윤회하는 고통은 마치 불난 집과 같은데 어찌 참고 거기 머물며 끝없는 고통을 받으려 하는가?

만약 삼계의 윤회를 면하려면 부처를 찾는 길밖에 없다. 부처를 찾고자 한다면, 이 마음이 곧 부처이니 마음을 어찌 멀리서 찾으려 하는가?

마음은 이 육신을 떠나 따로 있는 것이 아니다. 이 몸은 생이 있고 멸이 있지만, 참된 마음은 허공과 같아 끊어짐도 없고 변함도 없다. 그러므로 '육신이 죽으면 흩어져 불이나 바람의 자연으로 돌아가지만 한 물건(마음)은 영원히 신령하여 하늘과 땅을 덮는다' 하였다.

슬프다. 요즈음 사람들은 어리석어서 자기 마음이 참된 부처인 줄 알지 못하며, 자기 성품이 참된 법인 줄 모른다. 법을 구하고자 하면서도 성현들에게서만 찾으려 하고, 부처를 찾고자 하면서도 자기 마음을 살피지 않는다.

만약 마음 밖에 부처가 있고 성품 밖에 법이 있다고 고집하면서 불도를 구한다면, 아무리 오랜 세월 동안 몸을 태우고 뼈를 부수어 골수를 내고, 피를 뽑아 경전을 베끼며,

밤낮 눕지도 않으며 하루 한 끼만 먹고, 팔만대장경을 줄줄 외우며, 온갖 고행을 닦는다 해도 모래로 밥을 짓는 것과 같아서 수고로움만 더할 뿐이다.

그러나 자기 마음을 알면 강가의 모래알처럼 많은 법문과 한량없는 진리를 구하지 않아도 저절로 얻게 될 것이다.

그러므로 부처님께서 "모든 중생을 두루 살펴보니 여래의 지혜와 덕상(德相)을 두루 갖추고 있다" 하시고, 또 이르시되 "온갖 허망한 생각들이 다 원만히 깨친 여래의 묘심(妙心)에서 나온다" 하셨다. 따라서 이 마음을 떠나 부처를 이룰 수 없음을 알아야 한다.

과거의 모든 부처님들도 이 마음을 밝힌 사람이며, 현재의 성현들도 이 마음을 닦은 사람이며, 미래에 배우는 사람들도 반드시 이 법에 의지해야 한다.

바라건대 모든 수행인들은 결코 밖에서 구하지 말아야 한다. 마음의 바탕은 물듦이 없고 본래부터 저절로 원만하게 이루어진 것이니 망령된 생각들만 버린다면 곧 그대로가 부처일 것이다.

그런 뒤 지유 스님은 자신의 수행을 예로 들어가며 '수심 (修心)의 길'을 실감 나게 당부했다. 수불과 도반은 강원에서 배운 바 있었기 때문에 마음에 한 자 한 자 새기듯 귀를 기울여 들었다. 그런 두 사람의 태도에 지유 스님은 아주 만족했다. 첫날 수업을 끝내면서 차를 우려 주기까지 했다.

둘째 날은 수불 혼자서만 오전에 《혈맥론》 강설을 들었다. 도반은 예비군 훈련을 받으러 암자를 내려가고 없었다. 수불은 혼자 듣는 것을 행운이라고 여겼다. 틈을 보아 가슴속에 품어온 의혹에 대해서 질문할 작정이었다. 지유 스님이 어제 읽었던 바로 뒷부분을 강독했다.

佛是無業人 無因果 但有少法可得 盡是謗佛 憑何得成
불시무업인 무인과 단유소법가득 진시방불 빙하득성
但有住着 一心一能一解一見 佛都不許
단유주착 일심일능일해일견 불도불허

부처는 업(業)도 없고 인과도 없다.
조금이라도 얻을 법이 있다고 한다면
모두 부처를 비방하는 짓이니 어찌 부처가 되겠는가.
한 마음이나 한 작용이나 한 생각이나 한 소견에
조금이라도 집착을 하면 부처가 될 수 없느니라.

'일심일능일해일견(一心一能一解一見)' 하고 일(一) 자가 반복되는 구절에서였다. 수불은 가슴에 품어온 의혹이 아닌 또 다른 의혹이 자신도 모르게 솟구치는 것을 느꼈다. 수불은 불쑥 질문을 했다.

"스님, 이거 뻔한 이야기 아닙니까? 지금 우리가 쓰는 마음을 얘기하는 거 같은데 이게 마음이면 마음이지 무슨 마음을 또 깨달으라고 합니까? 깨달을 마음이 따로 있는 겁니까? 무엇 때문에 깨달으라고 합니까? 제가 보기에는 깨달으라는 말 자체가 어리석은 말인 것 같습니다."

수불의 질문에 지유 스님이 《혈맥론》을 빌려 말했다.

"부처와 깨달음, 마음이 모두 어디에 있겠는가? 사람이 손으로 허공을 붙잡으려는 것과 같으니 붙잡을 수가 있겠는가? 허공은 다만 이름일 뿐이고 모양이 없어서 가질 수도 없고 버릴 수도 없지. 허공을 붙잡을 수 없는 것처럼, 이 마음을 없애고 밖에서 부처를 찾을 수는 결코 없네. 부처란 스스로의 마음이 만들어낸 것인데 어떻게 이 마음을 떠나 따로 부처를 찾을 것인가?"

수불은 지유 스님의 설명이 자신도 알고 있는 것이었으므로 싱겁다고 생각해서 반박했다.

"그 말이 그 말 아닙니까? 지금 쓰고 있는 마음을 마음이라고 하면, 마음을 깨달으라고 해야 할 이유가 뭐가 있습니까?

이미 이게 마음이 아닙니까?"

"허허허."

수불이 고집을 부리듯 말하자 지유 스님이 소리 내어 웃었다. 순간 수불은 '아! 배우러 온 내가 고집부려서 스님의 대답을 들을 일이 아니구나' 싶었다. 아직 '마음'에 대해서 말을 시원하게 주고받을 인연도 아닌데 나만 옳다고 고집하면 어찌되겠나, 하고 자신을 되돌아봤던 것이다. 수불은 입을 다물고 침묵했다. 지유 스님의 대답을 기다렸다.

7월 하순의 아침 햇살이 방 안까지 들어와 방바닥을 비췄다. 방문은 활짝 열어놓은 상태였다. 계곡에서 올라온 골바람이 방 안으로 살살 불어왔다. 방문 앞의 이끼 낀 바위를 스치고 들어온 골바람이었다. 선돌 같은 바위는 하나가 아니라 네댓 개가 옹기종기 사이좋게 산자락에 박혀 있었다. 지유 스님이 갑자기 누런 바위를 가리키며 물었다.

"저 바위를 보고 있느냐?"

"예, 스님."

"막 태어난 갓난아이도 저 바위를 보겠지."

"예, 보겠지요."

"나이 든 늙은이도 보겠지."

수불은 지유 선사가 '보겠지, 보겠지' 하는 순간 눈앞에 섬광이 번쩍하는 것을 보았다. 자신의 정수리가 터지면서 나오는 섬광 같았다. 섬광은 수불의 어둑한 심신을 해가 뜬 것처럼 환하게 밝혔다. 가슴을 답답하게 했던 의혹이 섬광으로 바뀌어 번쩍했던 것도 같았다. 한순간 온몸이 말할 수 없을 정도로 시원하고 통쾌했다. 앞으로는《혈맥론》을 보지 않아도 마음이 무언지 알 듯싶었다. 의혹이 사라지고 심신이 통쾌해졌으니 《혈맥론》에서 더 배울 것이 없을 것 같았다.

수불은 밖으로 나와 원효암 마당을 한 바퀴 돌았다. 한 걸음 한 걸음 발을 디딜 때마다 환희심이 솟구쳤다. 허공에서 법향(法香)이 쏟아지는 것 같았다. 저절로 시 한 수가 읊조려졌다.

生死是自本來如如   생사시자본래여여
若想起其卽是生死   약상기기즉시생사
境界變見無變時也   경계변견무변시야
生死如如是諸佛界   생사여여시제불계

생사는 본래부터 그대로인 것
헤아리면 그것이 곧 생사일세
경계가 변해도 변함이 없나니
생사 그대로 부처님 세계로다.

1978년 7월 25일(음력 6월 21일) 오전 10시쯤에 무의식 저편에서 나온 영혼의 노래였다. 26세 열혈 나이에 생생하게 체험한 사건이었다. 수불은 예비군 훈련 나간 도반이 돌아오기도 전에 걸망을 메고 원효암을 떠났다. 이후 홀로 이곳저곳 만행을 시작했다. 깨달았다는 스님들을 찾아서 이 절 저 절을 떠돌아다녔다. 한 고명한 스님을 만나서는 하소연하듯 묻기도 했다.

"스님, 스님께서 깨치신 것에 대해서는 추호도 의심이 없습니다. 다만 인간적으로 묻겠습니다. 법으로 묻는 것이 아닙니다. 스님께서는 깨치셨지만 남을 깨치게 해준 적이 있습니까, 없습니까?"

수불은 솔직한 대답만 듣는다면 걸망을 내려놓고 그 어른 스님의 지도를 받고자 했다. 그러나 어른스님은 침묵으로 일관했다. 끝내 대답하지 않으니 별수 없었다. 결국 수불은 어른스님에게 인사를 드리고 그 절을 떠나고 말았다. 만행은 4개월 만에 끝났다. 수불은 다시 원효암으로 돌아올 수밖에 없었다.

∞

머리 깎을 생각이 없느냐?

초겨울의 찬 바람이 금정산 산등성이를 넘어왔다. 굴참나무 낙엽이 원효암 마당으로 날아와 뒹굴었다. 만행을 마친 수불은 지유 스님 방을 찾았다. 그러나 지유 스님은 출타하고 없었다. 수불은 네 달 전에 묵었던 방으로 들어갔다. 강원을 함께 졸업한 도반은 이미 원효암을 떠나고 없었다. 대신 낯선 학인이 수불을 맞이했다. 어린 학인은 지유 선사에게 공부하고 있는 듯 보조지눌의 《수심결》 책장을 넘기면서 소리 내어 외우고 있었다. 십대 후반으로 보이는 어린 학인이 물었다.

"누구를 만나러 오셨습니까?"

"큰스님께 인사드리러 왔어요."

"큰스님께서는 시내 대중탕으로 목욕하러 가셨습니다."

어린 학인은 영민해 보였다. 눈을 화등잔만 하게 뜨고서 질문했다.

"스님, 제가 요즘 궁금한 것이 하나 있습니다. 물어도 되겠습니까?"

"공부하다가 의문 나는 것이 있다면 큰스님께 여쭤봐요."

"큰스님께 공부하는《수심결》이 아닙니다. 선배스님들끼리 나누는 대화를 엿들었는데 이해가 되지 않습니다."

"그렇다면 물어봐요."

어린 학인의 질문은 '돈오돈수(頓悟頓修)와 돈오점수(頓悟漸修)'가 어떻게 다르냐는 것이었다. 어린 학인만 궁금한 것이 아니라 수불 자신도 만행을 하면서 여러 차례 들었지만 개운치 않은 이야기였다. 선방뿐만 아니라 어느 절에서나 돈오돈수와 돈오점수 논쟁이 벌어지고 있었던 것이다.

"스님, 돈오돈수가 무엇입니까?"

"돈오란 단박에 깨치는 것이고 돈수란 단박에 닦는다는 거지."

"돈오돈수란 한 번의 깨달음으로 수행이 끝나네요."

"그래요. 한 번 깨칠 때 근본무명이 다 끊어져서 구경각을 성취하니까."

어린 학인이 고개를 갸웃거렸다.

"돈오점수와 전혀 다른 것이군요.《수심결》에서 봤어요."

"보조 스님은《수심결》에서 돈오점수적인 입장을 보이시긴 했지."

어린 학인은《수심결》에서 다음과 같은 구절을 읽어 봤다고 말했다.

從上諸聖 莫不先悟後修 因修乃證
종상제성 막부선오후수인수내증

예로부터 모든 성인이 먼저 깨치고 뒤에 닦지 않음이 없으
니 닦음을 인연하여 깨친다.

보조지눌은 한 번의 깨달음으로 수행이 끝나지 않기 때문
에 깨달은 뒤에도 꾸준히 닦아야 한다는 돈오점수적인 입장을
취했다. 그러나 해인사 성철 방장은 보조지눌의 돈오점수적인
입장에 문제제기를 했다. 보조지눌에서 연유한 선교일치의 가
풍을 고수하는 송광사 문도는 바짝 긴장했다. 아무튼 성철 방
장은 해인사 강원에서 보조지눌의 선 사상 요체를 담은 저서
《절요(節要)》를 가르치지 못하게 하는 등 돈오점수를 금기시했
다. 성철 방장은 선객들에게 다음과 같이 주장했다.

돈오점수의 '돈오'는 곧 '해오(解悟)'이다. 해오란 얼음이
본래 물이었다는 것을 분명히 알듯 중생이 본래 부처란 것
을 분명히 아는 것이다. 그러나 번뇌망상은 아직 그대로
이다. 얼음이 본래 물이라 해도 얼음인 채로는 융통자재

할 수 없다. 중생이 본래 부처란 것을 알았다 하여도 번뇌 망상이 남아 있는 해오는 생사에 자유자재한 증오(證悟)와 는 하늘과 땅 차이다. 중생이 본래 부처임을 아는 것에 그치지 않고 무명 때문에 생긴 마음의 미망까지 완전히 끊어 일체를 해탈해야만 비로소 증오라 하기 때문이다.

교가(教家)에서는 흔히 얼음이 본래 물인 줄 아는 해오를 두고 '돈오'라고들 한다. 그러나 선종에서는 얼음이 완전히 녹아 자유자재한 물이 되었을 때인 증오를 돈오라고 했다. 교가에서는 해오를 돈오라 하여 '깨달은 후에 3현 10성의 지위를 거치며 닦아나간다' 하고, 선가(禪家)에서는 증오를 돈오라 하여 '10승 등각(等覺)을 넘어선 묘각(妙覺), 즉 구경각이 깨달음이니 다시 배우고 닦을 일이 없다'고 말한다. 따라서 '돈오'라는 용어는 교가와 선가에서 같이 사용하고 있지만 그 내용은 근본적으로 다르다.

어린 학인이 다시 물었다.

"스님은 어느 것이 옳다고 생각하십니까?"

"생각이 있지만 말할 수 없지. 다만 큰스님의 생각이 어떤지 그게 궁금해서 여기 왔어."

그때 밖에서 어린 학인을 부르는 소리가 났다. 어린 학인이 방문을 열자 찬 바람이 방 안 깊숙이 들어왔다. 조그만 체구의 스님이 등을 보이고 있었다. 찬 바람에 잔뜩 웅크린 채 가고 있는 분은 지유 스님이었다.

수불은 벌떡 일어나 지유 스님을 뒤쫓아 갔다. 지유 스님이 방에 앉자마자 수불은 큰절을 했다. 지유 스님은 네 달 전에 아무런 말도 없이 떠나버린 수불이 야속했지만 티를 내지 않았다.

"그래, 어디를 갔다 왔느냐?"

"깨달았다고 소문난 스님들을 만나고 왔습니다."

"어째서 그분들을 만났는가?"

"깨달은 것이 뭔지 직접 눈으로 확인하고 싶었습니다."

"깨달음은 허공과 같은 것인데 어떻게 본다는 말인가?"

수불은 잠시 망설였다. 한 스님에게 '스님께서 깨치신 것에 대해서는 추호도 의심이 없습니다. 다만 인간적으로 묻겠습니다. 법으로 묻는 것이 아닙니다. 스님께서는 깨치셨지만 남을 깨치게 해준 적이 있습니까, 없습니까?'라고 질문했던 말이 문득 떠올랐기 때문이었다. 수불이 말했다.

"저는 '스님께서는 깨치셨지만 남을 깨치게 해준 적이 있습니까?' 하고 물었습니다."

"그렇지. 수불의 말도 일리가 있어. 선사가 깨쳤는지 덜 깨쳤는지를 알 수 있는 방편이 되겠군."

"제가 확인할 수 있는 방법은 그것뿐이었습니다."

지유 스님이 미소를 지었다. 수불의 말을 신뢰하겠다는 표정이었다.

"그래, 남을 깨치게 해준 적이 있는 스님이 있던가?"

"뵙지 못했습니다. 그래서 만행을 끝냈습니다."

지유 스님은 출타하고 막 돌아온 뒤였으므로 피곤해했다. 수불은 그냥 물러서려다가 한마디를 더 꺼냈다. 문기를 좋아하지 않는 성격이었지만 목에 가시가 걸린 듯하여 뽑아내 버리고 싶었던 것이다.

"스님, 하나만 묻겠습니다."

"묻거라."

"스님, 돈오돈수냐 돈오점수냐 하는 논쟁이 교계의 큰 화제입니다. 도대체 무엇이 옳습니까?"

"무수(無修)다."

돈오했으면 돈수건 점수건 닦을 바가 없다는 답변이었다. 무수란 말을 듣는 순간 수불은 어둑한 방 안이 확 밝아지는 경험을 했다. 물을 빨아들이는 스펀지처럼 무수란 말이 온몸으로 순식간에 퍼져나갔다. 수불은 인사를 하고 일어났다. 그러자 지유 스님이 작은 소리로 중얼거렸다.

"무수를 잊지 말게."

"명심하겠습니다."

"이제 어디로 가느냐?"

"은사스님 절로 가겠습니다."

"은사 절이 안국사라고 했지?"

"네, 그렇습니다."

안국사는 동의대학교 부근 산자락에 있었다. 출가 전 공원주가 안국사를 처음 찾아간 것은 스물한 살 때였다. 공원주는 수불의 속명이었다. 안국사 지명 은사스님은 속가 시절 이북에서 아버지와 함께 내려와 사업을 같이했던 큰아버지의 아들, 즉 사촌 형과 마을 친구였다. 그러니까 지명 스님은 유년 시절에 사촌 형을 자주 만나러 와서 낯익은 사람이었다. 그런데 세월이 흘러 사촌 형은 유명을 달리했고, 불국사로 삭발 출가한 지명 스님은 부산으로 내려와 안국사 주지가 되어 있었다. 그때 공원주는 궁핍한 가정 형편 때문에 대전에서 어머니와 함께 부산으로 내려와 단칸 셋방에서 살았는데, 어느 날 자연스럽게 지명 스님을 찾아서 안국사로 놀러 갔던 것이다.

수불은 원효암을 나와 산길을 내려가면서 지명 스님을 떠올리며 잠시 걸음을 멈추었다. 마침 반반한 바윗돌이 하나 보였다. 초겨울의 바윗돌은 얼음장처럼 차가웠다. 수불은 엉거주춤 앉아서 호흡을 골랐다. 상수리나무 낙엽들이 수불의 발끝에서 뒹굴었다. 낙엽을 무심코 보고 있자, 문득 스물한 살 때 가야동 안국사를 찾아가 지명 스님을 만나고 나서 들었던 한마디가 뇌리를 스쳤다. 안국사 주지 지명 스님이 공원주에게

이런저런 세속의 잡사를 물어본 뒤였다. 공원주가 아버지의
사업 실패로 궁색해진 가정 형편을 말하며 어머니와 함께 부
산으로 내려와 산다는 말을 하자마자 지명 스님이 불쑥 한마
디를 던졌던 것이다.

"머리 깎을 생각이 없느냐?"

"스님, 우리 집안은 천도교입니다. 종교가 다른데 저더러
출가하라고 하시면 안 맞는 말씀입니다."

공원주의 아버지는 충청도 천도교 도령을 지낸 분이고,
공원주는 대전에서 초등학교 3학년 때부터 아버지 사업이 갑
자기 어려워진 중학교 2학년 때까지 아침저녁으로 한 시간씩
천도교 주문을 외웠던 것이다. 수불은 펄쩍 뛰며 의아해했지
만 한편으로는 '내가 출가를 해야 되는 것인가' 하는 막연한 생
각이 머리에 남았다.

'어머니 말씀에 따르면 이 스님은 뭐가 된다 안 된다 하는
것을 정확히 알아맞히는 분이 아닌가?'

지명 스님은 사주명리에 밝아 사람의 운세를 잘 본다고
부산 일대에서 소문난 분이었다. 실제로 안국사에는 자신의
운세를 알아보기 위해 드나드는 신도들이 많았고, 공원주의
어머니도 지명 스님이 사람의 운세를 잘 맞힌다고 말하곤 했
다. 어찌 보면 공원주의 어머니는 지명 스님을 은근히 믿고 의
지하는 편이었다.

단칸 셋방으로 돌아온 공원주는 어머니에게 지명 스님의
말을 전했다.

"어머니, 안국사 주지스님께서 출가하라고 합니다."

"그래? 이제 네가 출가해야 되는 모양이다."

"머리 깎고 속세를 떠나라고요? 출가하면 그냥 평생 머리
깎은 중으로 산속에 살다가 세상을 저버린다고 하던데."

"서울로 올라가서 아버지께 여쭤보거라."

공원주의 아버지는 서울에서 살고 있었다. 대전에서 포목
사업을 하다가 실패하고 서울로 올라갔던 것이다.

"아버지께서는 죽었다 깨나도 출가하라는 말씀은 안 하
실 겁니다."

며칠 후였다. 공원주는 다시 안국사로 갔다. 그런데 지명
스님은 출타 중이었고, 해인사에서 온 기도를 전담하는 부전
이 어떤 부부와 차담을 나누고 있었다. 공원주는 옆에 앉아 부
전의 말에 귀를 기울였다. 부전은 일본에서 17세기를 살다간
하쿠인(白隱) 선사와 어떤 무사에 얽힌 이야기를 하고 있었다.

싸움터에서 수없이 많은 사람을 죽여본 무사는 어느 날
자신의 삶에 회의를 느꼈다. 자신도 때가 되면 죽을 텐데 언제
까지나 이런 무사로 살아야 하는지 불현듯 고민에 빠졌다. 어
느 날 자신이 죽는다면 극락보다는 지옥으로 갈 것 같았다. 옆
에서 무사를 본 심복이 부근에 유명한 하쿠인 선사가 있으니

법문을 들어보라고 권유했다. 성격이 급한 무사는 바로 하쿠인 선사를 찾아갔다. 때마침 하쿠인 선사는 석양을 등지고 자신의 누더기에 바느질을 하고 있었다. 무사가 인기척을 했지만 하쿠인 선사는 반갑게 맞이하기는커녕 그를 쳐다보지도 않고 바느질만 했다. 무사는 좀 더 기다리다가 화를 냈다. 하쿠인 선사 등에다 대고 소리쳤다.

"스님, 지옥과 극락이 정말 있는 것이오?"

"3년 뒤에 오시오."

그제야 하쿠인 선사가 무사를 힐끗 돌아보며 말했다. 무사가 칼집에 손을 대면서 부르르 떨었다.

"무사란 싸움터에서 내일 죽을지 모레 죽을지 모르는 사람인데 3년 뒤에 오라고요! 당장 가르쳐주시오!"

"난 그대같이 무례한 사람에게는 가르쳐줄 수 없소."

하쿠인 선사가 돌아앉으려 하자 무사가 또 소리쳤다.

"난 당신 같은 중한테 안 들어도 좋소."

"바보 같은 놈, 죽어봐야 알지. 낸들 어찌 알겠나. 어느 장군이 자네를 무사로 썼는지 한심하군."

무사는 스님의 모욕적인 발언에 화가 나서 하쿠인 선사의 목에 칼을 들이댔다. 그러자 하쿠인 선사가 맨발로 도망을 쳤다. 그러나 서너 걸음 만에 무사에게 잡히고 말았다. 무사가 말했다.

"이 늙은이! 오늘 내 손에 죽어봐라."

하쿠인 선사가 털썩 주저앉으면서 말했다.

"이것이 지옥이로구나."

"지옥이라고요?"

"그대는 잔뜩 화가 나 있는데 그 마음이 바로 지옥이라네."

하쿠인 선사의 말에 무사는 깨달은 바가 있어, 칼을 내려놓고 용서를 구했다.

"스님, 용서해 주십시오. 지옥이 뭔지 알겠습니다."

하쿠인 선사가 다시 말했다.

"지금 그대가 나를 용서한 그 너그러운 마음이 극락이니라."

무사는 즉시 겸허하게 살겠다고 하쿠인 선사 앞에서 맹세했다. 장소가 바뀌어야 극락이고 지옥이 아니라, 장소가 어떤 곳이든 현재 자신의 마음 상태에 따라 극락도 되고 지옥도 된다고 깨달았던 것이다.

공원주는 마음 상태에 따라서 극락과 지옥이 바뀐다는 이야기에 공감했다. 세상을 떠나 산으로 들어가 평생 동안 살아도 마음먹기에 따라서 극락도 되지 않을까 싶었다. 마침 지명 스님이 밖에 나갔다가 돌아왔는지 목소리가 들렸다. 공원주는 지명 스님을 찾아가 인사했다.

"스님, 또 왔습니다."

"놀러 온 건가?"

"아닙니다. 스님, 출가하겠습니다."

"알았다. 너는 내 상좌가 될 줄 알았다. 이제부터는 안국사에 있기보다는 공부해야 하니까 범어사 내원암으로 가봐라. 능가 스님이 계시니라."

지명 스님은 공원주의 마음을 간파한 듯 덤덤하게 말했다. 마치 너는 정해진 길을 갈 수밖에 없지, 라는 말투였다. 실제로 공원주 자신도 알 수 없는 힘에 이끌리어 움직이고 있다는 느낌이 들었다. 공원주는 삭발하고 며칠이 지난 뒤 범어사 내원암의 위치를 물어물어 찾아갔다. 내원암 능가 스님은 지명 스님의 은사였다.

그런데 능가 스님의 첫인상은 학자 같은 풍모로 까다로워 보였다. 공원주는 능가 스님의 날카로운 눈매를 피해 그의 주먹만 한 코만 슬쩍 바라보았다. 공원주가 안국사 주지스님의 소개로 왔다고 인사드렸을 때까지도 능가 스님은 별다른 반응을 보이지 않았다. 고작 한두 마디 덕담만 하고 말았다.

"중이 되어서는 의법불의인(依法不依人) 하라. 오직 법답게 살아라."

법에 의지할지언정 사람에게 의지하지 말라는 덕담이었다. 이윽고 능가 스님은 공원주를 하룻밤도 재워주지 않고 상좌를 부르더니 범어사로 내려보냈다. 지명 스님의 소개가 무색할 정도였다. 그러나 공원주는 범어사 경내에 들어서는 순간 마음이 편해졌다. 내 집에 온 듯한 생각이 들어 지금까지의 출가에 대한 갈등이 씻은 듯이 사라져 버렸다. 그날부터 공원주는 공 행자로 불리었다. 열댓 명의 다른 행자들 틈에 끼어 행자 생활을 시작했다.

수불은 목덜미를 움츠렸다. 찬 바람이 얇은 장삼 사이로 파고들었다. 수불은 더 이상 바윗돌에 앉아 있지 못하고 일어섰다. 산길을 조심스럽게 내려온 수불은 안국사 방향으로 가는 시내버스를 탔다. 시내버스 안에서 수불은 참선하듯 눈을 지그시 감았다가도 가끔씩 창밖을 주시했다. 내려야 할 지점을 놓치지 않기 위해서였다. 낯익은 풍경들이 차창으로 흘렀다. 멀리 바다도 보이고, 6·25전쟁 후 피난민들이 모여 살던 산동네도 보였다. 6·25전쟁 직후에 태어난 수불은 자신의 의식 어딘가에 전쟁의 상흔이 스미어 있을 것이라고 생각했다. 아버지 공기준은 평안도, 어머니 방인순은 황해도 출신으로 6·25전쟁 중에 모두 북쪽에서 피난 내려와 남해안 통영에서 만난 분들이었던 것이다. 그러니 두 사람은 가정을 이루었음에도 불구하고 한 곳에 오랫동안 정착하지 못한 채 통영, 마산, 대전, 서울, 부산 등으로 부초처럼 떠돌 수밖에 없었던 것이다. 그리고 보면 수불의 출가는 그 자신이 찾아낸 홀로서기와 뿌리내리기인지도 몰랐다.

∞

천도교 주문

안국사는 팔금산 산자락에 있는 아담한 절이었다. 잡목들이 우거진 산길을 넘어가면 동의대 캠퍼스가 있고, 동쪽으로 난 산길을 내려가면 안창마을이 나왔다. 대웅전의 향(向)은 아침 햇살을 고스란히 받아들이는 동향이었다. 산자락에 순종하듯 다소곳이 자리 잡은 대웅전은 어머니의 품처럼 늘 편안했다. 뿐만 아니라 한겨울의 거센 삭풍도 안국사를 지나칠 때는 순해졌다. 산자락이 바람벽처럼 감싸주고 있기 때문이었다. 대웅전 밑에 자리한 요사채에 들면 솔바람과 참나무 잔가지들이 거풋거리는 소리가 아련히 귓전에 맴돌았다.

버스에서 내린 수불은 안창마을을 둘러보았다. 안창마을은 개발이 빠르게 진행되고 있는 도심지와 달리 스산했다. 지명 스님을 찾아가 출가했던 때나 몇 년이 지난 지금이나 별로 달라진 것이 없었다. 상점들은 먼지를 허옇게 뒤집어쓰고 있었고, 안국사 부근이어선지 회색 개량 한복을 입은 여성 신도들이 가끔씩 나타났다가는 사라지곤 했다.

수불은 안국사가 있는 산자락 초입으로 들어섰다. 동의대 캠퍼스로 넘어가는 산길이었다. 그늘진 산길을 앞서가던 서너 명의 일행 중에서 나이 든 아주머니가 수불에게 다가와 합장했다.

"안국사 시님입니꺼?"

"은사스님께 가는 길입니다."

"주지시님이 은사시님입니꺼?"

"예."

아주머니는 절에 자주 다니는 신도가 분명했다. 수불이 대답할 때마다 합장했는데, 손목에 까만 단주를 차고 있었다. 아주머니는 붙임성이 좋았다. 수불이 묻지 않은 말까지 했다.

"사십구재를 안국사에서 지낼라꼬 합니데이. 오늘이 초재 날입니더."

"보살님, 어디서 오시는 길입니까?"

"창원에서 왔십니더."

"거기도 큰절이 있는데 여기까지 오셨군요."

이번에는 아주머니를 대신해서 젊은 부인이 말했다.

"안국사 주지시님이 재를 잘 지내신다꼬 소문났십니데이. 사주도 기가 막히게 잘 보고예."

수불은 사십구재 지내러 가는 가족을 앞서 걸었다. 지명 스님이 대웅전에 들어가 염불을 시작하면 두 시간 정도는 족히 기다려야 했다. 수불은 지명 스님이 재(齋)를 집전하기 전에 뵙고 인사드릴 생각으로 잰걸음을 했다. 산길 모퉁이를 지나자 안국사 대웅전 지붕이 언뜻 보였다. 안국사는 수불에게 영혼의 고향 같은 곳이었다. 통영이 육신의 고향이라면 안국사는 출가의 첫걸음을 뗀 마음의 고향이었다. 출가란 속세의 인연을 미련 없이 버리고 수행자의 길을 가는 '위대한 포기'나 다름없었다. 몇 년 동안 떠나 있었는데도, 대웅전 기왓장만 보았을 뿐인데도 가슴이 설렜다. 대웅전 부처님 목소리가 아련히 들리는 듯했다.

'수불이 왔구나!'

6년 전 안국사를 찾아와 지명 주지스님 앞에서 삭발한 뒤, 대웅전에 들어 '부처님 제자'가 되겠다고 맹세했던 바로 그 부처님의 목소리였다. 수불의 귀에 들리곤 했던 안국사 대웅전 부처님의 변함없는 자비로운 목소리였다.

수불은 대웅전으로 먼저 들어가 삼배를 올렸다. 불단에는 떡과 여러 가지 과일 등이 정성스럽고 질서정연하게 놓여 있었다. 그릇에 한 뼘 이상 쌓은 떡은 정성스러웠고 붉은 사과는 반짝반짝 빛이 났다. 아마도 산길에서 만났던 그 사람들이 올리는 재물일 터였다. 수불은 대웅전 부처님께 삼배를 한 뒤 주지채로 바로 갔다.

"스님, 수불입니다."

"원효암에서 오는 길이냐?"

"예."

"내원암 노스님은 잘 계시드냐?"

"노스님은 뵙지 못했습니다. 원효암에서 바로 이곳으로 왔습니다."

수불은 지명 은사스님 방으로 들어 삼배를 올렸다. 지명 스님은 바로 대웅전으로 들어 재를 지내려는 듯 가사장삼을 수하고 있었다.

"무슨 일로 왔느냐?"

"원효암 스님 밑에서 공부를 다한 것 같습니다. 그래서 인사를 드리러 왔습니다."

"공부를 어떻게 다했다는 것이냐?"

수불은 바랑에서 종이 한 장을 담담하게 꺼냈다. 접힌 종이를 펴자, 종이에는 붓글씨로 써 내려간 시 한 수가 적혀 있었다.

生死是自本來如如　생사시자본래여여

若想起其卽是生死　약상기기즉시생사

境界變見無變時也　경계변견무변시야

生死如如是諸佛界　생사여여시제불계

생사는 본래부터 그대로인 것
헤아리면 그것이 곧 생사일세
경계가 변해도 변함이 없나니
생사 그대로 부처님 세계로다.

범어사 강원을 졸업하고 원효암으로 올라가서 지유 스님에게 달마의 《혈맥론》을 배우던 중 1978년 7월 25일(음력 6월 21일) 오전 10시쯤에 읊조린 영혼의 노래였다. 26세 때의 일로 자신도 모르게 노래한 깨달음의 시였다. 지명 스님은 수불이 내민 시를 한번 훑어보더니 가타부타 말하지 않고 일어섰다.

"재가 있다. 법당에 들어갈 시간이다."

"그럼 저는 스님을 뵀으니 돌아가겠습니다."

"아니다. 재가 끝날 때까지 안국사에 있거라."

"스님, 제가 도와드릴 일이 없겠습니까?"

"염불은 내 몫이다. 그러니 너는 재가 끝날 때까지 쉬고 있거라."

지명 스님은 제자인 수불에게 애초부터 염불이나 기도를 가르쳐줄 생각도 없었고 시키지도 않았다. 해인사 등에서 염불과 기도를 해온 부전을 불러와 절에 들어오는 불공이나 재를 지낼 뿐이었다. 지명 스님이 왜 그랬는지 수불로서는 알 수 없었다. 혹시 속가 어머니에게 무슨 이야기를 들어서 그런 것일까, 하고 수불은 생각했지만 전혀 짐작이 가지 않았다. 속가 어머니가 대전에서 부산으로 내려와 지명 스님을 자주 찾아다니곤 했으니 집안의 일을 세세하게 말해주었을 수도 있었겠지만 도무지 집히는 데가 없었다.

지명 스님은 출가하기 전에 사촌 형 친구로서 수불의 속가를 자주 들른 사람이었으므로 승속의 인연이 깊었다. 그러니 수불의 가족들을 남보다 많이 알고 있을 터였다. 수불의 어린 시절도 잘 알고 있을지 몰랐다. 그러니 어떤 선입관이 있어서 염불이나 기도를 시키지 않는지도 몰랐다.

수불의 속가 아버지 공기준은 천도교 지도자였다. 공기준은 장남 공원주를 자신의 대를 잇는 천도교 지도자로 키우고 싶은 소망이 강했다. 아들이 초등학교 3학년 때가 되자 천도교 주문을 아침저녁으로 한 시간씩 또박또박 외우게 했다.

至氣今至願爲大降
지기금지원위대강
侍天主造化定 永世不忘萬事知
시천주조화정 영세불망만사지

한울님의 지극한 기운이 내게 이르렀으니,
한울님을 모신 나는 스스로 조화를 정하여

평생 잊지 아니하고

한울님의 도에 맞도록 행하겠습니다.

꼬마 공원주가 아침저녁으로 한 시간씩 외운 문장들은 천
도교의 대표적인 주문이었다. 그런데 공원주의 동생들은 따라
하지 못하고 하나둘 포기했다. 잠이 많은 어린아이에게는 무
리였다. 초저녁에 한 시간 주문을 외우면 밤 10시가 됐고, 새벽
4시 통금 해제 사이렌 소리에 맞추어 일어나 기도하려면 잠을
6시간밖에 잘 수 없었다. 아버지 심부름이나 학교 숙제가 많
을 때는 네댓 시간밖에 자지 못했다. 중학생이 된 공원주는 기
도를 마친 밤에 쌀 배달도 했다. 천도교 지도자인 아버지가 살
림이 어려운 교인들 집에 쌀을 슬쩍 놓고 오라며 심부름을 시
키곤 했던 것이다. 어떤 날은 교인 집에 재봉틀을 사서 보내준
적도 있었다. 재봉틀 한 대만 있어도 옷을 수선해서 먹고 살 수
있기 때문이었다.

꼬마 공원주는 아버지의 기대에 부응했다. 공원주는 한번
시작하면 초지일관했다. 중학생 시절에는 어느새 누구도 어쩌
지 못하는 저력이 붙어 있었다. 그것은 아침저녁으로 한 시간
씩 5년간 기도해 왔던 힘이었다. 그러나 하루는 아버지가 기
도를 그만두자고 했다. 공원주가 중학교 2학년 때였다. 아버지
가 피난 온 사람들에게 빚보증을 잘못 선 탓에 가세가 하루아

침에 기울어져 정신적 여유가 없어져 버렸던 것이다. 어느 도시를 가나 38선 이북에서 피난 온 사람들이 헐벗고 굶주린 상태로 살고 있었다. 물론 장사를 해서 일부 성공한 피난민도 있었지만 대부분은 비참했다. 남쪽 사람들도 6·25전쟁 후유증을 참혹하게 겪고 있기는 마찬가지였다. 멀쩡했던 집들은 폭격을 맞아 빈민가로 변해 있었고, 구걸하는 걸인과 고아, 상이군인들이 거리를 떠돌았다. 공원주는 고등학교를 졸업하고 스무 살 때까지 대전에서 궁핍하게 살았다. 아버지는 재기를 위해 서울로 간 지 몇 년이 됐고, 어머니와 공원주는 대전에 남아 사글셋방을 전전했다. 생활고에 시달리면서도 어머니는 아버지와 같이 남에게 퍼주기를 좋아했다.

공원주는 빈민들이 옹기종기 모여 사는 변두리 마을로 이사 가서도 이전처럼 친구들을 사귀었다. 어느 날 공원주는 사귄 지 6개월이 된 친구 집을 따라갔다. 그런데 친구 동생의 얼굴이 누렇게 떠 있었다. 이삼일 굶은 듯 친구 동생은 허기져 웅크리고 있었다. 누런 얼굴에 파리 몇 마리가 붙어 있었지만 퀭한 눈을 껌벅거릴 뿐 꼼짝도 못 했다. 공원주가 '밥은 먹었어?' 하고 물었지만 초등학교 저학년인 친구 동생은 힘이 없어 말을 못 한 채 웅얼거리기만 했다. 친구 부모나 친구가 돈을 벌어와야 하는데 일자리가 없으니 이삼일 전부터 식량을 구하지 못해 벌어진 일이라고 했다. 6·25전쟁이 끝난 지 20여 년이 됐지만 전쟁의 후유증은 참으로 끈질겼다.

할 수 없이 공원주는 집으로 돌아와 쌀독에 든 쌀을 반쯤 퍼서 친구에게 갖다주었다. 공원주도 끼니를 죽으로 때울 때가 많았으므로 늘 배가 고팠지만 친구 동생을 먼저 살리자는 생각이 들었던 것이다. 쌀을 받은 친구가 아궁이에 불을 지펴 밥을 했다. 밥 짓는 연기를 보자 공원주도 뱃속에서 꼬르륵 소리가 났다.

이윽고 밥이 다 되자, 친구와 동생은 그릇에 밥을 퍼서 짜디짠 간장 하나만 가지고 허둥지둥 게걸스럽게 먹었다. 반찬은 단 한 가지도 없었다. 친구와 친구 동생은 공원주에게 함께 먹자는 소리 없이 방금 지은 밥을 순식간에 다 해치웠다. 마침 자신도 배가 고팠던 공원주는 은근히 섭섭했다. 그러면서도 한편으로는 얼마나 배가 고팠으면 자신이 옆에 있다는 사실조차 잊어버렸을까 하는 짠한 생각이 들었다.

그때 공원주 어머니는 아무런 말도 하지 않았다. 공원주에게 칭찬도 꾸중도 하지 않았다. 어려운 친구에게 쌀을 좀 주어야겠다고 했을 때, 쌀독에서 쌀을 퍼가는 것을 지켜볼 뿐이었다. 우리도 고달프지만 우리보다 더 궁한 사람을 돕는 것은 좋은 일이다, 그런 표정을 짓기만 했던 것이다.

재가 끝나 가는지 지명 스님의 염불 소리가 더 크게 들려왔다. 은사의 염불 소리는 가슴을 먹먹하게 하는 구슬픈 데가 있었다. 어떤 부전도 흉내 낼 수 없는 염불 소리였다. 그래서 안국사에 재가 끊이지 않는다고 봐야 옳았다. 부전은《아미타경(阿彌陀經)》을 무덤덤하게 독경했지만 지명 스님의 염불 소리는 재주들의 마음을 후벼 팠다. 지명 스님의 염불 소리에 눈물을 흘리지 않는 재주들이 드물었던 것이다.

이윽고 지명 스님이 종무소에 들렀다가 주지채 방으로 들어왔다. 수불도 경내에 있다가 뒤따라 들어갔다. 지명 스님이 말했다.

"오늘이 초재라서 그런지 힘이 드는구나."

"이젠 부전스님에게 맡기십시오."

"그래도 초재와 막재는 내가 지내줘야지. 나를 보고 오는 분들이니까."

지명 스님은 목이 말랐는지 스스로 주전자의 물을 한 잔 따라 마셨다. 수불이 말했다.

"오늘 같은 날은 제가 염불이라도 해드려야 마음이 편할 것 같습니다."

"내가 볼 때 수불은 염불이나 기도는 할 필요가 없어. 다 마친 셈이지."

"스님, 저에게는 불공드리는 법이나 염불을 가르쳐주신 적이 없습니다. 그런데 어떻게 마쳤다는 것입니까?"

지명 스님이 웃었다.

"보살이 너를 얘기했지. 친구도 말했고."

지명 스님이 말한 보살은 수불의 속가 어머니, 친구는 수불의 사촌 형을 가리켰다.

"스님, 어머니께서 무엇을 말씀하셨다는 것입니까? 또 사촌 형님께서 무슨 얘기를 했다는 것입니까?"

"어린 시절 순진무구한 마음으로 천도교 주문을, 그것도 아침저녁으로 수년간 외웠다는 얘길 들었어. 그러니 염불이나 기도를 그때 마친 것이나 진배없어."

"스님, 주문은 주문이고 염불은 염불인데 어떻게 같다는 것입니까?"

"주문이든 염불이든 기도든 다 삼매로 들어가는 문(門)이지. 득력(得力)은 삼매에서 생기는 것이고. 네 몸 안에는 득력이 꽉 차 있어."

수불은 내심 놀랐다. 자신의 몸 안에 주문삼매(呪文三昧)로 얻은 득력이 있다는 말은 처음 들어보았기 때문이었다.

"아까 네가 보인 게송을 보고서도 너의 득력을 느꼈지. 득력이 있으니 남들보다 공부가 번개처럼 빠를 수밖에 없지."

"스님, 이제 저는 무슨 공부를 시작해야 합니까?"

"참선을 마친 것 같으니 공부가 흩어지지 않게 보임을 해야지. 득력이 있으니 보임도 쉬울 거야."

"행자 때부터 조사님들 선어록을 자주 읽기는 했습니다."

"득력이나 공덕이 없으면 선어록을 백독(百讀) 천독(千讀)해도 소용없어. 경전을 앞으로 뒤로 달달 외워도 겉돌 뿐이지."

그제야 수불은 지명 은사스님이 왜 자신에게 염불이나 기도를 가르쳐주지 않았는지 이해했다. 그리고 왜 자신을 안국사 대중으로 붙들지 않았는지도 깨달았다. 지명 스님은 제자인 수불이기는 하지만 가는 길이 서로 다르다고 판단했음이 분명했다.

"너는 선(禪) 쪽으로 가거라. 중생들이 참선 공부 하도록 인연 맺어주는 것이 네 근기에 맞을 성싶다."

"참선 공부 시키는 데 무슨 근기가 필요합니까?"

"아무나 선지식이 되는 것은 아니다. 쌓은 공덕이 있어야 해. 부처님도 전생에 얼마나 많은 공덕을 쌓으셨는지 아느냐? 굶주린 짐승에게 자기 목숨까지 내어준 공덕으로 정각을 이루신 게지."

"스님, 저는 쌓은 공덕이 없습니다."

"아니다. 배고픈 친구를 위해 쌀독에서 쌀을 퍼준 얘기를 속가 어머니한테서 들었다. 모두가 굶고 살았던 때에 아무나 할 수 있는 일이 아니지. 그게 공덕이 아니고 무엇이겠느냐?"

"스님 말씀대로 선방에서 정진하며 살겠습니다."

"다만 때를 기다릴 줄 알아야 한다. 내원암으로 가서 노스

81

님을 시봉하면서 시절인연을 기다리거라."

지명 스님이 제자인 수불에게 시절인연을 기다리라고 한 말은 명리학에 근거한 조언이었다. 시절인연이란 어떤 일의 인연이 성사되려면 반드시 때가 무르익어야 한다는 말이었다. 지명 스님은 수불이 아직은 참선 공부를 지도할 때가 아니라고 보았던 것이다. 지명 스님은 명리학에 조예가 깊어서 수불의 앞날을 넌지시 볼 수 있었다. 당장은 내원암으로 가서 능가 스님을 10여 년 시봉하게 된다면 수불에게도 세상 사람들을 공부시킬 때가 오리라고 보았던 것이다.

한편, 내원암 노스님이란 지명의 은사인 능가 스님이었다. 능가 스님은 속세의 학문과 불학에 두루 밝은 선지식이었다.

수불이 일어서려 하자 지명 스님이 봉투를 하나 내밀었다.

"무슨 봉투입니까?"

"중은 다 같은 중이지. 그러니까 법당에 들어간 중이나 들어가지 않은 중이나 똑같이 나누는 것이 옳지."

사십구재를 지내는 재주가 내놓은 재비 중 일부를 수불에게도 주는 셈이었다.

"아닙니다. 저는 법당에 들어가지 않았으니까 받지 않겠습니다."

"청정한 마음이 법당이라고 경(經)에 말씀하셨거늘 눈에 보이는 법당만 법당이라고 할 수 있겠느냐?"

'청정한 마음이 법당'이란《유마경(維摩經)》에 나오는 구절이었다. 수불은 할 수 없이 지명 스님이 내민 봉투를 받아들고 주지채 방을 나왔다. 점심 공양 시간이었지만 수불은 자신이 도움을 주지 못했으므로 그대로 바랑을 메고 안국사를 떠났다. 지명 스님의 당부대로 범어사 내원암으로 향했다. 수불은 능가 스님을 시봉하면서 시절인연을 기다려보기로 했다.

범어사 내원암

2
장

∞

범어사 내원암

내원암 경내에는 붉고 노랗고 하얀 봄꽃이 만발했다. 영산홍 꽃과 애기사과나무꽃과 명자나무꽃은 붉었고, 개나리꽃과 황매화는 노랗고, 공조팝나무꽃은 쌀밥처럼 흰 빛깔이었다. 수불은 내원암으로 온 지 한 달 동안 시간이 어떻게 흘러갔는지 모를 만큼 분주하게 보냈다. 새벽예불이 끝나면 능가 스님 방으로 들어가 외전(外典)을 배우고, 네댓 명의 대중과 함께 경내를 청소하고, 오전에는 참선하고, 오후에는 산문 밖으로 시장을 보러 나갔다가 돌아왔다. 거기다가 능가 스님을 찾아오는 신도들 차(茶) 심부름까지 하다 보면 하루가 쏜살처럼 흘러가곤 했다.

능가 스님에게 배우는 외전이란 주로 인문학과 법학 서적들이었다. 해방 전에 일본 와세다대학 법학과를 졸업한 능가 스님이 유학 시절에 사숙했던 서적들이었는데, 외전을 알아야만 불경을 더 깊이 이해할 수 있다는 것이 능가 스님의 지론이었다. 처음에는 수불에게 인문학 개론서들을 사다 주면서 읽게 했다. 그날 새벽에도 수불은 능가 스님 앞에 무릎을 꿇고 앉아 있었다.

"중도 역사를 알아야 해. 역사를 알려면 개론서들을 먼저 섭렵해야 통찰하는 눈이 생기지. 윤리학, 논리학, 심리학을 하나로 꿸 수 있을 정도로 공부해야 해. 젊은 나이에 바로 사상을 배우는 것은 독(毒)이 될 수 있어."

수불은 능가 스님의 말에 귀를 기울였다. 어찌 보면 수불만이 누리는 특혜였다. 객승이나 행자들은 능가 스님 방에 들어오지 못했던 것이다.

"지난번에 사다 주신 심층심리학 책을 다 읽었습니다."

"무엇을 심층심리학이라고 하더냐?"

수불은 자신이 이해하고 있는 대로 또박또박 대답했다.

"프로이트(Sigmund Freud)는 인간의 의식 구조를 빙산에 비유하고 있습니다. 빙산이 90%쯤 수면 아래로 잠긴 것처럼 마음의 대부분은 의식 세계 밑의 무의식 세계에 속해 있다고 주장하고 있습니다. 이와 같이 프로이트는 인간의 심리 세계 중에서 가장 깊은 곳에 있는 무의식을 강조하고 있기 때문에 그의 정신분석학을 심층심리학이라고 한 것 같습니다."

능가 스님이 만족스러운 듯 웃으며 말했다.

"우리 유식학(唯識學)을 불교심리학이라고 할 수 있지. 또 유식학을 연상시키는 것이 심층심리학일 테고. 우리 불가의 6식은 의식 세계이고, 꿈인 7식은 무의식이고, 8식은 무의식 저편의 아뢰야식이지. 스위스 학자 융(Carl G. Jung)이 집단무의식이라는 용어를 사용했어. 아뢰야식과 비슷한 거야. 집단무의식이란 사회와 역사가 연결된 자기 무의식이어서 사회적 자아, 역사적 자아라고 하는 학자들도 있더구먼.”

능가 스님은 자신의 말대로 외전에 능통해 있었다. 일본 유학 시절 와세다대학 도서관에서 독서삼매경에 빠져 살았다는 말은 과장이 아니라 사실이었다.

“어제부터는 사회사상사 책을 읽고 있습니다.”

“그렇지. 사상사를 알아야지 사상을 먼저 배우면 안 돼. 사상에 물들고 집착하면 사상의 노예가 돼버리니까. 먼저 사상사를 배워야 역사를 알고 미래를 알게 되지. 그러니까 종교사상사, 정치사상사, 문화사상사, 사회사상사 등등의 책을 읽어야 해. 그런 책들을 윤리학, 논리학, 심리학을 토대로 봐야 되고. 그런 토대 없이 그냥 보면 사상누각이나 다름없어.”

능가 스님은 수불에게 외전을 배우면 불학을 더 깊이 이해할 수 있다며 그런 쪽으로 많이 유도했다. 때로는 야단을 치면서 다그쳤다. 지명 은사스님은 무엇이든 강요하지 않고 지켜보는 데 비해 능가 스님은 자신이 원하는 바를 때로는 섭섭한 마음이 들 정도로 밀어붙였다.

한편 내원암에 어떤 고승이 머물다가 갔는지를 자주 이야기했다. 내원암의 위상을 알게 하고 긍지를 심어주기 위해서였다. 실제로 내원암에 용성 스님이 주석할 때는 제자인 동산이 자주 문안 인사를 드리러 올라왔는데, 동산의 제자들도 마찬가지였다. 동산의 제자인 성철은 내원암에서 용성 스님을 시봉하기도 했던 것이다.

"지금 이 방에 독립운동을 하셨던 용성 큰스님이 계셨다. 나의 은사이신 동산 스님도 용성 큰스님의 제자였지. 그러니 이 방은 단순한 방이 아니야. 큰스님들의 선풍이 스미어 있는 방이니 기운이 달라. 큰스님들이 알게 모르게 우리를 외호해 주니 얼마나 좋으냐."

능가 스님은 수불에게 당신의 스승인 동산 스님의 출가와 수행담을 틈나는 대로 들려주었다. 수불의 신심을 북돋아 주기 위해서였다. 수불 역시 동산 스님의 출가와 수행담을 들을 때마다 수행 의지를 다지곤 했다.

범어사는 동산 스님이 중흥시킨 절이나 다름없었다. 신라 문무왕 때 의상 대사가 창건한 범어사는 3·1운동 독립선언서에 서명한 민족 대표 33인 중 한 분인 용성을 거쳐 동산에 이르러서야 참선 수행 도량으로서 면모를 갖추었다. 일제강점기에 조선총독부가 설립한 경성의학전문학교를 졸업하고 용성 스님 문하로 출가한 동산의 일화는 수불의 마음을 격동시켜 주곤 했다.

조선 말기인 고종 27년(1890) 충북 단양에서 출생한 동산
은 의사가 되고자 경성의학전문학교를 다녔지만 졸업 전해에
고모부인 오세창의 권유로 범어사 내원암에 주석하고 있는 용
성을 찾아왔다. 1912년의 일이었다. 당시 〈대한민보사〉 사장
이었던 오세창은 〈한성순보〉 기자를 거친 언론인이자 훗날 만
해에게 '심우장'이란 현판 글씨를 써준 서예가였다.

오세창이 용성 스님에게 동산을 보낸 것은 당시 비구 수
행자들 중에서 위의(威儀)가 남달랐기 때문이었다.

"오세창 선생님이 저의 고모부님입니다. 큰스님을 꼭 찾
아뵙고 가르침을 구하라고 해서 왔습니다."

"무슨 공부를 하고 있는가?"

"경성의전에서 의학을 공부하고 있습니다. 내년에 졸업
합니다."

"의사 지망생이군. 육신의 병을 고치는 사람을 의사라고
하지. 그런데 중생들의 병에는 두 가지가 있어. 배가 아프고
몸에 종기가 생기고 기침이 나는 것은 육신의 병이요, 탐욕과
성냄과 어리석음으로 고통스러워지는 것은 마음의 병이지.
의사가 되어 육신의 병만 고친다면 참다운 명의라고 할 수 있
겠는가?"

"아닙니다. 마음의 병까지 고쳐야 명의라고 할 수 있을 것입니다."

"그렇지. 나는 중생들의 마음병을 고쳐주려고 수행한다네."

경성의전 학생 동산은 중생들의 마음병을 고쳐주려고 수행한다는 용성 스님의 짧은 법문에 감화를 받았다. 육신의 병보다 마음의 병을 고치며 사는 것이 더 행복한 삶일 것 같았다. 동산은 바로 용성 스님을 은사로 삼아 출가했다. 용성 스님은 동산이 의전 학생 신분임에도 불구하고 제자로 맞아들였다.

용성 스님은 동산을 전통적인 방법으로 공부시키고자 평안도 맹산 우두암에 머물고 있는 한암에게 보냈다. 한암은 당시 최고의 선승 경허 스님의 제자였다. 그런데 한암은 동산을 바로 받아주지 않고 그의 근기를 시험했다.

"나는 자네를 받아주지 못하겠네. 그러니 용성 스님에게 돌아가는 것이 어떻겠는가?"

경상도 범어사에서 평안도 우두암까지 올라온 동산은 물러서지 않았다. 스승을 실망시키는 제자가 되고 싶지 않았으므로 한암 스님에게 매달렸다.

"만일 스님께서 저를 내치신다면 저는 암자 밖 바위 밑에서라도 머물며 스님을 먼발치에서 모시겠습니다."

"저 산짐승들 우는 소리가 들리지 않는가?"

"들립니다."

"암자 밖에는 맹수들이 우글거리는데 그래도 바위 밑에 있겠는가?"

"바위 밑을 떠나지 않겠습니다. 도를 구하지 못하고 취생몽사 하느니 차라리 도를 구하고 산짐승 밥이 되는 것이 나을 것입니다."

한암이 마지못해 물러서는 척했다.

"용성 스님 제자라고 하니 내쫓을 수도 없구먼."

"큰스님, 고맙습니다."

"우두암에 머물게."

한암 역시 동산의 근기를 보고는 용성 스님의 큰 제자가 되겠구나, 하고 짐작했다. 동산은 우두암 한암에게서 사교(四敎)를 공부했다. 그런 뒤 바로 범어사로 내려와 영명 스님에게 대교(大敎)를 수료했다. 불학의 기초를 다진 동산은 운문암, 상원사, 마하연, 복천암, 백운암 등에서 참선 수행을 했고, 직지사에서 선객들과 함께 3년 결사를 했다.

이후 동산은 범어사 금어선원에서 화두를 들고 또 정진했다. 하안거 중인 1927년 7월 5일 방선(放禪) 시간이었다. 동산은 선원 뒤 대숲 길을 산책했다. 그런데 때마침 불어온 바람을 만나 대나무 잎이 서걱대는 소리를 듣는 순간 동산은 그 자리에 멈추어 서버렸다. 음음한 대숲 길에 빛이 쏟아지듯 갑자기

환해졌다. 목구멍에 걸려 있던 낚싯바늘 같은 것이 뽑혀지는 깨달음의 순간이었다.

　이쯤에서 능가 스님은 이야기를 멈추고 차를 한잔했다. 수불은 전기 포트에 찻물을 끓였다. 차를 달이는 일은 언제나 수불의 몫이었다. 발효 찻잎이 든 다관에 뜨거운 찻물을 부었다. 발효차는 뜨겁게 마셔야 제맛이 났다. 능가 스님은 발효차를 마실 때마다 국물처럼 소리를 내어 마셨다. 그렇게 목을 축이고 나서는 이야기를 마저 했다.

　"은사스님께서 대오(大悟)를 하신 뒤 첫 마디가 서래밀지 안전명명(西來密旨 眼前明明)이었다고 그래. '서쪽에서 은밀하게 전해온 가르침이 눈앞에서 밝게 펼쳐졌다'는 뜻이지. 나는 이보다 더 감격적인 것은 은사스님이 한암 큰스님 앞에서 하셨다는 '도를 구하지 못하고 취생몽사 하느니 차라리 도를 구하고 산짐승 밥이 되는 것이 낫다'는 말씀이야. 이 정도 치열한 구도 의지가 있으셨으니까 대오를 하신 것이 아닐까?"

　"잊지 않겠습니다."

　"내가 너에게 하고 싶은 얘기가 또 하나 있어. 수행자는 당당해야 돼. 어떤 권력 앞에서도 고개를 숙여서는 수행자라고 할 수 없지. 우리 은사스님은 이승만 대통령을 나무라신 적이 있어."

"대통령을 나무라셨다고요?"

"범어사 노스님들은 다 아는 얘기지."

6·25전쟁 중이었다. 이승만 정부는 부산으로 피난해 와 있었다. 1952년 6월 6일의 일이었다. 정부는 범어사에서 전몰 장병 합동위령제를 지냈다. 위령제에는 이승만 대통령을 비롯한 삼부 요인과 유엔군 사령관도 참석했다. 이날 위령제를 집 전하는 법주는 동산 스님이었다. 그런데 동산 스님은 몹시 화가 나 있었다. 오전 10시에 위령제를 열기로 되어 있었는데 이승만 대통령이 한 시간이나 늦게 도착했기 때문이었다. 그래도 동산 스님은 이승만 대통령 일행을 법당으로 안내했다.

동산 스님의 사자후는 이후에 터졌다. 이승만 대통령이 법당 예절을 지키지 않아서였다. 법당에 들어온 이승만 대통령이 중절모자를 쓴 채 유엔군 사령관에게 부처님을 손가락으로 가리키며 설명하고 있는 것이었다. 동산 스님이 소리쳤다.

"이것 보시오! 일국의 대통령이라는 분이 어찌 감히 부처님께 손가락질을 하고 있는 것이오?"

이승만 대통령은 바로 사과했다.

"아, 내가 큰 실수를 했소이다. 외국인들에게 부처님을 소개하느라고 그만 실수를 했소이다."

"각하의 어머님께서 삼각산 문수암에서 기도하고 각하를

낳으셨다는 얘기를 들었습니다. 어린 시절에는 불자인 어머니 손을 잡고 문수암을 오르시곤 했다는 얘기도 들었습니다. 그런데 빈도는 오늘 각하의 모습을 보고 실망했습니다. 법당에서는 누구나 모자를 벗어야 합니다."

"아이구, 또 실수를 했소이다."

그제야 이승만 대통령과 유엔군 사령관 등이 모자를 벗었다. 비로소 위령제는 오전 내내 여법하게 진행되었다. 위령제가 끝나자 이승만 대통령은 지체하지 않고 유엔군 사령관과 함께 범어사를 떠났다. 그런데 이승만 대통령은 동산 스님의 당당한 모습이 뇌리에서 떠나지 않았다. 자신에게 큰소리를 질렀지만 전혀 무례하다는 생각이 들지 않았다. 부산 피난 정부로 돌아온 이승만 대통령은 내무부 장관을 지냈던 스님 출신 백성욱 박사를 불러 동산 스님을 모셔오게 했다.

"내 평생 동안 나에게 호통을 친 사람이 두 분이 있소. 한 분은 김구 선생이고, 또 한 분은 범어사 동산 스님이오. 동산 스님을 내 집무실로 모시고 오시오."

백성욱 박사가 한때 스님 생활을 한 적이 있는 불자였으므로 서로 통할 것이라고 믿었던 것이다. 그러나 백성욱 박사가 범어사로 갔을 때 동산 스님은 한마디로 거절했다.

"대통령이든 소통령이든 나를 보려면 절로 와야지 내가 왜 갑니까?"

창호에 날빛이 일렁였다. 행자들이 내원암 마당을 비질하는 소리가 들려왔다. 나이 든 행자가 12살 된 어린 김 행자를 다그치는 소리도 났다. 내원암에 온 지 얼마 안 된 눈망울이 유난히 초롱초롱한 김 행자였다. 능가 스님이 차를 마시면서 또 수불에게 말했다.

"왕대밭에 왕대 난다는 말이 있지. 우리 은사스님은 하늘에서 뚝 떨어진 것도 아니고 땅에서 솟아난 것도 아니란 말이지. 우리 은사스님의 스승은 용성 큰스님이 아닌가? 용성 큰스님은 나라와 민족을 늘 생각하신 보살이셨어. 3·1운동 민족 대표 33인 중에 불교 대표는 딱 두 분 우리 용성 스님과 만해 스님뿐이었거든.

민족 대표 33인 중 한 분이었던 오세창 선생이 증언한 바가 있어. 기미 독립선언서의 공약 3장 가운데 '최후의 일인까지, 최후의 일각까지 민족의 정당한 의사를 쾌히 발표하라'는 내용은 용성 스님의 제안으로 막판에 채택되었는데, 오세창 선생이 옆에서 직접 보셨던 것이지."

능가 스님의 기억력은 대단했다. 과거의 일을 눈앞에 펼쳐지고 있는 듯 생생하게 말했다.

"용성 큰스님은 원력보살이시기도 했어. 서대문 형무소에서 옥고를 치르시고 나서 서울에 대각사를 짓고 불경을 한글화시키는 역경불사를 시작하셨지. 당시 아무도 생각지 못했던 역경불사였으니까 선각자인 셈이지. 아마도 3·1운동 직후 옥고를 치르실 때 기독교 민족 대표들이 한글로 된 성경으로 기도하는 것을 보고 느끼신 바가 크셨던 것 같아."

"동산 큰스님의 원력은 무엇이었습니까?"

"참선 수행자들을 지도하는 것이었어. 범어사 조실스님으로 계실 때였으니까 아마 해방 직전이었을 거야. 청풍당에서 참선 수행자들을 지도하고 계셨지. 당시는 대처승들이 사찰 운영권을 쥐고 있을 때라서 비구들은 대처승들의 눈치를 보며 양식을 얻어먹는 처지였어. 청풍당에 처음에는 선객들이 7~8명이었는데 차츰 불어나 20여 명이 됐지. 그러니 살림하는 원주가 은사스님에게 통사정을 했어. 선객들을 그만 받으시라고 말이야."

원주는 대처승에게 겨우겨우 양식을 빌려 왔던 처지였으므로 차마 더 달라고 말하지 못했다. 그렇다고 동산 스님이 받아들이는 비구 선객들을 감히 막을 수도 없었다. 동산 스님의 원력은 수행자를 지도하는 인재불사였기 때문이었다. 하루는 원주가 다른 절로 떠날 결심을 하고 동산 스님에게 말했다.

"스님, 더 이상 선객스님들을 받아들이지 말아야 합니다. 이제는 죽 끓일 양식도 모자랍니다."

"무슨 소리를 하는 것이냐? 오는 사람 막지 않고 가는 사람 붙잡지 않는 것이 선가의 전통이거늘 어찌 수행하겠다고 찾아오는 선객을 내치라는 말이냐!"

원주는 절 살림을 방관하는 듯한 동산 스님이 원망스럽기만 했다.

"선객들 많다고 다 도인 됩니까?"

"닭이 천 마리면 그중에서 봉황 한두 마리가 나오는 법이다."

동산 스님은 원주가 통사정을 해도 인재불사의 원력을 꺾지 않았다. 오히려 찾아오는 대로 다 받아주었다.

"은사스님의 제자는 백 명이 넘지. 성철, 지효, 지유, 고산, 광덕, 정관, 무진장 스님 등은 다들 알 만한 스님들이지. 선맥(禪脈)은 멀리 환성지안(喚醒志安) 선사에서 용성 스님, 용성 스님에서 우리 은사스님으로 이어졌다고 봐야 해. 수불은 이 선맥을 이어가야 해."

능가 스님이 말한 선맥은 범어사로 이어지는 맥이었다.

"은사스님이 가장 존경했던 분은 보조 국사였어. 은사스님은 보조 국사가 간화선 수행의 수승함을 강조하기 위해 저술한 《간화결의론(看話決疑論)》과 '마음이 부처임을 자각하고 수행해 깨달음을 성취'하는 내용을 담은 《원돈성불론(圓頓成佛論)》을 애독했어."

"스님, 동산 큰스님께서 내원암에 사신 적이 있습니까?"

"내원암에 사시던 용성 큰스님께서 1937년 74세 때 서울 대각사로 가시고 난 다음 해 은사스님이 내원암 선방 조실로 오셨지. 은사스님의 제자이기도 한 성철 스님이 내원암에서 여름철 동안 용성 큰스님을 시봉하고 살았어. 그러니까 내원암은 용성 큰스님, 은사스님, 성철 스님의 선풍이 훈습된 암자라고 할 수 있지. 이런 사실을 수불은 어디를 가든 잊지 말아야 해."

경내는 조용했다. 행자들의 청소가 다 끝난 듯 계곡을 빠져나가는 물소리만 돌돌돌 들려왔다. 수불은 다른 날보다 능가 스님의 법문을 더 길게 들은 것 같았다. 그제야 할 일들이 하나하나 떠올랐다. 능가 스님 방을 나서는 순간 내원암 원주라는 사실이 새삼 느껴졌다. 내원암 살림도 녹록지 않았던 것이다.

복의 힘으로 불도를 이루리

개량 한복 차림의 열두 살 김 행자가 내원암에 온 지 한 달쯤 지났을 때였다. 그제야 수불은 김 행자에게 관심을 가졌다. 김 행자가 큰절에서 올라왔을 때만 해도 암자에 식구가 한 사람 더 늘었군, 하고 무심코 지나쳤던 것이다. 바쁘기도 했지만 절에서 몇 년 사는 동안 성격이 무심해진 탓도 있었다. 스님이 되겠다고 절에 와서 행자 생활을 하다가 어느 날 사라져 버리는 사람들이 종종 있었기 때문이다.

그런데 김 행자는 어린 나이에도 불구하고 새벽예불 때 독경을 잘하고 행동거지도 둔하지 않았다. 김 행자의 행동거지를 볼 때 갓 출가한 행자와 달랐다. 이른바 중물이 어색하지 않게 들어 있었다. 수불은 김 행자를 방으로 불러 차를 우려 주면서 물었다.

"김 행자, 내원암에 살기가 어떤가?"

"큰절에 살고 싶어 따라왔는데 암자로 올라가라고 해서

왔습니다.”

김 행자는 수불이 어려운지 무릎을 꿇고 있었다. 수불을 똑바로 쳐다보지 못하고 책이 쌓인 앉은뱅이책상에 눈길을 주곤 했다. 수불이 바나나를 내밀면서 김 행자의 긴장을 풀어주었다.

“바나나가 잘 익었네. 맛이 있어.”

“스님, 고맙습니다.”

“편히 앉아. 범어사에 누구를 따라온 건가?”

“예, 범어사에 계신다고 하는 스님을 따라 한 달 전에 왔습니다.”

“아무라도 큰절에서 행자 생활을 못 하지. 나이가 엇비슷해야 하니까. 내가 생각하기에는 김 행자가 어려서 암자로 올려보낸 것 같아.”

김 행자는 차를 마신 뒤부터는 긴장을 풀었다. 말할 때마다 가끔 볼에 보조개가 나타났다. 삭발한 지 보름도 더 지난 듯 머리는 밤송이 같았다.

“어디에서 범어사 스님을 만나 따라왔는데?”

“다 말해도 돼요? 저도 제가 여기까지 온 것이 신기하기만 해요.”

“그걸 알아야 김 행자를 내가 더 이해할 수 있지.”

“그럼, 말씀드릴게요.”

김 행자는 자신이 어떻게 내원암까지 왔는지를 조리 있게 이야기했다. 밤송이 같은 머리를 긁적이면서 입을 주뼛거리거나 유난히 하얀 치아가 드러날 때는 귀엽기조차 했다. 하동의 한 사립 중고등학교를 설립한 아버지와 지리산의 어느 고찰 신도회장을 지낸 어머니 사이에 태어난 김 행자는 모태 출가를 했다고 말했다. 스님들이 자신을 잉태한 어머니에게 '이 아이를 낳으면 나에게 출가시켜 달라'고 했다는 것이다. 그래서 자신은 아주 어린 시절에 어머니와 약속한 하동의 어느 절로 가서 몇 년을 산 뒤, 송광사로 갔다가 어떤 스님이 함께 살자고 해서 버스를 타고 경상도 쪽으로 오게 되었다는 것이다. 그런데 마음이 내키지 않아 휴게소에서 도망쳤지만 개량 한복을 입고 두리번거리는 그를 발견한 범어사 스님이 자초지종을 묻더니 이곳으로 데리고 왔다며 또박또박 고백했다.

"여기서 사미계 받고 잘 살면 내가 아래 큰절로 내려가 생활할 수 있게 주선해 주지."

"큰절에서 강원도 다니고 싶습니다."

김 행자는 정말로 큰절에서 생활하고 싶었던지 천진난만하게 합장을 하며 좋아했다. 그런데 수불은 자꾸 김 행자의 더부룩한 머리가 눈에 거슬렸다. 김 행자의 머리카락이 경내 마당에 난 잡초 같았다. 수불은 김 행자의 머리카락을 잘라주고 싶어서 말했다.

"삭발해 줄까?"

"예, 감사합니다."

"당연하지. 대신 내가 좋아하는 부처님 말씀을 외우도록 해. 언젠가 깊은 뜻을 알게 될 거야."

수불이 앉은뱅이책상에서 가져온 종이에는 부처님 말씀이 적혀 있었다. 《증일아함경(增壹阿含經)》 역품에 나와 있는 부처님 말씀이었다.

눈은 잠을 먹이로 삼고,

귀는 소리를 먹이로 삼으며

코는 냄새를 먹이로 삼고,

혀는 맛을 먹이로 삼으며

몸은 감촉을 먹이로 삼고,

생각은 현상을 먹이로 삼는다.

그리고 여래는 열반으로 먹이를 삼는다.

열반은 게으르지 않는 것으로 먹이를 삼는다.

이 세상 모든 힘 중에서도 복의 힘이 가장 으뜸이니,

그 복의 힘으로 불도를 이룬다.

수불이 늘 가슴에 새기고 있는 부처님 말씀은 마지막의

'열반은 게으르지 않는 것으로 먹이를 삼는다'와 '이 세상 모든 힘 중에서도 복의 힘이 가장 으뜸이니, 그 복의 힘으로 불도를 이룬다'라는 구절이다. 특히 두 번째 구절은 자나 깨나 잊히지 않았다.

수불은 김 행자를 요사채 샤워실로 데리고 갔다. 거울이 걸린 샤워실에는 면도기가 준비되어 있었다. 수불은 면도기로 김 행자의 머리카락을 쓱쓱 밀었다. 삭발을 다 하고 나자 김 행자의 정수리가 파르스름하게 빛났다. 그리고 눈썹은 숯덩이처럼 더욱 짙게 보였다. 수불이 말했다.

"이 머리카락을 저 계곡의 바위 밑에 묻어라."

"스님, 왜 바위 밑에 묻습니까?"

"네가 게을러지거나 힘들 때 찾아가서 '내가 왜 머리카락을 잘랐지?' 하고 생각해 보거라."

김 행자는 잘린 머리카락을 비닐 봉투에 담아 계곡으로 나갔다. 과연 계곡으로 가는 산길 옆에 큰 바위가 하나 있었다. 산길을 다니면서도 눈여겨보지 않았는데, 실제로 김 행자 키만 한 바위가 있었다. 김 행자는 다시 암자로 돌아가 호미를 들고나와 바위 밑을 팠다. 썩은 낙엽 밑에 하얀 굼벵이들이 꼬무락거렸다. 김 행자는 굼벵이들이 산새들의 먹이가 될 것 같아 옆으로 옮긴 뒤 낙엽으로 덮어주었다.

'부처님께서 복의 힘으로 불도를 이룬다고 하셨지.'

김 행자는 머리카락을 다 묻고 나서 흙 묻은 손을 계곡물에 씻었다. 계곡물은 늦봄인데도 차가웠다. 손가락이 절로 고사리처럼 오그라들었다. 멀리서 지켜보던 수불이 미소를 지었다. 김 행자를 보는 순간 문득 천도교 주문을 외울 때 꾸벅꾸벅 졸던 속가의 동생들이 떠올랐다.

수불은 이다음 목욕하는 날에는 김 행자를 산문 밖의 동래목욕탕으로 데려가야지 하고 생각했다. 속가의 동생이 생각나서였다.

그날 이후 김 행자는 속가 어머니가 그리울 때마다 바위 밑으로 갔다가 오곤 했다. 그러면 '큰스님이 되어 엄마를 기쁘게 해다오'라는 어머니의 따뜻한 목소리가 들리는 것 같아 힘이 나고 기분도 좋아졌다.

김 행자도 어느 순간부터 수불이 속가의 큰형 같아 든든했다. 나이 차이가 많이 나는 속가 큰형과 작은형도 오래전에 출가해 어느 절에서 수행 정진 중이었던 것이다. 김 행자의 속가는 누나와 여동생만 빼고 모두 출가한 집안인데, 이는 어머니의 발원에 따른 것이었다. 어느 날 수불은 김 행자가 써서 보여주는 동시를 읽어보기도 했다.

저는 자주 울지만

부처님은 한 번도 운 적이 없습니다.

저는 화를 내지만
부처님은 화내지 않고 웃기만 합니다.

그래서 부처님 얼굴은
눈부시게 반짝반짝 빛이 납니다.

수불은 김 행자의 동시를 보고 칭찬을 해주었다.
"동시가 좋은데 누구한테 배웠나?"
"예불 때마다 부처님 얼굴을 보고서 써봤어요."
"이 세상에서 화를 내지 않고 사는 분이 바로 부처님이야.
그러니까 언제나 미소를 짓고 계시는 거야."
"저도 부처님 같은 사람이 될 수 있을까요?"
"스님이 돼서 수행하면 가능하지."

그런데 그해 가을 김 행자보다 나이가 많은 20대 행자가
내원암에 들어왔다. 20대 청년 행자는 공양간에서 밥 짓는 일
부터 했다. 김 행자가 새벽예불 때 염불하는 동안 청년 행자는
공양간에서 쌀을 씻고 반찬을 만드는 등 아침 공양을 준비했
다. 청년 행자는 혼잣말로 불평을 터뜨리기 시작했다.

'부엌데기 노릇 하려고 출가한 것이 아닌데 이게 뭐야!'

수불은 눈치를 챘지만 더 지켜보기로 했다.

'저 어린 녀석은 누굴 믿고 공양간 찬물에 손도 대지 않는 것이야!'

능가 스님 귀에도 청년 행자가 거칠다는 말이 들려왔지만 모른 체했다. 행자끼리 힘겨루기를 하다가도 일정한 기간이 지나면 서로 간에 타협해서 잘 지내곤 했던 것이다. 두 행자를 불러놓고 꾸중하는 것은 어느 한 편을 든다며 오해할 수 있다고 생각한 능가 스님은 짐짓 방관했다.

그러나 수불은 내심 김 행자가 걱정되어 능가 스님에게 건의하고 말았다.

"늦게 온 행자가 그악스럽습니다."

"제 발로 나가기 전에는 쫓아내지 않는 것이 절의 법도이니 어찌하겠나?"

"김 행자를 시기하는 것도 같습니다."

"시기를 해?"

"염불 잘하는 김 행자가 자기 눈앞에서 사라지기를 바라는 것 같습니다."

"부처님 법으로 교화시키지 못할 사람은 없으니 수불이 잘 가르쳐봐. 잘못하면 불러서 참회도 시키고."

"그보다는 큰절로 내려보내 행자 생활을 제대로 해보게

하는 것이 좋을 듯합니다."

"이왕 내원암으로 왔으니 더 기다려보는 것이 안 좋겠나. 지가 내려가겠다고 하면 모르겠지만."

"알겠습니다, 스님."

수불은 자신의 생각을 접었다. 능가 스님을 시봉하는 처지에 고집을 부리고 싶은 마음은 추호도 없었다. 은사스님의 스승에 대한 도리가 아니라고 생각했던 것이다. 뿐더러 상대방이 누가 됐건 간에 부딪히면서까지 주장을 관철하려는 것은 자신의 성정과도 맞지 않았다.

한겨울이 되어 찬 바람이 쌩쌩 부는 어느 날 아침이었다. 수불이 법당 앞에서 울고 있는 김 행자를 발견했다.

"김 행자, 왜 울고 있나?"

"스님, 제 털신 좀 보세요."

"털신이 젖었군."

"공양간 행자님이 물을 부었어요."

김 행자는 털신을 신지 못한 채 발을 동동 구르고 있었다. 수불은 그런 김 행자를 보고는 난감했다. 한겨울인데 털신에 물을 붓는 것은 단순한 장난이 아니라 골탕을 먹이기 위한 짓이 분명했다.

"오늘 처음인가?"

"아니요. 가끔 그랬어요."

"억울해서 울고 있었구나."

그날 수불은 청년 행자를 불러 처음으로 큰소리로 야단을 쳤다. 그런 뒤 새벽 공부 시간에 능가 스님에게 청년 행자의 악행을 보고했다.

"스님, 청년 행자가 김 행자를 너무 괴롭히는 것 같습니다. 오늘은 새벽예불 때 김 행자 털신에 물을 부었습니다."

"어찌했으면 좋겠느냐?"

"이번에는 참회를 시켜야 합니다."

"공양간 행자를 이리 데려오너라."

능가 스님 앞으로 불려온 청년 행자가 무릎을 꿇고 앉았다. 능가 스님이 큰소리로 불벼락을 내렸다.

"이놈! 김 행자 신발에 왜 물을 부었느냐?"

"……"

"왜 말을 못 하느냐? 새벽예불하는 김 행자를 괴롭히는 것은 부처님을 욕되게 하는 짓이다!"

"큰스님, 잘못했습니다. 암자에서 살게만 해주신다면 무슨 벌이든 받겠습니다."

"좋다. 당장 법당으로 들어가 3천 배를 하거라!"

수불은 암자에서 쫓겨나는 것을 두려워하는 청년 행자가 애처롭기도 했다. 어디로 갈 데가 없는 행자임이 분명했다. 저잣거리에서 오갈 데가 없어서 절로 들어온 청년들이 더러 있었던 것이다. 청년 행자는 벌로 3천 배를 시키는데도 주저하지 않고 법당으로 들어갔다. 그런 청년 행자의 모습을 본 수불은 비록 그의 행동은 밉살스러웠지만 한편으로는 측은한 마음이 들었다.

그런데 공양간 행자의 악행은 거기서 멈추지 않았다. 하루는 김 행자가 툇마루에 앉아서 무릎에 약을 바르고 있었다. 넘어진 상처는 아니었다. 무엇에 찔린 듯했다.

"김 행자, 무슨 상처야?"

"스님, 새벽예불 때 찔렸습니다."

"새벽예불 때 찔렸다니 무슨 말이지?"

김 행자가 낙담한 듯 아무렇지 않게 말했다.

"새벽예불을 드리려고 무릎을 꿇다가 압정에 찔렸습니다."

"공양간 행자 짓인가?"

"예, 그런 것 같습니다. 요즘은 법당에 들어갈 때마다 압정이 있는지 없는지 살핍니다. 압정을 주워서 치울 때도 있습니다."

김 행자는 나이가 어린 탓에 청년 행자에게 매번 괴롭힘을 당해도 어떻게 대처하지를 못했다. 대들기는커녕 당하고 나서는 고작 울기만 할 뿐이었다.

"김 행자, 공양간 행자가 왜 괴롭힌다고 생각해?"

"모르겠어요. 사미계를 받으면 저도 스님이 되잖아요. 그게 싫은가 봐요."

"김 행자에게 스님이라고 부르기 싫으니까 그런다고? 고약한 행자군."

"저를 하도 못살게 구니까 그런 생각이 들었어요."

"그럴 수도 있겠네."

수불은 두 행자를 떼어놓을 수밖에 없다고 생각하고는 능가 스님 방으로 갔다.

"스님, 공양간 행자가 사미계를 받게 될 김 행자에게 요즘 더욱더 시기를 하고 있는 것 같습니다. 그러니 김 행자를 잠시 동안 안국사로 보내면 어떻겠습니까?"

"잠시만 그렇게 하거라."

수불은 바로 김 행자를 데리고 안국사로 갔다. 지명 스님은 귀엽게 생긴 김 행자를 보자마자 상좌로 삼고 싶어 하며 말했다.

"나에게 와서 살아라."

"내원암에서 머리를 깎았는데 어떻게 바꿉니까?"

수불은 안국사 지명 스님에게 김 행자를 부탁하고는 지체하지 않고 내원암으로 돌아왔다. 그런데 한 달이 지났을 때였다. 어찌 된 영문인지 능가 스님이 갑자기 수불을 부르더니 안국사로 가자고 했다.

"안국사에 좀 다녀오자."

"예, 알겠습니다."

"김 행자는 거기 잘 있겠지?"

"은사스님께서 아주 귀여워해 주신다고 합니다."

수불은 영문도 모르고 능가 스님을 따라나섰다. 그런데 안국사에 도착한 능가 스님은 지명이 인사를 올리자마자 큰소리를 쳤다.

"어째서 김 행자를 돌려보내지 않는 것인가!"

"스님께서 안국사로 보낸 것이 아닙니까?"

"김 행자를 안국사로 아주 보낸 것은 아니었네. 안국사에 잠시만 있도록 한 것이지."

결국 김 행자는 내원암으로 돌아왔다. 그러나 김 행자는 청년 행자 때문에 마음을 붙이지 못했다. 청년 행자와 마주치기 싫어서 숨바꼭질하듯 빙빙 돌다가 내원암에 잠시 들른 어느 객승을 따라서 강원도까지 갔다가 되돌아오기도 했다. 그래도 김 행자를 나무라는 사람은 아무도 없었다. 능가 스님은 조금만 참고 있으면 사미계를 받을 것이라고 했고, 수불도 너그럽게 말했다.

"잘 돌아왔다. 그러나 어디를 가든 열심히 살아야 한다."

"스님, 머리카락을 묻은 바위 밑에 좀 다녀오겠습니다."

김 행자는 법당보다 먼저 자신의 머리카락을 묻은 바위 밑으로 갔다. 바위는 그대로인데 밑에는 예전에 보지 못했던 민들레꽃이 피어 있었다. 김 행자는 한참 동안 바위 밑에 쭈그려 앉아 있다가 암자로 돌아왔다. 청년 행자와 마주쳤는데 찬바람이 또 일었다. 결국 김 행자는 청년 행자와 사는 것이 싫어서 불국사로 가는 버스를 타고 말았다.

∞

철조망 사건

내원암에 손님이 왔다. 손님들 중에는 동산 스님의 상좌들도 더러 있었다. 성철, 광덕, 고산, 지유, 무진장 스님 등이 동산 스님의 상좌들이었다. 그날은 고산 스님이 찾아와서 능가 스님과 반나절이나 차담을 나누었다. 차는 원주 수불이 우리고 따랐다. 고산 스님은 주로 동산 스님의 법문을 기억하면서 말했다.

"성철 스님께서 파계사 성전암에 철조망을 둘러치고 8년 동구불출 하신 다음 해일 겁니다. 은사스님께서 하신 하안거 결제 법어가 생각납니다."

동구불출(洞口不出)이란 단 한 발짝도 밖으로 나가지 않고 수행정진 하는 것을 뜻했다.

"20여 년 전의 법어를 기억하시다니 놀랍습니다."

"다른 건 몰라도 계율과 화두정진을 당부하신 말씀이 잊히지 않습니다."

고산 스님이 기억하는 동산 스님의 1964년 하안거 결제

115

법어 요지는 다음과 같았다.

오계를 잘 가진다는 것은 궁실을 짓는 데 먼저 터를 견고
히 하는 것과 같다. 터가 견고해야만 집을 세울 수 있고 터
가 견고치 못하면 집을 세울 수 없다. 마치 허공에 집을 지
으려는 것과 같은 것이다. 먼저 오계부터 잘 가지고 마음
그릇이 청정해진 뒤에야 참으로 실답게 공부할 수 있다.
한편 실답게 공부를 하려면 불가불 조사의 공안인 화두를
들지 않을 수가 없다.

반면에 능가 스님은 동산 스님의 법문들 중에서 《화엄경
(華嚴經)》의 핵심인 '통만법귀일심(通萬法歸一心)' 사상을 기억
했다. 동산 스님께서 "만법을 통합하여 일심에 돌아가면 거기
는 능(能, 주체)과 소(所, 객체)는 없으나 그 밖에 한 걸음 더 나가
는 것이 조사관(祖師關)이요, 우리의 90일 공부가 바로 이것이
다"라는 말씀을 자주 했던 것이다.

"은사스님께서는 '팔만사천법문이 모두 중생의 근기를
낱낱이 다 알고 다 보고 해서 그 근기에 맞춰 말한 것이기 때문
에 모두 굴복하지 않을 수 없이 항복하게 되고, 그 제도하는 방
법이 여러 가지이지만 필경 구경처(究竟處)는 만법을 통하여
일심으로 돌아가는 데 있다'고 설했습니다."

수불은 두 스님의 차담을 들으면서 화두를 참구하는 선풍이 용성 스님에서 동산 스님으로, 동산 스님에서 범어사, 해인사, 쌍계사 등으로 이어져 왔구나 하고 선맥을 나름대로 짐작했다. 차담이 끝나갈 무렵 능가 스님이 한마디 덧붙여 말했다.

"성철 스님이 성전암 동구불출을 마치고 철조망 밖으로 나와 제일 먼저 가신 곳이 부산 다대포였습니다. 다대포 작은 암자에서 하안거를 나셨는데 그냥 푹 쉬시었지요. 내가 찾아가서 뵀어요. 성철 스님은 나보다 열한 살 위이신 사형님이셨습니다. 왜 성전암에서 철조망을 쳤는지 말씀하셨는데 사람들이 시도 때도 없이 찾아오니 수행에 방해가 돼서 그러셨다고 합니다."

"성철 스님은 계율도 철저하게 지키신 분입니다."

고산 스님은 화두정진보다는 계율에 관심을 두고 말했다. 반면에 능가 스님은 내원암 선방을 참선정진 하는 범어사 제일의 선방으로 만들어보고 싶어 했다.

"성철 스님께서 오죽하면 상좌를 시켜서 철조망을 치셨겠습니까? 참선정진 한번 제대로 하시려고 그러셨겠지요."

고산 스님이 가고 난 뒤 수불은 계곡으로 내려가 산길을 걸었다. 두 스님이 나눈 차담 중에 의심이 하나 들었기 때문이었다. 수불은 이런저런 생각을 하면서 계곡 옆으로 난 산길을 걸었다.

'암자에 철조망 울타리를 친다고 해서 화두가 더 잘 들릴까? 스님을 만나기 위해 먼 곳에서 찾아온 손님이 있다면 얼마나 황당할까? 혹시 능가 스님께서 내원암에도 철조망을 치자고 하지 않을까?'

수불은 금정산 정상 부근까지 올라갔다가 점심 공양 전에 내려왔다. 하산하는 길에 문득 동산 스님이 깨달았을 때 읊조렸다는 시가 떠올랐다.

畫來畫去幾多年　　화래화거기다년
筆頭落處活猫兒　　필두낙처활묘아
盡日窓前滿面睡　　진일창전만면수
夜來依舊捉老鼠　　야래의구착노서

그림을 그리고 그린 것이 몇 해던가
붓끝이 닿는 곳에 살아 있는 고양이로다.
하루 종일 창 앞에서 늘어지게 잠을 자고
밤이 되면 예전처럼 늙은 쥐를 잡는다네.

수불은 동산 스님이 붓으로 살아 있는 고양이를 그렸다는 시구가 마음에 와닿았다. 얼마나 붓으로 고양이 그림을 그렸으면 그림 속의 고양이가 홀연히 살아났을까, 하는 마음이 들었다. 깨달음이란 애벌레가 나비로 변하듯 한순간에 차원을 바꾸어버리는 비약이므로 누군가의 설명으로는 이해가 불가능했다. 마음과 마음으로 소통하는 이심전심(以心傳心)의 세계이기 때문이었다.

점심 공양은 새로 들어온 행자가 준비를 다 해놓고 있었다. 행자는 특히 국수 요리를 잘했다. 국수는 스님들 사이에서 '스님을 미소 짓게 하는 요리'라고 해서 승소(僧笑)라고 불렸다.

수불의 예감은 놀랍게도 들어맞았다. 국수를 훌훌 맛있게 먹고 있는데 능가 스님이 툭 던지듯 말했다.

"암자를 다 둘러치려면 철조망값이 꽤 나올 거야."

"스님, 내원암에 철조망을 치시려고요?"

"수행자란 늘 출가할 때의 초심으로 살아야 돼. 성철 스님도 아마 그런 마음이셨을 거야."

능가 스님도 한 고집 하는 분이었다. 한번 마음을 내면 거두어들이는 법이 없었다. 출가하기 전에 일본 와세다대학 법학과를 갔을 때도 그랬고, 대학을 졸업한 뒤 출가하고자 했을 때도 그 누구도 스님의 고집을 꺾지 못했다. 자신이 선택하면 물소처럼 돌진했다. 그런 고지식한 성정 탓에 상처받은 상좌나 신도들이 적잖았던 것도 사실이었다.

아니나 다를까, 다음 날 새벽 공부 시간이었다. 수불이 방에 들자마자 능가 스님이 철조망 설치를 지시했다.

"네가 맡아서 철조망을 치거라."

"......"

"왜 친다, 못 친다 말이 없느냐?"

수불은 예감은 했지만 너무 빠른 지시에 놀랐다. 그렇다
고 내키지 않는 일에 "예" 하고 대답할 수도 없었다. 수불이 내
키지 않은 이유는 철조망을 쳤을 경우 시비를 부를 것이 뻔해
서였다. 철조망을 친다면 능가 스님부터 구설수에 오를 것이
틀림없었다. 범어사 대중들이 결코 곱게 볼 리 만무했다. 내원
암은 범어사 주지가 관할하는 산내암자들 중에 하나였다. 성
철 스님이 파계사 성전암에 철조망을 두른 예와는 전혀 달랐
다. 당시 성철 스님은 비구 정화 후 해인사 초대 주지가 됐지만
거절했을 정도로 위상이 높았으므로 파계사 젊은 주지가 스승
처럼 깍듯이 모셨던 것이다. 수불이 아무 말도 않고 가만히 앉
아 있기만 하자 능가 스님이 단호하게 말했다.

"쳐라!"

"......"

능가 스님이 방을 나가자 수불도 말없이 뒤따랐다. 수불
은 끝내 "예"라는 말도 "아니오"란 말도 하지 않았다. 노스님인
능가 스님 앞에서 감히 자신의 속내를 밝힐 수 없었다.

그날 이후 수불은 능가 스님의 눈치를 보면서 지냈다. 내
원암에 손님들이 더 많이 드나들고 능가 스님의 출타가 잦아

지면서 철조망 설치 건은 잠시 멀어진 듯했다. 그러나 한 달쯤 지난 뒤였다. 능가 스님이 또다시 수불을 불러 말했다.

"왜 철조망 칠 생각을 안 하느냐?"

"……"

"무슨 문제라도 있는 것이냐?"

"지난 한 달 동안 정신없이 보냈습니다."

"그렇다면 사정을 얘기해야지 어째서 그러고만 있느냐?"

"제게 생각이 있습니다만."

수불은 어린 시절부터 천도교 지도자인 아버지에게 "아니오"라고 말해본 적이 없었다. 아버지가 무슨 일을 시키면 "예"만 하고 살아왔던 것이다. 그런 성정 탓에 능가 스님에게 "아니오"란 말을 못 했다. 능가 스님은 답답하다는 듯 고개를 절레절레 흔들었다.

"쯧쯧."

또 보름이 흘렀다. 이제는 능가 스님이 고집을 부리는 건지 수불이 버티고 있는 것인지 경계가 불분명해져 버렸다. 명분이나 이유를 대면서 이성적으로 따지는 시간이 지나가 버린 듯했다. 어느새 노스님과 손상좌라는 위계질서만 드러나고 있었다. 하루는 능가 스님이 수불을 불러놓고 다짜고짜 화를 냈다.

"철조망 치라는 내 말이 말 같지 않느냐!"

“그건 아닙니다.”

“그게 아니라면 왜 치지 않는 것이냐?”

“치지 못할 이유가 있습니다, 스님.”

“허허허.”

능가 스님이 헛웃음을 지었다. 그래도 수불에게 일말의 기대가 있어서였는지 능가 스님이 설득 조로 차분하게 말했다.

“내가 즉흥적으로 결정한 것이 아니다. 성철 스님을 흉내 내고자 하는 것도 아니다. 선심초심(禪心初心)이라는 말이 있지 않으냐? 초심, 출가 의지를 다지자는 것이지 다른 뜻은 없다.”

그래도 수불의 생각은 처음과 같았다. 자신의 동기가 순수하더라도 결과물이 남에게 시비의 대상이 된다면 애당초 하지 말아야 한다는 것이 수불의 생각이었다. 수불이 자신의 주장을 꺾지 않은 이유는 분명했다. 능가 스님을 위하는 일이라고 판단해서였다. 범어사 대중들이 철조망을 치는 능가 스님에게 온갖 상상력을 동원해서 시비할 것이 확실했기 때문이었다.

그런데 능가 스님의 고집도 만만찮았다. 수불보다 더했으면 더했지 덜하지 않았다. 그날 오후 수불이 보란 듯 철조망 업자를 불러 내원암을 한 바퀴 돌면서 실측했다. 수불은 마지못해 철조망 업자 뒤를 따랐다. 철조망 업자가 줄자를 가지고 실측한 뒤 능가 스님에게 말했다.

“큰스님, 철조망이 적게 잡아도 50미터쯤 들어가겠습니다."

"말뚝은 몇 개나 박아야 하는가?"

"2미터 간격으로 박아야 튼튼합니다. 적어도 25개가 필요합니다."

"여분을 더 생각하게."

"일단은 적게 잡아 계산했습니다. 물량은 확보돼 있으니 필요하면 언제든지 늘릴 수 있습니다."

"알았네."

능가 스님은 종이쪽지에 업자가 말하는 대로 철조망 길이와 말뚝 개수를 적었다. 철조망 업자가 돌아간 뒤 능가 스님이 수불에게 종이쪽지를 건네주면서 말했다.

"업자를 불러서 하면 된다. 당장 철조망을 치거라."

다음날 수불은 능가 스님에게 "안국사에 가서 좀 있겠습니다" 하고 인사한 뒤 내원암을 도망치듯 내려와 버렸다. 능가 스님의 고집에 더 버티기가 힘들어서였다. 수불은 바랑을 메고 떠났지만 멀리 가지는 못했다. 일단 지명 은사스님이 계시는 안국사로 갔다. 어디로 가더라도 은사스님에게 자초지종을 얘기하고 떠나는 것이 도리일 듯싶어서였다. 마침 지명 스님은 천도재를 지낸 탓인지 다소 지친 표정으로 안국사에 온 수불을 맞았다. 수불이 안국사에 온 이유를 말하자 지명 스님이 수불 편에서 말했다.

"은사스님은 채찍을 많이 가하시는 편이지. 어찌 보면 조금 멸시하고 무시한다는 느낌도 들어."

"노스님께서 저를 무시하거나 멸시한다는 생각은 한 번도 안 해봤습니다."

"그렇지. 누구를 깔보는 게 아니라 당신 나름대로의 수단이지. 잘못하여 오해하면 '나를 무시하나?'라고 생각할 수도 있겠지."

"저는 절대로 그렇게 생각해 본 적이 없습니다. 노스님을 존경합니다. 제가 부족해서 공부 더 하라고 채찍을 주시는가 보다 하고 생각해 왔습니다."

"수불의 근기라면 은사스님도 인정하시지 않을 수 없을 거야. 철조망 설치 일은 솔직하게 말씀드려. 노스님을 위해서 반대한다고. 은사스님이 수불의 의견을 듣고 일리가 있다면 받아들이지 끝까지 억지 고집을 부리는 분은 아니니까."

"그럴까요?"

"은사스님은 시비가 분명한 분이지. 옳고 그름을 명명백백하게 가리어 옳으면 승복하고 틀린 것에는 절대로 굽히지 않는 분이야."

"말씀드리는 것이 예의에 벗어나지 않는다면 기회를 기다렸다가 제 생각을 말씀드리겠습니다."

"생각 잘했어. 이왕 여기 왔으니 쉬었다가 내원암으로 올라가게."

"제 생각이 정리되는 대로 돌아가겠습니다."

수불은 안국사에서 다시 지인의 소개를 받아 기장 토굴로 갔다. 토굴은 조계종단에 등록된 정식 암자가 아니라 개인이 수행하기 위해 지은 조그만 집이었다. 수불은 기장 토굴에서 10개월쯤 보내다가 지명 스님이 머무는 안국사를 찾아갔다. 안국사는 언제든 갈 수 있는 고향 집 같은 곳이었다. 지명 스님이 수불의 얼굴을 찬찬히 보고는 말했다.

"이제 쉴 만큼 쉬었으니 노스님을 시봉하는 것이 어때?"

"저도 내원암으로 돌아가려고 인사드리러 왔습니다."

"돌아갈 줄 알았어. 은사스님도 수불을 기다리고 계셔. 후임으로 온 원주에게 철조망을 치라고 하니까 그만 도망쳐 버렸다고 하더구먼."

"누구라도 제 생각과 비슷할 겁니다."

"은사스님께서 철조망을 치라고 하신 것은 무슨 뜻이 있을 거야."

"이번에 들어가서는 제 생각을 말씀드리려고 합니다."

"은사스님도 분명한 태도를 좋아하시지."

수불은 바랑을 메고 범어사 법당에 들렀다가 내원암으로 올라갔다. 그런데 능가 스님은 수불이 내원암에 계속 살아왔던 것처럼 대했다. 수불이 내원암을 떠난 것에 대해서는 일체 묻지 않았다. 마치 그동안의 시간을 망각해 버린 듯했다. 10개월 전에 했던, 오직 철조망 설치 이야기만 또다시 꺼낼 뿐이었다.

"철조망 치거라!"

수불은 이번만큼은 '아니오'를 말하기로 결심했다.

"스님, 저는 철조망을 못 칩니다."

"왜 못 친다는 것이냐?"

"제가 철조망을 치는 것은 어렵지 않습니다. 그런데 철조망을 치면 내원암 대중이 욕을 먹습니다. 스님께서는 더 욕을 먹습니다. 사정이 이런데 제가 스님 욕먹을 짓을 앞장서서 할 수 없습니다. 그래서 저는 철조망을 칠 수 없습니다."

수불은 미리 대답을 생각해 둔 것처럼 더듬거리지 않고 말했다. 그러나 능가 스님에게 맞서기 위해 준비해 두었던 대답은 아니었다. 평소의 생각을 가감 없이 말한 것뿐이었다. 능가 스님은 자신과 내원암을 위해서 수불이 반대해 온 사실을 느끼고는 뜻밖에도 쉽게 물러섰다.

"알았어."

"예, 고맙습니다."

"수불의 말이 옳을 수도 있어."

이후 능가 스님은 수불에게 단 한 번도 철조망을 치라고 지시하지 않았다. 내원암에 철조망 치라는 이야기는 그날로 사라져 버렸다. 그러던 어느 날 수불은 문득 능가 스님이 왜 철조망에 집착했는지를 이해했다. 처음에는 명분을 내세우며 설치하려고 했지만, 나중에는 그 명분은 사라지고 단지 수불을 시험해 보고자 그랬던 것 같았다. 수불은 그렇게 이해하지 않으면 달리 설명할 방법이 없을 것 같았다. 훗날 수불은 신도들 앞에서 다음과 같이 회상하곤 했다.

노스님께서 나를 단련시킨 거지. 심지를 시험하고, 저놈이 정의감이 있는지? 꼭 설치하라는 대로, 시키는 대로만 할 사람인지? 아니면 똑바른 자기 정신을 드러내어서 옳고 그른 것을 바르게 얘기할 사람인지? 아마 그런 것을 그때 한번 시험을 해본 것인지 나도 모르겠어. 또 그렇게 하라고 해도 못 하겠지. 그런데 우리 노스님이 매번 그런 비슷한 일을 시킨 것은 아니에요. 어쩌다가 한 번씩 나한테 그렇게 한 적이 있지만.

철조망 설치 건이 일단락되자 수불은 내원암을 떠나 선방으로 가려고 결심했다. 능가 스님은 수불의 선택을 존중했다. 다만 선방을 가려면 큰절 선방으로 가라고 조언했다. 큰절이라면 송광사나 해인사, 통도사 등이 있었지만 수불은 특별한 이유 없이 송광사 선방에서 동안거를 보내고 싶었다.

3
장

∞

송광사 스님들

열차는 부산에서 마산, 순천을 거쳐 광주 송정까지 운행했다. 수불은 순천역까지 가는 열차표를 구입했다. 송광사를 가려면 순천역에서 내려 송광사 가는 완행버스를 타야 했다. 수불은 열차에 올라 열차표에 적힌 특실의 창가 좌석에 앉았다. 이른 아침에 출발하는 열차인데도 통로에는 입석 승객들이 발 디딜 틈 없이 들어차 있었다.

수불은 비가 내리는 차창 밖으로 눈길을 주었다. 가을에 들어서면서 불볕더위는 아침저녁으로 완연하게 꺾이었다. 낮에도 선득한 바람이 불어올 때도 있었다. 어느새 행락객들은 단풍으로 유명한 관광지를 찾고 있었다. 단풍나무숲 명소들이 신문 기사로 나는 등 깊어가는 가을이었다. 차창에 빗방울이 듣지만 전혀 차갑게 느껴지지 않았다. 승객들은 대부분 가벼운 옷차림이었다. 긴 팔 스웨터나 부드러운 천의 점퍼를 입고 있었다.

열차가 낙동강 철교를 지날 무렵에는 한 무리의 흰 갈매기 떼가 강 위를 낮게 날아갔다. 바다 쪽의 하구에 너울너울 떠 있는 새들은 고니였다. 수불은 차창 밖의 평온한 풍경에 빠져들었다. 낙동강 주변의 들판에서는 농부들이 가랑비가 내리고 있는데도 추수를 준비하고 있었다. 허리를 구부리고 일하는 모습이 학창 시절에 미술책에서 보았던 밀레의 이삭 줍는 농부 그림을 연상시켜 주었다.

수불은 자신도 모르게 토막 잠을 잤다. 평화로운 풍경이 수면을 유도한 듯했다. 눈을 떴을 때는 열차가 마산과 진주를 지나 하동 철로를 달리고 있었다. 승객들은 경상도 쪽의 역에서 거의 하차해 버리고 객실은 텅 비어 있다시피 했다. 맞은편 좌석에 네댓 명이 앉아서 시종 수다를 떨고 있을 뿐이었다. 그들은 송광사로 가는 불교 신자 같았다. 부모는 오십 대로 개량한복과 양복 정장 차림이었고, 자녀인 청년과 처녀는 이십 대로 보였다. 대학생 청년이 주로 개량 한복을 입은 어머니에게 물었다.

"엄마, 아버지가 사다 주신 법정 큰스님의 《무소유》를 다 읽었어."

"그럼, 동생에게 주어라. 동생도 보게."

"엄마는 안 읽고?"

"나는 두 번이나 읽었어. 아빠에게 또 《무소유》를 사달라고 했다. 큰스님께 싸인 받아서 친구에게 선물하려고."

여동생이 말했다.

"엄마는 싸인 받으려고 가는구나."

"큰스님 법문도 듣고, 큰스님께서 주시는 차도 마실 겸 가는 거지 싸인 때문에 가는 것은 아니란다."

그때 양복 정장 차림의 오십 대 사내가 수불의 옆 좌석으로 와서 말했다.

"스님 계시는데 시끄럽게 해서 죄송합니다."

"괜찮습니다. 앉으시지요."

"고맙습니다. 스님께서는 어디까지 가십니까?"

"송광사 갑니다."

"아이고, 저희 가족도 송광사 불일암에 법정 큰스님 뵈려고 갑니다."

"송광사 신도인가요?"

"아닙니다. 저는 통도사 신도인데 법정 큰스님께서 쓰신 《무소유》을 읽고서 송광사 불일암을 서너 번 올라갔습니다."

1975년에 문고판 《무소유》가 발간됐으니 몇 년이 지난 셈이었다. 그런데도 베스트셀러가 된 《무소유》의 바람은 계속 불고 있었다. 오십 대 사내가 말했다.

"큰스님께 직접 들었습니다. 처음에 큰스님께서 책 제목을 '무소유'라고 하자 출판사 사장이 난색을 표했다고 합니다.

몇 년 전만 해도 '무소유'를 정신적인 가치로 알아주지 않았던 것 같습니다. 왜 그랬을까요? 스님."

그제야 오십 대 사내가 자신의 가족은 서울에 살다가 직장 때문에 부산으로 내려왔다고 소개하면서 수불에게 명함을 내밀었다. 그는 부산에 소재한 국립대학 공대 교수였다. 수불이 사내의 물음에 대답했다.

《반야심경(般若心經)》을 보면 무소유란 개념을 짐작할 수 있습니다. 제가 생각하기로는 공(空)의 도리에서 깨닫는 '무집착'이란 말과 같지 않을까 생각합니다."

"아, 스님! 큰스님께서 하신 말씀이 떠오릅니다. 나도 없는데 하물며 내 것이 어디 있겠느냐고 말씀하셨습니다."

"그렇습니다. 현대로 올수록 사람들은 '소유'를 강요하는 정신적인 고통에서 벗어나고픈 열망을 갖게 된 겁니다. 그것이 법정 스님의 《무소유》 책이 사람들에게 사랑을 많이 받게 된 이유일 겁니다."

"스님! '무소유'가 뭔지 확실하게 알겠습니다."

"현대인들의 소유 지향적인 마음이 법정 스님의 《무소유》 책에서 알게 모르게 위안을 받았을 테지요."

"법정 큰스님께서는 '베푼다'는 말보다는 '나눈다'는 말을 즐겨 쓰시더군요. 베푼다는 것은 소유하고 있는 것을 주는 행위이고, 나눈다는 것은 잠시 맡아 지닌 것을 되돌려 주는 행위라고 말씀하셨습니다."

"교수님, 그런데 오해는 하지 마세요. '무소유'라고 해서 아무것도 소유하지 않는다는 것은 아니지요. 삶을 영위하려면 소유가 필요하겠지요. 집착하지 말라는 것이지 가난뱅이가 되라는 뜻은 절대로 아닐 겁니다. 탐욕을 버리라는 것이 '무소유'의 진정한 뜻일 것입니다. 부자로 살되 얼마든지 부처님 법답게 살 수 있지 않겠습니까?"

수불과 교수가 주거니 받거니 대화하는 사이에 열차는 섬진강 철교를 건너가고 있었다. 이제는 전라도 땅이었다. 어느새 비가 그쳐 차창 밖의 풍경이 한결 산뜻하게 바뀌어 있었다. 백운산 산자락에는 산 이름과 같이 짙은 안개 같은 비구름이 무명천을 휘휘 펼쳐놓은 듯했다. 그러나 햇살이 비치는 산자락 아래 들판은 황금빛이 선명했다.

이윽고 순천역에서 수불은 교수 가족과 헤어졌다. 수불은 바로 버스터미널로 가서 송광사행 버스를 탔고, 교수 가족은 불일암에 가지고 갈 선물을 산다며 순천 시내로 나갔다. 버스는 순천시를 곧 벗어나 바다가 보이는 들판 사이로 달렸다. 그러더니 한두 곳의 면 소재지를 들러 승객을 태우고는 비포장 산길로 들어섰다. 고개를 두어 개 넘어가니 바로 송광사 초입이 나타났다.

큰절 가는 길은 어디나 비슷했다. 계곡물이 흐르고 점점 좁아지는 협곡이 나왔다. 숲이 울울하고 골이 깊기로는 해인사가 단연 으뜸이었다. 낙락장송들이 치솟은 홍류동 계곡을 한참 동안 지나야만 해인사 산문이 나왔다. 해인사 계곡물이 바윗돌에 부딪히며 통쾌하게 흐른다면, 송광사 계곡물은 태곳적 이끼를 적시며 부드럽게 흘러 은근하고 편안했다.

수불은 송광사 버스 주차장에서 내려 산문 쪽으로 걸어 올라갔다. 버스 주차장 부근에는 식당들이 관광객을 상대로 영업하고 있었다. 평일이어선지 송광사 올라가는 산길은 한적했다. 이따금 삼삼오오 관광객이 오갈 뿐이었다. 수불은 바로 종무소로 가서 학산 유나스님을 찾았다. 해제 철이었으므로 종무소도 한가하기는 마찬가지였다. 종무소 여직원이 사자루 옆에 있는 요사채를 알려주었다. 송광사 선방 유나스님이 머물고 있는 처소였다.

요사채 문을 들어서자 머리카락이 반백인 노승이 마당에 난 풀을 뽑고 있었다. 삭발한 지 며칠이 지난 듯 턱과 인중이 희끗희끗했다.

"유나스님 뵈러 왔습니다."

"어디에 유나가 있는지 찾아보게."

학산 스님은 더 묻지 않고 마당에 난 풀을 마저 뽑기만 했다. 수불은 바랑을 내려놓고 풀 뽑기를 거들었다. 10여 분쯤 지나서였다. 마당에 웃자라 있던 망초와 질경이가 어느 정도 정리되자 학산 스님이 일어났다.

"그만하고 손 씻자."

수불은 학산 스님을 따라서 계곡으로 내려가 손을 씻었다. 그런 뒤 다시 요사채로 돌아와 방으로 들어갔다. 방은 좁고 길었다. 수불은 방에 들어 정식으로 큰절을 했다. 그제야 학산 스님이 물었다.

"어디서 왔는가?"

"범어사 내원암에서 온 수불이라고 합니다. 동안거 방부 들이려고 왔습니다."

"여기는 법도가 까다로워. 가사장삼을 수하고 방부 들여야 해. 여기는 방장스님이 받아주신다고. 동방에 가사만 수하고 방부 들이면 쫓겨나."

송광사 방장은 칠십 대 구산 스님이었다. 몇 년 전 문수전에 불일국제선원(佛日國際禪院)을 개원하여 외국인 출신 상좌들이 40여 명이나 참선 공부를 하고 돌아갔다. 미국인 로버트 버스웰이 구산 스님에게 혜명(慧明)이란 법명을 받았고, 중국어·태국어·영어·독어·남미어 등 10여 개국의 언어에 능통한 동양철학 전공자 프랑스인 르노 네우바우(Renaud Neubauer)가 혜행(慧行)이란 법명을 받고 참선 공부를 했는데, 대표적인 외국인 제자들이었다. 학산 스님은 수불의 긴장을 풀어주기 위해 벽장을 열었다. 벽장에 넣어둔 과일을 꺼내면서 말했다.

"산중귀물이지."

학산 스님의 신도가 보시한 바나나와 배였다. 그제야 학산 스님의 자애로운 성품과 참선 수행으로 다져진 개결한 모습이 보였다. 육십 대 초반의 노승답지 않게 허리가 꼿꼿했다.

"방부는 방장스님이 결정하신다네. 여기 온 지 몇 년 됐지만 아직 내가 방부 들일 입장은 아니지."

학산 스님은 구산 방장스님이 불러서 송광사 선방에 오기는 했지만 인연으로 따지자면 상원사 선방에 있어야 할 구참(久參)스님이었다. 조계종 초대 종정을 지냈던 한암의 상좌이기 때문이었다. 뿐만 아니라 학산 스님은 유나가 아니라 조실예우를 받아야 할 수좌였다. 실제로 여러 작은 절에서 조실스님으로 모셔가려고 했지만 구산 방장스님이 붙들고 놔주지를 않아서 움직이지 못하고 있었던 것이다.

"내일은 불일암에 올라가 법정 스님을 뵙고 인사드려야겠습니다."

"법정이 수련원 원장을 맡은 뒤로 송광사에 사람들이 많이 몰려와. 방장스님이 법정의 사형이지. 두 분이 다 효봉 스님 상좌거든."

그날 밤.

학산 스님은 수불에게 자신이 어떻게 한암의 상좌가 되었는지를 길게 이야기했다. 수불은 학산 스님의 출가기를 인상 깊게 들었다. 학산 스님은 능가 스님처럼 이야기를 지루하지 않게 했다.

"해방 몇 년 전이었어. 인생의 갈피를 못 잡고 있을 때였지. 그러다가 너무나 박식하여 별명이 도서관으로 불리던 권상노 스님의 글이 〈동아일보〉에 실린 것을 보고 열다섯 장의 편지를 보냈어. 한 달 후 스무 장의 답장이 왔는데 글자는 활자와 같이 반듯반듯하고 내용은 자상했어. 답서 요지는 '당신의 글을 읽어보니 중이 되어야 할 사람이라서 한 사람 소개해 드리겠소. 오대산 상원사 방한암 스님을 찾아가십시오'라고 쓰여 있었지."

권상노 스님의 소개로 한암 스님을 알게 된 청년 학산은 '불도(佛道)를 닦으려 하니 허락하여 주십시오'라고 첫 편지를 보냈다. 그러나 한암 스님은 편지로 '나는 아무런 공부도 없고 허명만 세상에 가득하여 늘 부끄러워하고 있소. 이곳은 음식이 귀하여 먹을 것이 없으며 남방에는 예로부터 선지식이 끊이지 않으니 거기서 공부를 하도록 하시오'라고 거절했다. 해방이 되고 나서 청년 학산은 마지막이라는 심정으로 '이젠 해방이 되어 양식도 해방이 되었을 겁니다. 받아주시면 다행이겠으나 받아주시지 않으면 불행하겠습니다'라는 편지를 보냈다.

편지 거래를 한 지 벌써 5년째였다. 한암 스님의 답장이

오지 않자, 청년 학산은 일본 대정대학 불교학과 출신인 인근 흥복사 주지스님을 찾아갔고 스님은 "선을 하는 것도 좋지만 경(經)을 좀 보고 참선하면 더 재미가 좋습니다. 나와는 다정한 친구이고 서울 중앙불교전문학교를 나온 뒤 중국 북경대학에서 유학을 한 부안 내소사의 김해안 스님을 소개해 드릴 테니 이 소개장을 가지고 그 스님에게로 가십시오"라며 소개장을 써주었다.

청년 학산은 내소사 해안 스님에게 가기 위해 짐 보따리를 썼다. 그런데 그때 한암 스님으로부터 답장이 왔다. '내가 오랫동안 거절하고 거절했지만 가만히 생각해 보니 장래에 크게 쓸 만한 사람의 앞길을 막는다는 생각이 들어 허락하나, 이곳은 음식은 박하고 울력은 되고 공부할 시간도 적으니 깊이 생각하고 깊이 생각하고 또 깊이 생각해 보고 오시오'라는 답장이었다.

청년 학산은 그 길로 상원사로 갔다. 그런데 막상 가서 대중들을 보니 환희심은커녕 정이 뚝 떨어졌다. 30여 명의 대중이 승복을 덕지덕지 기워서 입고 피나무껍질로 신을 만들어 덜거덕거리며 다니고 있는 군색한 모습을 보는 순간 눈앞이 캄캄했다. 그러나 상원사까지 왔으니 한암 스님을 한번 친견하고 돌아가자는 생각도 들었다.

한암 스님은 키는 작았지만 코와 입이 컸다. 작은 거인 같은 어른으로 보였다. "큰스님의 편지를 받고 김제에서 올라온 사람입니다" 하고 말하니 한암 스님이 "들어오시오. 잘 오셨소! 다른 사람들은 한번 거절하면 글이 오지 않던데, 거절해도 또 오고 거절해도 또 오고 했소. 우리 같이 공부해 봅시다" 하고 반갑게 맞아주었다.

"그 말 한마디에 한암 스님을 모시고 살아야겠다, 발심을 했지. 하하하."

학산 스님이 자신의 과거를 초면인 수불에게 이야기한 것이 조금은 쑥스러웠던지 소리 내어 웃었다. 수불은 자신의 경우와는 다르다고 생각했다. 자신은 안국사 지명 주지스님의 권유로 우여곡절 없이 출가했던 것이다.

소쩍새 우는 소리가 멀리서 들려왔다. 소쩍새는 밤이 깊어가자 가까운 산자락으로 날아와 피를 토하듯 울었다. 측은한 마음이 들 만큼 소쩍새 울음소리가 귓속으로 파고들었다. 가만히 학산 스님의 이야기를 듣고만 있던 수불이 조심스럽게 물었다.

"스님, 한암 스님 회상에 모인 대중들은 무슨 공부를 했습니까?"

"모두 참선 공부지. 화두를 들고 참선 수행한 것밖에 없었어."

"스님께서는 참선 수행으로 무엇을 얻으셨습니까?"

"목이 막 탈 때 마셨던 시원한 찬물 같다고나 할까, 그런 선미(禪味)를 체험했지. 스님도 체험해 봐."

"스님, 몇 년 전에 체험한 일입니다. 어떤 큰스님께 질문을 던지고 대답을 듣는 순간에 큰 변화를 체험했습니다. 그때 강렬한 섬광 같은 빛이 정수리를 쪼갤 듯이 확 뻗쳐 나갔습니다. 엄청난 체험이었습니다. 좀 전에는 아무것도 모르는 무지렁이였는데 갑자기 확 밝아져 버리니까 도대체 이게 뭐냐, 제가 무슨 큰 것을 얻은 듯한 순간이었습니다. 그렇지만 그때 탁 느낀 첫 생각은 싱겁다는 것이었습니다."

"싱겁다는 말을 나는 알지. 그래서 무자미(無滋味)라고 해."

"이미 다 알고 있었던 것이었습니다. 체험을 하든 안 하든 누구든지 알고 있는 것이 아닌가 하는 생각이 들었습니다. 다만 그전에는 제가 모르면서 떠들었는데 앞으로는 '아, 떠들어도 체험한 어떤 입장에 준해서 말할 수 있겠구나' 하는 생각을 했습니다."

"그때 체험을 글로 남긴 것이 있는가?"

"감히 스님께 어떻게 말할 수 있겠습니까? 저는 스님의 글이 궁금합니다."

어느새 두 사람의 대화는 이십 대와 육십 대의 선문답 같은 것으로 바뀌어 갔다. 학산 스님이 또 벽장문을 열더니 종이

한 장을 꺼내어 수불에게 내밀었다. 학산 스님이 체험한 깨달음의 시였다.

煩惱妄念頓湯碎　　　번뇌망념돈탕쇄
大地沈下警天動　　　대지침하경천동
無人山中無人影　　　무인산중무인영
處處照見唯一人　　　처처조견유일인

번뇌도 망념도 단박에 사라져 버리니
대지가 꺼지고 하늘은 놀라 움직이고
사람 없는 산중에 사람 그림자 없는데
가는 곳마다 오직 한 사람만 보이도다.

수불은 자신이 읊조린 시로 대답하려다가 목울대 너머로 삼키고 말았다. 학산 스님이 부처의 경지에 가 있는지는 모르겠으나 적어도《수능엄경(首楞嚴經)》의 마음을 항복받는 항심(降心)으로 번뇌와 망념이 떨어진 분 같아 경외심이 들어서였다. 자정 무렵이 되어 수불은 옆방으로 갔다. 그러나 새벽예불 때까지 잠을 이루지 못했다. 수불의 머릿속에 '사람 없는 산중에 사람 그림자 없는데 가는 곳마다 오직 한 사람만 보이도다'라는 구절이 맴돌았다. 그 구절 때문에 '하늘 위아래 나 홀로

존귀하도다(天上天下 唯我獨尊 천상천하 유아독존)'라는 부처의 말이 떠오르기도 했다.

다음 날 아침 공양 시간에 학산 스님이 송광사 대중들에게 간밤에 수불과 나누었던 이야기를 했는지 송광사 스님들이 수불에게 관심을 가졌다. 수불은 불편했다. 송광사에서 한 달을 살아본 수불은 학산 스님을 찾아가 말했다.

"스님, 송광사를 떠나겠습니다."

"방장스님이나 법정 스님도 만나 보지 않고?"

"여기 있으면 제 생각이 복잡해질 것 같습니다."

"노스님들이 상좌 삼으려고 탐을 내서 그러는구먼."

수불은 솔직하게 말했다.

"스님께서 저의 사주 관상을 물어보시고 비법으로 만든 약(藥)을 줄 테니 먹어보겠느냐고 물으시는데 저는 좀 부담스럽습니다."

학산 스님이 선운사를 창건한 검단 선사를 길게 이야기하면서 수불에게 비법의 약을 주겠다고 호의적으로 제의한 것은 사실이었다. 그러나 수불의 관심은 무병장수보다는 참선 공부였으므로 학산 스님의 말이 귀에 들어오지 않았다.

"근기에 맞지 않는 말일 수도 있지. 참선 공부하는 데는 장애가 될 수도 있고. 오고 가는 것은 자유니까 알아서 하게."

"마음에 걸리면 안 될 것 같습니다. 공부하는 데 장애가 된다면 부담이 되지 않겠습니까?"

《금강경(金剛經)》이나《반야심경》보다《수능엄경》을 중요
시하는 학산 스님의 가풍이 익숙지 않아 송광사를 떠나려고
결심했지만 그 이유는 끝내 말하지 않았다. 수불은 미련 없이
바랑을 메고 송광사 일주문을 나섰다. 구산 방장스님이나 법
정 스님은 어느 때 인연이 되면 친견하겠지 하는 생각으로 버
스 정류장으로 잰걸음을 했다. 수불은 해인사 선방에서 동안
거를 나기로 결심했다. 동안거 결제일까지는 아직 여유가 있
었다. 수불은 사숙이 되는 인각 스님을 찾아갔다. 해인사에서
동안거 방부를 들이는 데 도움을 받기 위해서였다. 인각 스님
은 해인사 선방의 원융 스님과 도반이었던 것이다.

∞
해인사 동안거

해인사에 도착한 수불은 큰 법당인 대적광전으로 들어가 삼배를 올렸다. 마룻바닥이 살얼음이 낀 듯 차가웠다. 수불은 종무소로 가서 방부를 들이고자 왔다고 말했다. 그러자 한 스님이 요사채인 우화당(雨花堂)으로 안내했다. 거기에는 이미 몇 명의 스님이 먼저 와서 방부 들이려고 대기하고 있었다. 그중에서 누군가가 아는 체를 했다. 낯이 익은데 어디서 만났는지는 전혀 기억나지 않았다. 출가 전인지 후인지, 어디서 만났는지 도무지 알 수 없었다. 개인적인 사담을 나누는 자리가 아니었으므로 수불은 고개만 끄덕하고 넘겼다. 사십 대로 보이는 한 스님이 말했다.

"해인사에 왔으니 방장스님께 인사나 하고 옵시다."

"그럽시다. 모두 함께 백련암에 올라갑시다."

백련암을 가자는 말에 반대하는 스님은 아무도 없었다. 백련암에는 성철 방장스님이 계셨다. 성철 스님은 1967년 해

인사 방장이 되었고, 작년에는 조계종 최고 어른인 제7대 종정
으로 추대받았는데 퇴설당과 백련암을 오가며 선객들을 지도
하고 있었다. 그런데 수불은 성철 스님과 인연이 남달랐다. 성
철 스님은 능가 스님의 사형이었다. 스승 동산 스님이 내원암
에 머물고 있을 때 성철 스님도 문안 인사차 드나들었던바, 수
불과 인연이 간접적이나마 알게 모르게 이어져 온 셈이었다.

　　수불은 가사장삼을 수하고 스님들과 함께 백련암으로 올
라갔다. 백련암은 가야산 정상에서 오른쪽으로 뻗어 나온 산
자락에 있었다. 해인사 공양간에서 산문 쪽으로 내려가다가
왼편 산길로 올라가면 샛길 쪽으로 조그만 암자인 희랑대와
일타 스님이 주석하고 있는 지족암이 나타났다. 백련암은 해
인사 암자들 중에서 가장 높은 곳에 있었다. 산자락에는 소나
무와 참나무가 울창했고 위로 갈수록 산길은 더 가팔라졌다.
숨이 찬지 한 스님이 쉬었다가 가자고 말했다.

　　"아이고, 땀 좀 들이고 갑시다."

　　"백련암 다 왔어요."

　　"숨이 차서 그래요. 다 온 줄 모릅니까?"

　　뚱뚱한 스님이 숨을 헐떡이며 하소연했다. 수불은 그 스
님에게 반석에 앉으라고 권했다. 솔바람이 소소소 불어왔다.
백련암이 가까워졌는지 바람결에 풍경 소리가 댕그랑댕그랑
들려왔다. 호흡을 고르던 스님들이 일어나 다시 낙엽이 뒹구

는 산길을 올라갔다. 이윽고 백련암이 보였다. 백련암의 조그만 산문은 오른쪽 돌계단 끝에 있었다. 그런데 그때 성철 스님이 산문을 나오고 있었다. 뒤따라오는 두 명의 젊은 스님은 성철 스님 상좌인 것 같았다.

수불은 스님들과 함께 밑에서 기다렸다. 돌계단을 다 내려온 성철 스님이 수불에게 다가와 말했다.

"어? 오래간만이다. 지금 어디 사나?"

"범어사 내원암에서 능가 스님 모시고 있습니다."

"아, 그래? 능가 스님은 잘 있나?"

"예."

"다음에 와라. 나 퇴설당에 약속이 있어 내려간다."

성철 스님은 눈이 부리부리하고 솔방울만 하게 컸다. 수불은 마음속으로 성철 스님도 실수할 때가 있구나 싶었다. 직접 대면하기는 처음인데 예전에 만난 것처럼 말하고 있기 때문이었다. 누더기 승복 차림의 성철 스님은 뒤도 안 돌아보고 산길 아래로 내려가 버렸다. 인사하러 왔던 스님들 중에 한 스님이 말했다.

"이왕 왔으니 백련암이나 보고 갑시다."

또 한 스님이 수불에게 말했다.

"큰스님을 잘 압니까?"

"처음 봤습니다."

"그런데도 큰스님께서 이것저것 물어보십니다."

"인연이 아주 없는 것은 아니지요. 제 노스님이 성철 스님 사제니까요."

"식(識)이 맑으신 스님이시니까 뭔가 꿰뚫어 보셨던 것 같습니다."

"그건 알 수 없지만 호랑이처럼 무섭다는 큰스님이 내게는 굉장히 친근하게 와닿네요."

문득, 수불은 해인사에 오기를 잘했다는 생각이 들었다. 수불은 스님들과 함께 백련암 경내를 한 바퀴 돌았다. 백련암은 원통전이 중심에 있고, 뒤쪽 산자락 턱에는 산신각이 제비집처럼 얹혀 있었다. 스님들은 곧 하산했다. 방부 들이러 온 처지에 백련암에서 마냥 시간을 보낼 수는 없었다. 선방 선원장에게 허락받을 때까지는 긴장하고 있어야 했다. 아직은 해인사 선방 대중이 아니라 객승일 뿐이었다.

객승들이 머무는 우화당은 남향이었다. 지족암 산자락 위로 가을 달이 뜨자 우화당 마당에 달빛이 비쳤다. 차가운 마루에 앉아 있던 수불은 낮에 잠깐 만났던 성철 스님을 떠올렸다. 능가 스님이 성철 스님의 이력을 이야기한 적이 있었던 것이다.

1912년 경남 산청군 단성면 묵곡리에서 출생한 성철 스님은 동산문중의 걸출한 선승이었다. 청년 시절《하이네 시

집》과 칸트의《순수이성비판》,《사서삼경》등 동서고전 80여
권의 책 속에서 '영원한 진리'를 찾다가 어느 날 탁발승으로부
터 영가 스님의《증도가(證道歌)》를 받아 읽고는 발심하여 지리
산 대원사로 가서《서장(書狀)》을 보며 무 자 화두를 체험한 뒤,
25세에 해인사로 출가하여 동산 스님을 은사로 백련암에서
수계받았다. 이후 동산 스님을 시봉하며 범어사 금어선원에서
하안거, 범어사 원효암에서 동안거를 수행했다. 그해 봄에 범
어사에서 비구계를 받고 범어사 원효암, 통도사 백련암 등에
서 안거를 보내고 나서 범어사 내원암으로 돌아와 용성 스님
을 시봉했다. 그리고 용성 스님이 서울로 떠나자 동산 스님이
잠시 내원암에 와 있었을 때 성철은 동산 스님에게 문안 인사
차 내원암을 들르곤 했던 것이다. 수불은 지족암 산자락 위로
떠오른 달을 보면서 중얼거렸다.

'인연이란 화살은 캄캄한 밤에도 과녁을 맞힌다고 하는데
과연 그렇구나!'

"며칠 후면 보름달이 뜨겠네요."

우화당에서 만났을 때 낯이 익다고 생각했던 스님이었다.
동안거 결제일이 보름날이니 맞는 말이었다. 그 스님이 수불
에게 물었다.

"나 기억 안 납니까?"

"예, 낯은 익은 것 같은데… 미안합니다."

"범어사 행자 시절 공양간 백 행자는 기억납니까?"

"그럼요. 백 행자에게 짜장면을 사주기도 했는데요."

"백 행자하고 한날한시에 행자 생활을 시작했습니다."

"아, 그렇군요. 이제 생각납니다. 그때 행자가 모두 삼십여 명이나 돼서 잠시 착각을 했습니다."

수불이 열아홉 번째 행자였고, 뒤로 신참 행자들이 열한 명이나 더 들어왔던 것이다. 수불은 함께 행자 생활을 했던 스님과 두 손을 맞잡았다. 범어사에서 헤어져 해인사에서 만나니 더욱 반가웠다.

"기억하지 못한 게 당연하지요. 나는 강원을 송광사로 가서 마쳤으니까요."

행자 도반은 범어사 금어선원에서 안거 중인 송광사 출신의 스님을 만나 그곳 강원으로 갔다고 덧붙여 말했다.

"별좌스님 때문에 은사스님을 만나지 못할 뻔했지요. 별좌스님이 우리 행자들 기합 준다고 무릎 꿇게 한 뒤 행자들 무릎을 짓밟았잖아요."

원주스님 밑에서 행자들을 데리고 공양간 전반을 관장하는 소임자가 별좌였다.

"생생하게 기억납니다. 내 무릎이 돌부리에 찢어졌으니까요."

두 사람은 행자 도반이라는 사실을 확인만 하고 각자 방으로 들어가 취침 준비를 했다. 새벽예불에 늦지 않으려면 일찍 취침해야 했다. 그러나 수불은 행자 시절이 떠올라 눈을 붙이지 못하고 뒤척거렸다.

행자 생활이 끝나갈 무렵이었다. 그러니까 한두 달만 지나면 삭발하고 사미계를 받게 될 시기였는데 사고가 났다. 스님들이 방으로 공양을 가져오라고 했는데, 행자들이 다른 바쁜 일 때문에 공양 상을 좀 늦게 차려서 들고 갔다. 한 스님이 화를 버럭 냈다. 그러자 별좌가 행자들을 모두 공양간 밖으로 불러냈다. 기합을 주기 위해서였다.

"모두 무릎 꿇어!"

"기합받기 싫으면 지금 절을 떠나도 좋다!"

절을 떠나겠다고 일어선 행자는 단 한 사람도 없었다. 별좌는 일렬로 무릎을 꿇은 열아홉 명의 행자들을 눈으로 일일이 확인했다. 그런 뒤 신발 신은 발로 한 사람씩 무릎을 짓밟기 시작했다. 무릎이 땅바닥에 짓눌리자 '악!' 하고 연달아 비명이 터졌다. 행자들은 고통스럽기도 했지만 모멸감에 치를 떨었다. 스님이 되려고 절에 들어왔는데 인격을 무시당하고 있다는 생각에 자괴감이 들었다. 수불은 모난 돌부리에 무릎이 깊이 까져 피가 흘렀다. 그래도 병원 치료는 생각할 수 없었으므로 참고 견디었다.

그런데 그날 저녁이었다. 행자들이 하나둘 공양간으로 모여 울분을 토했다. 얼굴이 우락부락하게 생긴 행자가 말했다.

"수계를 받지 못하면 어떤가! 별좌 놈을 혼내줍시다."

"맞습니다. 이렇게 인격 모독을 당하고서도 가만히 있을 수는 없지요."

"참고만 있으면 앞으로 이보다 더한 모욕을 당할지도 모릅니다."

처음에는 행자 서너 사람이 동조하더니 나중에는 대부분이 별좌를 혼내주자고 나섰다. 그러나 수불은 생각이 달랐다. 기분대로 행동해서는 안 된다고 판단했다. 수불은 깊게 찢어진 자신의 무릎을 행자들에게 보여주며 말했다.

"이렇게 까졌는데 왜 참고 있겠습니까? 우리가 중 되고자 했던 뜻을 이루기 위해선 참아야 합니다."

나이 어린 행자가 말했다.

"지금 치료받아야겠습니다. 덧나면 큰일 납니다."

또 다른 행자가 동조했다.

"아이고, 뼈가 보여요. 병원에 가야 합니다."

"분하다고 뒤집어 버리면 여태까지 행자 생활 고생은 뭐가 됩니까? 또 다른 데 가서 중이 된들 무슨 의미가 있겠습니까? 그러니 여기서 그냥 참아야 합니다."

그러자 격했던 분위기가 수그러들었다. 뼈가 드러날 정도로 상처가 심각한데도 수불이 참자고 하니 아무도 더 이상 나서지 못했다.

이 사건으로 수불은 원주에게 잘 보여 원주실에서 행자 생활을 했다. 주지의 지시를 받아 절 살림을 책임지는 소임자를 원주라고 불렀다. 원주는 수불을 신뢰하여 경내 모든 법당의 불전함 관리를 수불에게 맡겼다. 수불 역시 날마다 불전함에 든 돈을 꺼내서 한 푼도 손대지 않고 원주에게 가져다주었다.

그런데 절에는 이런저런 자잘한 사건이 많았다. 하루는 한 행자가 일에 지쳐서 탈진이 돼 쓰러졌다. 행자들 중에서 한 사람이 영양실조로 비실비실하다가 병원으로 실려 간 적이 있었기 때문에 방관할 수 없었다. 한 행자가 말했다.

"저 쓰러진 행자는 잘 먹어야 일어납니다. 탈진한 뒤 큰 병이 날 수도 있어요. 공양주보살님이 그러는데 탈진에는 장어를 고아 먹이는 것이 최고랍니다."

당장 장어 살 돈은 없었다. 행자들에게 비상금이 있을 리 만무했다. 꾀 많은 행자가 수불에게 제의했다.

"공 행자가 불전을 걷으러 다니니 좀 가져오면 안 될까?"

수불의 속명이 공원주이기 때문에 공 행자라고 불렀다.

"원주스님이 나를 믿고 맡겼는데 그건 곤란합니다."

"사실 우리 행자들 모두가 결의했어요."

수불은 쓰러진 행자와 원주 사이에서 갈등했다. 행자를

살리느냐, 원주를 배신하느냐의 문제로 고민했다. 그러나 결국 수불은 대웅전 불전함에 손을 댔다. 부처님이라면 행자를 살리라고 할 것 같아서였다. 수불은 불전함의 지폐를 손에 잡히는 대로 꺼내서 승복 안에 넣었다. 부처님 앞에서 차마 돈을 셀 수는 없었다. 수불은 공양주보살을 만나 복전함에서 꺼낸 돈을 다 주면서 말했다.

"장어를 고아 먹여야 탈진한 행자가 일어난다고 하니 시장에서 사 오세요."

"공 행자님 걱정 말아요. 제가 장어를 사다 고아서 행자님께 드릴게요."

마침내 탈진했던 행자는 장어탕을 몇 번 먹은 뒤 건강을 회복했다. 그런데 이번에는 공양주보살이 힘들다고 절을 떠나겠다며 애를 먹였다. 행자들이 만류했지만 소용없었다.

"보살님, 왜 가시려고 합니까?"

"힘들어서 도저히 못 하겠어요. 큰 솥에 백 명이 넘는 대중 밥을 날마다 하다 보니 허리가 끊어지려고 해요."

행자들이 모두 공양주보살을 잡아야 한다고 말했다. 밥을 기가 막히게 잘하는 공양주보살이 떠나면 밥하는 일까지 행자가 떠안아야 했던 것이다. 큰 솥에 백 명분 이상의 밥을 하다 보면 설익거나 눌어붙거나 타기 일쑤였다. 그런데 공양주보살은 특이한 방법으로 밥을 하므로 그런 적이 없었다. 비결은 솥

뚜껑 위에 아궁이에서 꺼낸 불잉걸을 올려놓고 길게 뜸을 들이는 것이었다. 공양간에서 일하던 백 행자가 나섰다.

"보살이 가면 우리만 고생하니까 막읍시다. 공 행자가 또 머리를 한번 써봐요. 보살이 가면 우리만 애먹잖아요."

"어떻게 하면 안 간답니까?"

백 행자가 말했다.

"내가 보살에게 물어봤는데 밖에서 짜장면을 사주면 안 간답니다."

"짜장면도 영양식인가요?"

할 수 없이 수불은 또 불전함에 손을 댔다. 그런 뒤 백 행자와 함께 공양주보살을 데리고 산문 밖에 있는 중국집으로 갔다. 공양주보살과 백 행자는 젓가락을 들자마자 짜장면은 물론 단무지 조각까지 순식간에 다 먹어치웠다. 특히 백 행자는 단무지 조각을 더 달라고 해서 짜장면 국물마저 싹싹 닦아 먹는 바람에 말끔해진 흰 그릇이 반짝거렸다. 수불은 두 사람의 모습을 보고 침이 넘어갔지만 끝내 시켜 먹지 않았다. 짜장면에 돼지고기가 들어 있어서가 아니라 불전함에서 꺼낸 돈으로 주문했기 때문에 꺼림칙해서였다. 수불은 중국집 주인에게 짜장면값을 계산하고는 남은 돈은 백 행자에게 주어버렸다.

"다음에는 혼자 와서 먹든지 알아서 해요."

절로 돌아오면서 백 행자가 말했다.

"보살님 못 가게 붙잡으려고 불전함에 손댄 것이니 잊어 버려요."

"부처님께서는 이해해 주시겠지만 그래도 훔친 건 훔친 거지요."

한번은 대중이 결의해서 행자를 살리려고 불전함에 손을 댔고, 두 번째는 수불 자신이 임의대로 공양주보살을 붙잡으려고 불전함 돈을 꺼냈기 때문이었다. 수불은 자신의 행동을 합리화시켜 보기도 했다. 불전함에 든 돈을 꺼냈지만 더 부지런히 행자 생활을 한다면 멸죄가 되지 않을까 하고 생각했던 것이다.

그래도 행자 생활은 녹록지 않았다. 생각지도 못한 사건이 또 생겼다. 대중들 중에 한 스님이 원주에게 불만이 많았던지 수불에게 화풀이를 했던 사건이었다. 수불은 공양간에서 반찬을 만드는 채공도 하고, 원주실을 청소하고, 신도들이 오면 손님 접대까지 했다. 그날은 49재가 끝나고 재주들이 방으로 들어와 원주와 차담을 나누고 있었다. 그 순간 시비를 작정하고 있던 한 스님이 수불에게 심부름을 시켰다.

"행자야, 떡 좀 가져와라."

"예, 스님."

수불이 공양간에서 떡을 챙겨 들고 들어가자 예상했던 대로 시비를 걸었다.

"행자야, 이런 걸 먹으라고 가져온 거냐!"

"예, 다시 가져오겠습니다."

원주의 눈치를 보면서 수불은 고개를 숙였다. 이번에는 사과와 포도, 귀한 바나나까지 챙겨서 갔다. 그래도 그 스님이 어깃장을 놓았다.

"이따위를 먹으라고 가져온 것이냐!"

"스님….."

수불은 목울대로 넘어오는 말을 삼켰다. 공양간으로 나온 수불은 부아가 치밀었다. 더구나 재주들이 있는 데서 모욕을 당한 것이 더 분했다. 무릎이 찢어진 것까지는 참았는데 더 이상 견디기가 힘들어 울컥하기조차 했다.

'스님이란 고결해도 부족할 판인데 이게 뭔가! 불량배도 아니고.'

자신의 인격이 무너지는 것 같아서 수불은 참담했다. 순간 절을 떠나야겠다는 충동이 일었다. 자신도 모르게 원주실로 들어가 자신의 짐을 주섬주섬 챙겼다. 그러자 낌새를 알아차린 별좌가 달려와 말렸다. 그날 저녁에 자신의 무릎을 인정사정없이 밟았던 그 스님이었다.

"공 행자, 참아야 돼."

무릎을 짓밟았던 스님이 말리자 무슨 인연인가 싶어 헛웃음이 나오려고 했다.

"참으라고. 조금만 견디면 중노릇할 텐데."

수불은 별좌의 말에 눈물을 흘렸다. 분하기도 했지만 그
것보다는 이렇게까지 모욕을 당하면서 스님이 되어야 하는가,
라는 자격지심이 들어서였다. 결국 수불은 별좌의 만류로 행
자 생활을 계속했지만, 이후 인격적으로 무시당해 마음이 흔
들렸던 그 기억은 두고두고 머릿속에서 지워지지 않았다.

수불은 야경을 도는 스님들의 발걸음 소리를 듣고 나서야
토막 잠이 들었다. 그러나 잠시 후 누군가가 새벽예불 시간이
라고 깨웠다. 방부 들이려고 해인사에 와 있다는 생각이 스치
자 정신이 번쩍 났다. 능가 스님의 상좌 인각 스님에게 해인사
방부를 부탁했던 일이 새삼 떠올랐다. 백 행자와 한날한시에
행자 생활을 시작했다는 스님이 다가와 말했다.

"해인사가 송광사보다 기운이 더 센 것 같습니다. 잠을 잘
자지 못했어요."

"잠자리가 바뀌어 그랬겠지요."

수불이 느끼기에도 해인사의 지기(地氣)는 센 듯했다. 우
람한 대적광전과 장경각, 거침없는 가야산 산자락과 힘찬 홍
류동의 풍광 등이 수불을 압도했던 것이다.

아침 공양을 마친 뒤 어제 백련암을 올라갔던 여덟 명의
스님 모두가 방부를 들었다. 선방 소임자들을 보니 방장 바로

옆자리의 수좌(首座)에는 혜암 스님이 올라 있었다. 총림에서 수좌란 부방장의 위상이었다. 혜암 스님은 성철 스님이 봉암 사에서 '부처님 법답게 살자'는 규약을 내걸고 결사할 때 함께 동조했던 스님이었다.

성철 스님과 혜암 스님의 정진력은 누가 보아도 막상막하 였다. 성철 스님은 밤에도 눕지 않고 좌선하는 장좌불와(長坐 不臥) 10년, 암자 밖으로 나가지 않는 동구불출 10년의 정진을 했고, 혜암 스님은 출가 이후 지금까지 하루 한 끼만 먹는 일종 식(一種食)과 장좌불와를 해오고 있었으므로 두 분 모두 선객 들에게 존경을 받았다. 수불은 두 분을 모시고 하안거를 날 수 있다는 사실에 가슴이 벅찼다. 하안거 동안 두 분을 거울삼아 자신이 누구인지를 비춰볼 수 있겠다는 생각도 들었다.

실제로 수불은 해인사 선방에서 혜암 수좌스님을 모시고 편안하게 정진했다. 동안거 기간 동안 백련암으로 두 번 올라 가 성철 방장스님의 경지를 혼자서 헤아려 보는 정복(淨福)도 누렸다. 폭설이 내리는 날 밤에 함께 가행정진하는 선방 대중 의 모습은 참으로 여법해서 아름답기조차 했다. 수불은 선방 좌복에 꼿꼿하게 앉아 참선의 내밀한 기쁨을 체험하면서 동안 거를 났다. 수불로서는 큰 행운이었다. 전설적인 성철 방장스 님과 혜암 수좌스님 옆에서 한 철을 정진했고, 고암 스님과 자 운 스님을 뵈었기 때문이었다.

∞
능가 스님의 설법

해인사에서 동안거를 보낸 수불은 능가 스님이 계시는 내원암을 먼저 찾았다. 내원암 올라가는 산길에는 매화나무꽃이 피어 있었다. 매화 향기가 산길에 진동했다. 동안거가 끝난 뒤 핀다고 해서 어느 선객은 피안행(彼岸行) 꽃이라고 부르기도 했다. 능가 스님은 수불을 무덤덤하게 맞이했다. 이제 철조망 사건은 잊어버린 것처럼 한마디도 꺼내지 않았다. 해인사에서 동안거를 보낸 것에 대해 격려의 말부터 했다.

"해인사 선방에서 동안거를 난 것은 아주 잘한 일이야."

"성철 스님, 혜암 스님 같은 큰스님들이 산중에 계셔서 좋았습니다."

"사형스님은 잘 계시던가?"

"처음 뵀는데 큰스님께서는 저를 예전에 만났던 것으로 착각하고 계셨습니다."

"동산문도니 문도라는 인연이 어른거리셨는지 모르지."

행자가 다식을 들고 들어오자 찬 바람이 따라서 들어왔다. 신도가 보낸 말랑말랑한 모찌를 다식으로 가져왔다. 능가 스님이 일본 유학 시절에 즐겼다는 단팥 알이 가득한 모찌였다. 능가 스님이 차를 마시기 전에 한 입 베어 물면서 말했다.

"해인사 선방에서도 무 자 화두를 드는 대중이 많던가?"

"예, 저는 아예 화두를 들지 않았습니다."

"성철 스님에게 마삼근(麻三斤) 화두를 탄 스님들이 있다던데."

"저는 화두에는 관심이 없었습니다. 원효암에서 생사가 본래부터 그대로라는 것을 체험했는데 또 무슨 화두를 들겠습니까?"

"생사일여가 뭣인지 알았다는 얘기군."

마삼근이란 선서인《무문관(無門關)》18칙에 나오는 말이었다. 중국의 동산수초 선사가 양주의 동산에 머물고 있을 때 어떤 학인이 찾아와 "부처가 무엇입니까?" 하고 묻자, 선사가 "마삼근이니라"라고 대답한 데서 유래했다. 당시 중국 호북성 양주는 삼(麻) 생산을 많이 했던바, 나라에 바치는 세금도 성인 한 사람당 삼 세 근이었다고 한다. 그런데 이것이 동산수초 선사에 의해서 공안이 된 것이다. 선사가 '마삼근'이라고 엉뚱하게 대답한 이유는 '부처'를 묻는 네가 스스로 '부처'를 찾아보라는 것이었을 터였다.

"그럼 앞으로도 화두는 들지 않을 것인가?"

"한 번 체험했으면 끝났지 또다시 들 필요는 없는 것 같습니다."

능가 스님은 더 이상 수불에게 화두 얘기를 꺼내지 않았다. 다만 내원암 살림에 대해서만 부탁의 말을 했다.

"오가는 것은 수불의 자유지만 내원암에 사는 동안은 살림을 이렇게 하는 것이 좋겠다."

"스님, 말씀해 주십시오."

"일에는 본말이 있고, 선후가 있고, 경중이 있다. 그것을 모르고 행하면 탁류에 휩쓸려 가게 마련이다."

"다시 원주로 돌아왔으니 스님 말씀대로 하겠습니다."

"내 말이 아니다. 일찍이 사서오경 중에《대학》이 있는데, 거기 나오는 말이다."

능가 스님은 불경은 물론이고 동서양의 고전 등에도 해박했다.《대학》에 다음과 같은 구절이 나와 있음이었다.

物有本末 事有終始 知所先後 則近道矣
물유본말사유종시지소선후즉근도의

물(物)에는 본말이 있고 일에는 끝과 시작이 있다.
선후를 알면 곧 도(道)에 가까우리라.

일본 유학 시절 법학도였던 능가 스님의 설법은 동서양 고전을 사숙했던 영향으로 논리적이고 쉬웠다. 따라서 능가 스님의 설법은 범어사를 찾아온 일반 신도들에게 몹시 인기가 있었다. 능가 스님은 설법하기 전에 반드시 메모를 했다. 수불은 원주 일을 보느라고 능가 스님이 법당에서 일반 신도들을 상대로 설법할 때마다 다 참석하지는 못했지만 그날의 설법만큼은 오랫동안 기억했다. 같은 설법을 매년 한두 번씩 반복해서 했는데, 너와 내가 한 마음 한 몸이라는 사실을 깨닫자는 요지의 설법이었다.

一切男子(일체남자)가 是我父(시아부)요
一切女子(일체여자)가 是我母(시아모)로다
故(고)로 六道衆生(육도중생)이 皆是我父母(개시아부모)로다.

모든 남자가 나의 아버지요
모든 여자가 나의 어머니로다
그러므로 육도의 중생이 모두 나의 어버이로다.

이는 《범망경(梵網經)》에 있는 부처님 말씀입니다. 과거 현재 미래를 통해 영원히 변치 않을 진리의 말씀이지요. 일체 중생이 내 아버지 어머니요, 형제 동생이 된다는 이 말씀은

'내 혈통', '너의 혈통'이 아무 의미 없는 구분임을 밝혀주고 있습니다. '김가'니 '이가'니 '박가'니 하는 것은 사람들이 살기에 편하도록 인위적으로 성(姓)을 갈라놓은 결과일 뿐입니다. 근원적으로는 혈통의 구분이 아무 의미가 없다는 말입니다.

우리는 전세(前世)의 인연으로 인해 잠시 어머니 뱃속을 빌려 이 세상에 나오게 됩니다. 어머니가 낳고 싶어 낳는 것이 아니라 천지만물이 동원되어 내 몸을 만들고 어머니를 통해 세상에 몸을 내게 합니다. 여기에는 그 어떤 인위적인 작용이 있을 수 없습니다. '모든 중생은 내 부모요, 모든 사물은 내 몸이라'고 하는 말은 천하만물이 그대로 너와 내가 되고, 너와 내가 다른 사람일 수 없다는 것을 의미합니다.

'천지만물은 곧 나(我)요, 나는 곧 천지만물이라'는 말을 종교적·교육적 차원에서 자손들에게 잘 가르쳐야 합니다. 네 것, 내 것, 박가, 김가 하는 식의 개인주의와 극단적인 개별주의, '나만 잘살면 된다'는 방종주의가 이 세상을 망치고 있습니다. 어릴 때부터 '천지만물이 나와 한 몸'임을 가르친다면 잠재의식 속에 사람과 사물을 사랑하는 마음이 저절로 쌓여 남을 해치거나 자기만을 위하는 혼탁한 세상을 만들지 않게 될 것입니다.

인간 생활에서 나타나는 만악(萬惡)이 모든 인간이 한 마음 한 몸이란 사실을 망각하고 너와 내가 아무런 관계가 없다는 식의 사고방식과 감정으로부터 싹트게 되는 반면, 너와 내가 한 마음 한 몸임을 깨닫게 된다면 모든 일이 이해되고 질서와 순서가 잡힙니다. 모든 이해관계가 없어져 '네 것', '내 것' 하는 소유욕이 사라지게 될 겁니다.

그러나 너와 나, 자연이 전연 별개의 존재라고 생각한다면 대립과 투쟁으로 점철된 이 사회는 죽고 사는 문제로 만악이 횡행(橫行)하는 아수라장(阿修羅場)이 될 것입니다. 그러면 '인간과 자연을 사랑하자'느니 '이웃을 위해 자비심을 내자'는 말들이 모두 공염불(空念佛)과 구두선(口頭禪)으로 끝나고 마는 것입니다.

부처님은 '일미진중 함시방(一微塵中 含十方)이리오'라고 말씀하셨습니다. 조그만 티끌 안에도 천지만물이 담겨 있다는 말씀이지요. 현대 과학은 한 사람의 피가 60억 명의 혈통을 지닌 채 태어나고 있다는 사실을 컴퓨터로 보여주고 있습니다. 우리 몸에 흐르는 피가 양친(兩親)의 피만을 물려받은 것이 아니라는 말입니다. 이는 피 한 방울에도 백억 명의 피가 흐르고 있다는 사실과 어긋나는 점이 없습니다. 따라서 이러한 이치를 따르게 되면 남을 죽이는 것이 곧 나를 죽이는 일임을 알게 됩니다.

그러나 오늘의 세상은 제 피를 자신이 죽이는 어리석은 일을 서슴지 않고 있습니다. 그러하니 일체동근(一切同根)의 도리를 자녀들에게 잘 가르쳐 자손과 이웃이 함께 행복한 생활을 영위하게끔 만들 수 있다는 사실을 알려주어야 합니다.

능가 스님의 설법 노트에는 《법화경(法華經)》과의 인연담 법문 요지도 깨알 같은 글씨로 단정하게 적혀 있었다. 설법할 때마다 여러 번 인용한 바 있었으므로 수불에게는 낯익은 내용이었다.

나는 인연 닿는 대로 《법화경》을 공부하라고 권해왔습니다. 《법화경》은 우주, 인류 전체를 대상으로 하고 있는 경입니다. 한마디로 세계화된 이 시대에 꼭 알맞은 진리를 제시해 주고 있다는 뜻입니다. 팔만대장경 속의 많고 많은 경들이 세부적인 각론에 비유된다면 《법화경》은 총론과 같은 경입니다.
요즘 세상이 얼마나 험합니까? 나빠질 대로 나빠져 있습니다. 백 년 전보다는 10년 전이, 10년 전보다는 오늘이 더욱 나빠지고 있습니다. '종교가 있는 것이 없는 것만 못한 시대다' 이 말입니다. 부처님 시대 이래로 부처님의 십대 제자, 그 이후로는 백대제자, 또 그다음의 제자 등 수백억 만 명이 수천 년 동안 세상을 바로잡기 위해 노력해 왔다면 지금쯤은 극락이 되고 천당이 되었어야 하지 않겠습니까? 그런데 왜 세상은 더욱 나빠져만 가는지 한번쯤은 깊이 살펴보아야 할 것입니다. 개인이든 단체든 잘못된 것을 덮어둔다고 능사가 아니듯이 불교계에서도 잘못된 것이 있다면 인정하고 고쳐나가야 하는 게 당연하지 자꾸 덮어두려고 하면 위선만 쌓입니다.

《법화경》은 이미 2천 5백여 년 전에 세상의 혼탁함을 예견하고, 그때를 대비해 개인을 제도하는 것이 아니라 천하 사람을 제도하려는 듯한 논조로 설하고 있습니다.

불교는 원래 인연법이 핵심입니다. 기도를 하면 인연에 없는 소원이 이루어진다거나 기적을 일으키는 것이 아니라는 말입니다. 절을 하거나 기도를 하면 그 공덕은 있습니다. 그러나 기적은 없습니다. 죄를 지어놓고 부처님 전에 보시금 갖다 놓는다고 그 죄가 없어지는 것은 아닙니다. 누가 죄가 없어진다고 하면 그것은 새빨간 거짓말입니다. 불교는 하나하나 실천해 나가는 종교이기 때문입니다. 개인 중심의 사고에서 전체를 인식하는 사고로 전환시키는 것이 바로 불교입니다. 내가 흥하거나 망하는 것이 곧 전체가 그렇게 되는 것이라는 사고로 바뀌게 하는 것이 바른 믿음입니다. 모든 정법선양은 그 시대, 시대를 살아가는 사람에게 달려 있습니다. 사람이 가르침을 올바로 이해하고 펴나갈 때 그 가르침이 소용이 있는 것이지 올바르지 못하면 아무런 가치가 없습니다.

종교는 질의 세계이지 양의 세계가 아닙니다. 양적 세상에는 흥정 타협이 있지만 질의 세계에는 옳고 그른 것이 있을 뿐 적당한 것은 없습니다. 천하가 나쁘다 해도 진리는 진리이고 세상이 좋다고 해도 사법(邪法)은 사법입니다. 그처럼 명백한 것이 진리의 존재 방식입니다.

《법화경》을 공부하면서 가장 중요한 것은 실천입니다. 일상생활 속에서 살아가는 모든 것이 부처님의 법으로 가피를 받고 있는 것이라 감사하고 이렇게 앉아 공부하는 것도 부처님 은덕으로 돌려야 합니다. 제불호념(諸佛護念), 즉 일체 부처님들의 은혜로 살아가고 있으니 그 은혜를 갚는다는 마음과 십중덕본(十衆德本), 모든 중생들에게 덕의 근본을 심어주겠다는 마음으로 살아가야 합니다. 모든 중생들에게 나보다는 다른 사람을 생각하는 근본을 심어줄 수 있어야 하는 것입니다.

어떠한 법문을 들으면 다른 이에게 자꾸 전해주어야 합니다. 전체가 나아져야 내가 나아지는 길이라는 것을 명심하고 전체를 향해 정법을 전해야 합니다. 그리고 올바른 법을 들었다면 아무리 어렵더라도 포기하면 안 됩니다. 여러 업 때문에 장애가 많더라도 산 사람이 살아가는 방법을 찾아가는 것인데 그 정도 어려움은 당연하다고 여기십시오. 물러섬이 없는 믿음으로 정진 또 정진하고 실천 또 실천하다 보면 바로 전체를 구하는 길을 찾을 수 있게 되는 것입니다.

세상에 살았어도 남부럽지 않게 살았을 내가 이렇게 스님이 된 것도 바로 이 전체를 살리는 길을 제시하고 있는《법화경》과의 인연 때문입니다. 중학교 2학년 때 서울 인사동 고서점에서 '호랑이 잡는《법화경》'이라는 말을 듣고는 없는 돈을 빌려서《법화경》을 구해 다 읽었습니다. 그런데 이렇게 평생 떠나지 못하게 되어버렸습니다.

울산고등학교 교감 시절이었습니다. 학생들을 데리고 부산 범어사로 수학여행을 갔습니다. 그곳에서 동산 스님을 친견하고는 그 자리에서 주저앉았습니다. 이 길이 내 길이다 확신이 섰던 겁니다. 그래서 사직서도 우편으로 접수했습니다. 은사 동산 스님 덕분에 나는 출가를 할 수 있었습니다. 은사스님은 출가도 이끌어주셨지만, 내가 가장 어려웠던 시절 또 나의 앞길을 열어주셨습니다. 동산 스님은 마치 불교 정화와 종단 안정을 위하여 마지막 정성을 다 바치는 분 같았습니다. 나는 항상 이 나라 불교의 앞날을 걱정해 마지않으셨던 동산 스님의 모습이 떠나지 않습니다. 내가 총무원 사무처장을 맡고 많은 고민을 하고 있을 때였습니다. 내심 나는 종단 일보다는 산사에 남아 수행에 전념하고 싶었습니다. 종단 일의 중요성과 그 일에 성심을 다할 수 없는 마음 상태가 갈등을 일으켰던 것입니다.

이 문제를 두고 오래 심사숙고하던 끝에 스님을 찾아뵙고 모든 걸 털어놓았습니다. 그때 스님은 내가 말씀드리려던 의도를 꿰뚫어 보시고는 타이르듯이 말씀하셨습니다. "정화를 완성시키지 못하면 장차 이 나라 불교는 어찌 될 것인가. 아무리 어렵더라도 종단 일을 열심히 하도록 하게" 하시는 것이었습니다. 스님의 분부대로 나는 임기 동안 흩어지는 맘 없이 종단 일을 소임으로 알고 성심성의를 다했습니다. 수행하면서 스승을 잘 만나라는 조사들의 말씀이 참으로 옳은 가르침입니다.

수불에게 원효암이 선(禪)의 모태 같은 곳이라면 내원암은 교(敎)의 고향 집 같은 곳이었다. 내원암에서 들곤 했던 능가 스님의 설법이 원효암에서 스스로 체험했던 선을 논리적으로 이해하고 확신하게 해주었기 때문이었다.

다음 날.

수불은 은사 지명 스님이 머물고 있는 가야동 안국사로 갔다. 안국사는 언제 가보아도 염불 소리와 목탁 소리가 끊이지 않았다. 재와 불공이 많기 때문이었다. 방금 불공을 마친 지명 스님이 방에서 수불을 맞이했다. 수불은 지명 스님에게 큰절을 했다.

"해인사 선방에서 살았다는 얘기는 들었다."

"큰스님들 뵙고 좋은 시간 보냈습니다."

"이제 어디 갈 생각 말고 노스님 모시고 살아. 노스님 같은 분도 드물어. 몇 넌만 살아봐. 얻을 게 많을 테니까."

"네, 스님. 무슨 말씀인지 알겠습니다. 그런데 아직도 재가 많습니까?"

"나야 할 줄 아는 게 있어야지. 절밥 먹고 있으니 절에 빚 갚는다 생각하고 세상 사람들이 원하는 것이면 무엇이든 해주고 살아야지."

수불은 겸손해하는 지명 스님에게서도 능가 스님의 표현대로 '출가인으로서 진짜배기'임을 실감하곤 했다. 수행자는 자기 자신보다는 세상 사람들을 위해서 사는 것이 도리이고 본분이기 때문이었다. 수불은 안국사에 올 때마다 수행자의 태도 같은 것을 깨닫곤 했다. 그러고 보면 어느 곳에나 선지식은 다 있었다.

조금 열린 방문 틈으로 날벌레 한 마리가 들어와 왱왱 날았다. 그러다가 밖으로 나가려고 빛이 투과하는 문종이를 이리저리 기어 다녔다. 한참 만에 지명 스님이 방문을 활짝 열어 주면서 한마디 했다.

"들어올 때는 방문 틈으로 들어왔지만 나갈 때는 엉뚱한 곳으로 나가려고 하니 헤매는 것이지. 출가자도 마찬가지야. 출가해서 산문 안에 발은 들여놨지만 수행한다고 엉뚱한 데만 매달리다가 세월 다 보내는 스님들이 많아."

방문 밖은 허공이었다. 허공으로 날아간 날벌레는 자유를 되찾은 것이나 다름없었다. 날벌레에게는 문밖으로 나가면 빛이 있는 허공이고, 문 안에 있으면 벽으로 막아진 방인 것이었다. 눈부신 빛이 있고 없음은 문 하나의 차이였다. 열린 문과 닫힌 문의 차이가 그렇게 컸다. 그러고 보면 수행자는 산문 안에 들어왔다가 광대무변한 세상 속으로 '문 없는 문'을 열고 가는 사람이라고 할 수 있었다.

∞

흰 구름의 시간

범어사 산내암자들의 가풍은 암주(庵主)인 감원스님의 수행 방침에 따라서 달랐다. 그러나 대체적으로는 어느 암자나 대동소이했다. 가장 독특한 곳은 지유 스님이 주석하는 원효암이었다. 지유 스님이 하루 한 끼 일종식만 하기 때문에 대중도 그래야 했다. 일종식이란 부처님이 하루 한 끼만 먹은 데서 유래한 공양법이었다. 그런 이유로 원효암에 살던 다섯 명의 스님들은 늘 배가 고팠다.

특히 밭에서 힘든 일을 도맡아서 하는 농감(農監)은 허기를 견디기 힘들었다. 봄에 봉암사에서 온 스물한 살 일선은 농감 소임을 맡아 원효암 300여 평의 밭에 상추, 시금치, 배추, 무씨를 뿌리고 가꾸었다. 정랑에서 인분을 퍼서 거름으로 내는, 다들 꺼려하는 고약한 일도 일선의 몫이었다. 일선은 농기구 똥장군을 지고 가면서 떠가는 흰 구름을 보며 스스로를 위로하곤 했다.

일선은 밭농사만 짓는 것이 아니라 범어사 큰절에서 식량이나 부식을 지게로 져 가져오곤 했다. 어느 날 쌀 한 가마니를 지게에 지고 오르는 것을 본 지유 스님이 일선의 별명을 '장군'이라고 지어주었다. 힘쓰는 것이 장사와 같아서 장군이라고 불렀지만 실제로 일선의 속성은 장(張)가이기도 했다.

일선은 허기를 견디기가 힘들면 밤중에 산짐승처럼 오솔길을 타고 내원암으로 내려갔다. 그러면 내원암 원주 수불이 속가 형님처럼 언제나 일선을 따뜻하게 맞아주었다.

"스님, 봉암사에서 서암 스님 모시고 살 때는 몰랐는데 여기서는 너무 배가 고픕니다."

열아홉 살에 강원을 가지 않고 참선 공부하겠다고 송광사를 떠나 봉암사로 가서 서암 스님을 3년간 시봉하면서 살았던 일선이었다. 혈기 왕성한 일선은 원효암으로 와서 낮에는 밭농사를 짓고 밤에는 지유 스님으로부터 달마 대사의《혈맥론》과 보조 국사의《수심결》을 배웠는데, 원효암의 가풍이라지만 밤이 되면 허기가 져 견딜 수 없었다. 배가 고프면 속이 쓰려서 잠이 저만큼 멀리 달아나 버렸다.

"묵언 중인 현우 스님도 힘들어하든가?"

"제가 가장 고달프지요. 밭농사 책임지고 짓는데다 똥장군, 쌀 지게 지는 사람은 저밖에 없거든요."

"배고프면 언제든지 내원암으로 와요."

수불이 벽장에서 빵과 우유를 꺼내 일선에게 주었다. 일선은 눈 깜짝할 사이에 먹어치웠다. 수불은 일선에게 빵과 우유만 주는 것이 아니었다. 입을 것도 챙겨주었다. 일선이 누더기 승복을 입고 다니자 새 승복을 꺼내 주었던 것이다. 어떤 날은 일선이 자신의 출가 인연을 수불에게 스스럼없이 고백하기도 했다.

"초등학교 6학년 때 사물에 이름이 붙은 이유가 궁금했어요. 왜 그런 단어로 불리는지 의심하기 시작하니까 숨이 막힐 것 같았습니다. 그래서 결국 저는 중2 때 송광사로 갔지요. 송광사에 살면서 광주 인성고 2학년까지 다녔답니다. 고2 때 결심했지요. 이제는 학업을 접고 초등학생 시절 품었던 의문을 풀자고. 사미계는 열아홉 살 때 송광사에서 받았는데, 그때 구산 방장스님께서 강원으로 들어가 공부하라고 저에게 다그치셨습니다. 그러나 저는 구산 스님께 '계를 받았으니 강원에 가지 않고 이제부터는 참선 공부하겠습니다' 하고 말씀드렸어요. 그러자 방장스님께서 주장자를 들더니 저를 쳤지요. 피할 새도 없이 맞았답니다. 그날 은사인 법홍 스님께 말씀드리자, 스님의 고향 근처에 있는 봉암사로 가라고 하시더군요. 봉암사 조실인 서암 스님을 소개해 주신 것이죠. 그래서 봉암사로 도망쳤던 겁니다."

일선은 수불에게 의지하고 싶은 마음이 들었던지 숨기지

않고 다 이야기했다. 수불도 일선의 그런 순수한 면이 좋아서 자신이 먹을 다식거리, 나중에는 새로 장만한 승복을 흔쾌하게 내주었다. 또 목욕하는 날에는 일선을 데리고 산문 밖 목욕탕으로 가기도 했다. 지유 스님이 원효암 대중에게 산문 밖 출입을 엄금한 상태였으므로 일선은 몰래 외출했다.

수불이 먹을 것과 승복을 준다는 소문이 범어사 산내암자에 퍼지자 범어사 젊은 스님들이 이따금 내원암에 올라오곤 했다. 수불이 젊은 스님들에게 퍼주는 것을 본 능가 스님은 미소만 지었다. 어느 날에는 한마디 툭 던졌다.

"보살행을 하는 것을 보니 수불은 전생에 만석꾼 집 아들이었나 보다."

"평양에 사시던 속가 이모부 댁이 만석꾼이었다고 합니다. 우리 어머니는 황해도 큰 부자였고요."

"전생의 모습을 알고자 하면 금생의 모습을 보고, 내생의 모습을 알고자 하면 금생의 모습을 보라고 했어. 오늘 살고 있는 모습이 바로 전생의 모습이 아니겠나."

그해 능가 스님이 출타하면서 "삼사일 어디 좀 갔다가 올 테니까 내 방에서 자게" 하고 말했다. 수불은 밤에 꿈을 꾸었다. 무슨 까닭인지 전생에도 자신은 스님의 모습으로 산중고찰에서 수행하고 있었다. 지리산 산자락에 있는 천년고찰에서 수행자로 살고 있었는데, 절 앞의 마을은 제법 컸고 마을 옆으로는 계곡물이 바윗돌 사이로 소리치며 흘렀다. 또한 절 뒤편에는 잘생긴 소나무들이 청청하게 서 있었다. 한 폭의 동양화 같은 생생한 꿈 때문이었는지 수불은 전생에도 스님으로 살았을 거라는 확신 같은 것이 들었다.

그해 겨울.

내원암 요사채가 전기 누전으로 불이 나 전소했다. 낡은 문들을 교체하려고 요사채 옆에 쌓아놓은 새 문짝들만 불타지 않았다. 범어사 선방에서 좌선하고 있다가 불길을 보고 뛰어온 원각 스님 덕분이었다. 원각 스님이 내원암까지 뛰어와 계곡물을 길어다가 문짝에 부었다. 얼마나 고마웠는지 수불은 그 고마움을 평생 잊지 못할 것 같았다. 그나마 새 문짝들이라도 화마 속에서 구했기 때문이었다. 더구나 원각 스님은 수불의 사숙인 인각 스님과 둘도 없는 도반이었던 것이다.

전소한 요사채 자리에 후딱딱 가건물을 지었다. 그러다 보니 가건물은 부실했다. 연탄을 지피면 독한 가스가 방 안으로 스며들곤 했다. 수불은 잠을 자던 중 연탄가스에 중독되어 사경을 헤매다가 겨우 일어났다. 할 수 없이 수불은 가건물에서 살지 못하고 원효암으로 올라갔다.

일선은 여전히 농감 소임을 보고 있었다. 일선은 수불이 스스럼없었으므로 속가 이야기를 물어보곤 했다. 그때까지만 해도 일선은 수불이 서너 살 많은 선배스님인 줄만 알았던 것이다. 그러나 실제로는 수불과 일선은 십여 년 나이 차이가 났다. 일선은 수불만 만나면 신바람이 났다. 사실 현우 스님은 묵언 중이었고, 나머지 대중은 원효암에 붙박이로 살지 않았으므로 누구에게도 말을 붙이지 못하고 지냈던 것이다.

"스님, 공포를 느껴보신 적이 있습니까? 저는 초등학교 6학년 때 사물들에게 왜 저런 이름이 붙어 있을까 하고 고민한 적이 있습니다. 알 수 없으니까 죽을 것처럼 답답했습니다. 그래서 살기 위해 절로 갔던 것 같습니다."

"유년 때 기억이 나네요. 아주 어렸을 적에 바닷가에 나갔는데, 아마도 내가 세 살 때쯤일 거요. 태어난 충무에서 마산으로 이사 왔는데 혼자 바닷가에 나갔어요. 그때 바람이 확 부니까 내가 바닷물에 휩쓸릴 뻔했거든, 솟구치는 큰 파도에. 그 아찔했던 공포가 한동안 뇌리에 남아 있었던 것 같아. 아이고, 이거 죽을 수도 있겠구나. 큰일 날 뻔했구나. 그런 감정이었지요. 초등학교 때 천도교 주문을 외울 때는 눈을 감고 자는 것이 불안했어요. 이러다 죽는 것이 아닌가? 그래서 눈을 뜨고 있으려고 애를 썼어요. 이런 공포가 무의식 속에 단층처럼 켜켜이 오랫동안 쌓여 있었던 것 같아요."

"스님, 그런 공포 같은 감정을 지금도 느끼십니까?"

"20대 중반쯤 상쾌하게 사라졌어요. 정리가 한번 크게 됐어요. 여기 원효암에서 체험했지요."

"어떻게 체험하신 것입니까?"

"지유 스님에게 《혈맥론》을 배우다가 번개처럼 체험했지요. 생사는 본래부터 그대로인 것이다, 헤아리면 그것이 곧 생사다(生死是自本來如如 若想起其卽是生死)라고 체험한 거지. 자물쇠의 열쇠를 발견한 것 같은 희열을 느꼈어요. 의문이 확 풀어졌어요."

일선과 차담을 나누기 시작하면 자정을 넘기기 일쑤였다. 보이차 물이 맹물이 될 때까지 마시고 또 마셨다. 과거 이야기를 하다 보면 오늘 살고 있는 모습이 과거의 거울에 비쳐지는 듯했다. 또 그 반대이기도 했다. 오늘의 거울에 과거의 모습이 드러나기도 했다.

"스님, 제 작은아버지께서 제가 다녔던 초등학교 교가에 작시를 하셨던 분인데, 저에게도 그런 재주가 있는 것 같기도 합니다."

"피가 흐르겠지. DNA라는 것이 있잖아요."

"스님, 학창 시절에 좋아했던 시나 소설이 있어요?"

"있지요."

"저는 일찍 출가해 학교를 다녀서 그런지 교과서에 나온 시나 소설은 다 잊어버렸어요. 다만 절에 들어와서 읽은 선시(禪詩)들은 작은아버지 피가 저한테도 섞여 있는지 아주 좋아합니다."

"선시들은 깊이가 달라요."

"저는 한산(寒山)의 시를 아주 좋아합니다."

일선이 찻자리에서 눈을 감은 채 한산의 시 한 수를 소리
내어 읊조렸다.

登陟寒山道 寒山路不窮　　　등척한산도 한산로불궁

谿長石磊磊 澗闊草濛濛　　　계장석뢰뢰 간활초몽몽

苔滑非關雨 松鳴不假風　　　태골비관우 송명불가풍

誰能超世累 共坐白雲中　　　수능초세루 공좌백운중

한산의 길 오르니

한산의 길 끝이 없네.

긴 계곡에 돌무더기 쌓여 있고

넓은 시냇가에는 풀이 무성하구나.

비 오지 않았는데도 이끼 미끄럽고

바람 없어도 소나무 절로 우는구나.

누가 이 세상 번뇌를 멀리 떠나

흰 구름 속에 함께 앉을까.

"일선 스님은 승려 시인이 되겠네. 득도해서 흰 구름과 함

께하겠다는 한산의 마음을 벌써 간파하고 있으니 말이오.”

“아이고, 저는 시가 뭣인지 모릅니다. 다만 스님하고 함께 있듯 한산처럼 흰 구름하고 보내는 시간을 많이 갖고 싶습니다. 스님은 출가 전에 문학이나 음악을 좋아하셨습니까?”

“출가 전에, 그러니까 중3 때 바둑만 줄곧 두다가도 박종화 작가의 《자고 가는 저 구름아》 같은 역사소설을 즐겨 읽기는 했어요. 시는 김소월, 서정주, 한하운 시인의 시를 애송했고. 허나 깊이 빠지지는 않았지요. 음악은 학교 방송반에서 자주 틀어주었던 영국 작곡가 케텔비의 관현악곡 〈페르시아 시장에서〉를 들으면 왠지 기분이 좋아졌었어요. 아마도 곡이 경쾌해서 그랬을지도 모르겠네. 일선 스님이 한산 시를 내게 들려줬으니까 나도 한하운 시를 한번 외워볼까?”

이번에는 수불이 한하운의 시 〈보리피리〉를 나직하게 외웠다.

보리피리 불며
봄 언덕
고향 그리워
피-ㄹ 닐니리.

보리피리 불며

꽃 청산

어린 때 그리워

피-ㄹ 닐니리.

보리피리 불며

인환(人寰)의 거리

인간사 그리워

피-ㄹ 닐니리.

보리피리 불며

방랑의 기산하(幾山河)

눈물의 언덕을

피-ㄹ 닐니리.

일선이 큰 눈을 껌벅거리면서 〈보리피리〉를 감상하고는

한마디 했다.

"문둥이 시인 한하운의 시 중에 〈전라도 가는 길〉도 있습

니다."

"한하운 시는 기억이 잘 나네. 그렇게 좌절한 상황 속에서

도 자기 내면의 입장을 세상에 표출한 시라고나 할까. 참 어찌

보면 대단한 의지의 시인이다, 그런 생각이 들어요."

"시, 소설, 음악을 좋아하셨다는 말씀을 들으니 스님께서는 속가에서 고생을 전혀 안 하신 것 같습니다. 맞습니까?"

"어린 시절에는 고생을 모르고 살았지요. 부친 사업이 망하기 전까지는 부모님께서 친구들이 부러워할 만큼 자주 과외도 시키고 그랬어요. 그러다가 고등학교 갈 즈음 아버지 사업이 망했어요. 그때 집안 사정은 아주 바닥까지 내려갔지요. 열아홉 살 땐가는 내가 돈벌이라도 해서 어머님을 도와드려야겠다고 생각할 정도였으니까."

공원주가 광고 전단지를 보고 찾아간 곳은 시내버스 회사였다. 회사가 운전수를 믿지 못하고 감시하기 위해 생긴 아르바이트 자리였다. 승차할 때마다 승객의 숫자를 세서 회사에 알려주는 것이 일이었는데, 아르바이트 청년들을 모집한 관리자는 회사 정식 직원은 아니었다. 그런 일을 원하는 시내버스 회사를 옮겨 다니면서 돈을 버는 건달 비슷한 사람이었다. 공원주는 그 사람에게 신원 보증을 하고 보증금까지 맡기고 일했다. 그러나 한 달이 지날 무렵 그 사람은 아르바이트 청년들 때문에 손해를 봤다며 월급은커녕 보증금만 갈취하고 다른 곳으로 가버렸다.

"어머님에게 말도 못 했어요. 혼자서 끙끙 앓았지요. 한 푼도 못 벌고 오히려 돈을 갖다주고 쫓겨났으니까. 눈 뜨고 코 베인다는 말이 있는데, 세상이 이런 거구나 하고 뼈저리게 느졌지요. 그렇다고 정신적인 쇼크까지 받지는 않았어요. 세상에 억울한 사람이 나만 있겠는가? 더 많은 사람들이 이런 기가 막힌 일을 당할 수도 있겠구나 하고 깨달았던 거지요."

"그래서 출가를 생각하셨던 겁니까?"

"아니, 그때는 출가할 생각이 전혀 없었어요. 내 의지와 상관없이 내가 바보가 될 수 있는 곳이 세상이구나 하는 자각이랄까, 그런 쓴맛을 본 것이지. 그러니까 나에게 도움을 주는 측면도 있었어요. 생각을 하면서 살아야지 생각 없이 살다가는 그런 일을 또 당하겠구나 하고 성찰했으니까."

"어쨌든 스님한테는 가장 충격적인 사건이었던 것 같습니다."

"그래요. 어찌 보면 슬펐던 사건이었지요. 그런데도 이상한 것은 나를 속인 그 사람에게 원망 같은 것은 해보지 않았어요. 그러고 보니 나에게는 어린 시절부터 원망 같은 감정이 없었어요. 열 살 때쯤인가? 옆집 또래 아이가 무슨 일인지 울었어요. 그런데 아이 엄마가 내가 때린 줄 알고 달려오더니 다짜고짜 내 뺨을 갈기더라고. 나야 이유 없이 맞았으니 억울했지요. 그런데도 내 뺨 한 번 쓱 문지르고 말았어요. 원망하지 않았던 거지. 지금도 마찬가지로 누가 나를 비난하고 모함해도 원망 같은 것 하지 않아요. 가만히 생각해 보면 분별심에서 원망이란 감정이 나오지 않나 싶어. 원망을 받더라도 전생에 내가 지은 업을 갚는 것 같기도 하고. 전생의 빚을 갚는 것이지요.”

수불은 내원암 요사채가 새로 완공되자, 그제야 원효암에서 내원암으로 내려와 원주 소임을 보았다. 능가 스님은 더 이상 수불을 새벽에 부르지 않았다. 수불이 내원암에 와서 두어 해 살 때만 해도 새벽마다 능가 스님 방으로 가서 한 시간씩 소참법문을 들었던 것인데, 이제는 수불에게 가르칠 것이 없다는 듯 그 어떤 설법도 하지 않았다. 수불은 그런 능가 스님의 태도를 별로 이상하게 받아들이지 않고 자신이 맡은 소임을 차분하게 빈틈없이 해냈다. 능가 스님이 당부한 ‘신중한 언행’만큼은 결코 잊지 않았다.

“일에는 본말이 있고, 선후가 있고, 경중이 있다. 그것을 모르고 행하면 탁류에 휩쓸려 가게 마련이다.”

수불은 암자 살림을 하는 원주 소임도 자신을 단련하는 수행이라고 여겼다. 능가 스님을 친견하기 위해 내원암을 찾아오는 사람들을 보면 천차만별이었다. 겸손한 사람도 있고 오만한 사람도 있었다. 지식인도 있고 무지렁이도 있었다. 교수도 있고 주부도 있었다. 선객도 있고 학승도 있었다. 그러나 수불은 찾아오는 손님들을 차별하지 않고 능가 스님에게 안내했다. 능가 스님의 법문을 듣고 불연(佛緣)이 생기든 그러지 못하든, 그것은 그 사람의 시절인연이라고 생각했다. 그러니 수

불은 자신의 생각이 있어도 담담하게 안내하고 지켜볼 뿐이었
다. 어떤 날은 경우에 없는 손님을 지켜보는 것이 쉽지 않았지
만 능가 스님이 당부한 '신중한 언행'을 되새기면서 원주로서
분수를 지켰다.

지리산 벽송사

4
장

보살 머리카락이 몇 개인가?

봄이 느릿느릿 금정산 산자락을 넘어오는 날이었다. 서너 명의 여성들이 범어사에 들렀다가 내원암을 찾아서 올라가고 있었다. 사십 대 중반의 여성이 나이가 가장 많아 보였다. 그 여성의 불명은 무량심이었다. 무량심 보살이 계곡을 건너기 전에 잠시 쉬었다 가자고 말했다.

"계곡을 건너면 내원암일 것 같다. 숨 좀 고르자."

"언니, 풍경 소리가 들리네요."

아직 바람 끝은 차가웠다. 겨울이 물러가면서 시샘을 부렸다. 땅속에서 겨울잠을 자는 미물들에게 며칠 더 있다가 나오라고 하는 듯했다. 무량심 보살이 내원암 능가 스님을 친견하기로 마음먹은 것은 엊그제 옥련화 보살의 전화를 받고 나서였다. 옥련화 보살은 범어사에 시주를 많이 해온 화주보살이기도 했다.

"아우님, 올해 행자가 많이 들어왔어. 삼십 명 들어왔어.

행자 옷 화주 하겠어?"

"돈 가지고 갈게요. 지금 어디 계세요?"

"내원암에 있어. 작년에 요사채가 불났거든. 복원 불사하는 데 좀 도왔어."

전소한 요사채를 복원하는 데 도움을 주었다는 말이었다. 그런데 옥련화 보살은 "절을 스님에게 주고 이제 안 간다며?" 하고 무량심 보살의 최근 소식을 알고 있었다. 무량심 보살은 지난 3년 동안의 일들을 되돌아보았다. 고생한 사연들이 하나둘 떠올랐다. 내원암 풍경 소리는 여전히 댕그랑댕그랑하고 계곡을 건너왔다.

무량심 보살이 3년 동안 고생해서 지은 절을 한 스님에게 시주한 것은 사실이었다. 일찍이 경봉 스님의 법문을 몇 번 들었는데, 어느 날 스님이 꿈에 나타나 "절을 지어라"라고 당부한 것이 절을 짓게 된 동기라면 동기였다. 신축한 절은 울산과 부산의 중간쯤 되는 작은 동네에 있었다. 절터는 한 스님이 빚내서 구입한 땅이었다.

절 신축 불사는 무량심 보살이 스님의 빚을 다 갚아주고 나서 시작했다. 그런데 그 땅은 좀체 절이나 교회 건물 허가가 떨어지지 않았다. 당산 할머니신을 모시는 동네 사람들이 양산 읍사무소를 찾아가 반대했기 때문이었다.

할 수 없이 무량심 보살은 부산에서 날마다 아침 7시 버스를 타고 그 동네로 올라가 "절을 짓게 허락해 달라"고 가가호호 돌아다니면서 설득했다. 동네 사람들이 건달을 시켜 길가에 있는 무량심 보살에게 욕을 해대며 쫓아내기도 했다. 그런데 석 달 보름이 지나자 동네 사람들 중에 무량심 보살을 동정하는 이들이 생겨났다.

이후로는 남편과 동행했다. 남편은 "아내는 집 나온 여자 아니고 이상한 여자도 아닙니다"라고 하면서 서른세 집을 같이 돌아주었다. 결국 동네 사람들이 동의해 주어 축대를 쌓고 법당과 요사채를 지었다.

3년이 흘러 불사를 마쳤을 때, 하루는 무량심 보살이 남편에게 "오늘은 절에 계신 스님을 만나서 나를 열게 해줄 수 있느냐?"고 물어볼 생각인데, 스님이 대답하지 못하면 불사한 절을 다 드리고 나오겠다고 말했다. 무량심 보살의 원래 발원은 절 불사가 아니라 나를 깨닫게 해주는 스승을 만나는 것이기 때문이었다.

그러자 남편이 "은경이 엄마, 가봐. 오늘 졸업장 받을 거야"라고 말했다. 이에 무량심 보살이 "당신이 가보지도 않았는데 어떻게 압니까?" 하고 의아해하자 "어젯밤에 꿈을 꾸었는데 부처님처럼 생긴 스님이 '거사!' 하고 부르더니 신권 몇 다발을 주면서 '수고했어!'라고 말씀하시기에 '잠깐만요. 손이 더

러우니 씻고 받겠습니다' 하고 받았어. 손 씻는 것이 졸업하는 게 아니겠소? 오늘 가봐요. 졸업식 날이 될 거요"라고 말했다.

남편이 말하는 졸업이란 '이 무슨 도리인가?'에 대한 답을 얻을 것이라는 뜻이었다. 그래서 무량심 보살은 바로 절로 가서 스님을 스승으로 삼겠다는 마음으로 삼배를 했다. 그런 뒤 스님에게 질문을 했다.

"스님, 저를 가르쳐줄 수 있습니까?"

"보살님, 저는 못 가르칩니다."

"그렇다면 스님께서 사용하실 1년간 경비를 통장에 넣어놓고 나가겠습니다."

그러자 스님이 하소연했다.

"기도하고 행하는 실력은 우리가 보살님을 못 따라갑니다. 그러니 보살님이 절 일을 좀 도와주세요."

"저는 스승을 만나고 싶습니다. 절 일은 못 합니다."

무량심 보살은 이런 사연으로 그 절을 떠났는데, 어떻게 알았는지 3일 만에 범어사 옥련화 보살이 "지은 절을 스님에게 주고 이제 안 간다며?"라고 전화를 했던 것이다. 이에 무량심 보살이 "스님께 질문했는데 답을 못 하시더라고요. 그래서 절을 떠났어요. 언니, 저는 답을 줄 수 있는 스님을 찾고 있어요"라고 대답했고, 옥련화 보살이 "아, 그렇다면 여기 내원암에 계시는 능가 스님이 최고야" 하고 소개해 주었던바 무량심 보살은 단박에 내원암으로 달려오지 않을 수 없었던 것이다.

물이 돌돌돌 흐르는 계곡을 건너니 바로 내원암이었다. 전기 누전으로 불이 난 요사채는 말끔하게 복원되어 있었다. 마침 옥련화 보살이 내원암 마당에 나와 있다가 무량심 보살 일행을 맞이했다. 무량심 보살은 옥련화 보살을 보자마자 핸드백에서 서른 명분의 행자 옷값을 꺼내 주었다. 그러자 옥련화 보살이 말했다.

"아우님, 능가 스님을 친견하기 전에 시봉하는 젊은 스님에게 먼저 절해야 해. 시봉하는 스님이 안내해 줄 거야."

"언니, 알았어요."

그때 수불은 능가 스님을 찾아오는 여성 신도들이겠거니 하고 무심코 보고 있었다. 그런데 여성들 중에서 가장 나이가 많은 무량심 보살이 먼저 수불에게 다가와 절을 했다. 그것도 삼배였다. 수불은 갑자기 삼배를 받고서 머쓱해했다. 능가 스님이 받아야 할 삼배를 자신이 받는 것 같아서였다.

그러나 무량심 보살은 수불을 보고 삼배를 하지 않을 수 없었다. 수불의 몸에서 흰빛이 안개처럼 부드럽게 확 밀려왔다. 순간, 무량심 보살은 스승을 찾았다고 생각했다.

'저 스님의 몸에서 빛이 나오는데 능가 스님한테 갈 필요가 없다. 빛이 나오는 저 스님이 내 스승이다.'

무량심 보살은 능가 스님에게 갈 생각을 하지 않은 채 그 자리에 무릎을 꿇고 앉았다. 수불이 미간을 약간 찌푸렸다. 수불은 능가 스님에게 안내하려고 했지만 무량심 보살이 가지 않겠다고 완강한 태도를 보였던 것이다. 무량심 보살의 태도는 고집스럽게 보이기까지 했다. 방 안의 분위기가 이상해졌다. 함께 온 여성 신도들이 술렁거렸지만 무량심 보살은 물러서지 않았다. 무릎을 꿇은 채 수불의 한마디를 기다렸다.

잠시 후 무량심 보살이 혼잣말로 중얼거렸다.

'스승님이 되어주십시오. 그동안 스승을 못 찾고 방황했습니다. 스승님 가르침을 받고 싶은 마음이 목울대까지 차올라 있습니다. 목울대에 가시가 걸린 듯 가슴이 답답합니다.'

수불은 자신이 누구의 스승이 된다는 생각은 아예 없었다. 자신은 더욱더 정진해야 한다고 생각했기 때문이었다. 이윽고 무량심 보살이 말했다.

"스님, 저의 스승님이 되어주십시오."

"그런 생각해 본 적이 없으니 노스님께 가보세요."

옆에 있는 여성들이 깜짝 놀랐다. 지금까지 보았던 무량심 보살의 모습이 아니었다. 수불에게 매달리고 있는 모습을 이해할 수 없었다. 날마다 언니처럼 의지하고 따라다녔는데 '이 무슨 사건인가!' 싶었다.

사실 여성들이 무량심 보살을 의지하고 따를 만한 이유는 많았다. 무량심 보살은 누구보다도 관음 기도를 잘했다. 파도 소리가 가깝게 들리는 강원도 홍련암에 갔을 때였다. 어둠이 내리어 바다가 보이지 않았다. 이따금 어선들의 불빛이 깜박거리며 나타났다가 사라질 뿐 땅과 바다는 어둠과 한 덩어리가 되어 있었다. 조그만 법당은 무인도 같았다.

무량심 보살은 관음보살상 앞에서 기도를 시작했다. 그것도 발뒤꿈치를 들고 했다. 다른 여신도들이 따라 할 수 없는 고통스러운 관음 기도였다. 일반 신도들은 시늉도 낼 수 없는 고행의 관음 기도였다. 그러나 무량심 보살은 보란 듯이 초저녁에 시작하여 자정을 넘겼다. 여전히 그녀의 발뒤꿈치는 들려 있었고 몸은 미동도 하지 않았다.

어느새 법당 문이 파랗게 물들고 있었다. 관음보살님이 몰고 오는 새벽빛 같았다. 바다가 파랗게 드러났다. 어선들이 짐에서 깨어나 통통 소리를 내며 푸른 바다를 가로질러 갔다. 바다는 부지런한 어선의 기계 소리로 소란스러워졌다. 그제야 무량심 보살은 발뒤꿈치를 내리고 관음 기도를 끝냈다. 그러나 전혀 피곤하거나 고통스럽지 않았다. 홍련암 주지스님이 여신도들에게 말했다.

"저 보살님은 기도삼매에 들었습니다. 관음보살님과 함께 밤을 새운 것입니다. 앞으로도 뒤로도 이런 일은 없을 것 같습니다."

홍련암 관음 기도 이후 무량심 보살의 이야기는 부산 여신도들 사이에 입에서 입으로 퍼졌다. 여신도들이 무량심 보살을 찾아와 함께 절에 다니기를 원했다. 자연스럽게 따르는 무리가 생겼다.

그런데 내원암에 있는 무량심 보살의 모습은 예전과 달랐다. 수불 앞에서 어쩔 줄 모르고 있었다. 동행했던 한 젊은 여성이 말했다.

"언니, 노스님을 뵈러 왔으니 이제 일어나요."

"아니다. 나는 스승님을 만났으니 됐다."

수불은 난감했다. 수불이 보기에 무량심 보살에게서 단단한 아만이 보였다. 한번 고집을 피우면 관철하고야 말 것 같은 자신감이 넘쳤다. 그것을 불가에서는 상(相)이라고 불렀다. 수불은 어쩔 수 없이 한마디 했다.

"보살은 지금 상 덩어리가 꽉 차 있어요. 얼른 노스님께 가봐요."

"아닙니다. 이제야 스승님을 만났습니다. 저의 스승님이 돼주십시오."

"보살님은 자신감이 넘치는 분 같은데 저기 좀 봐요."

수불이 가리키는 것은 창문 밖으로 지나가는 보살이었다. 무량심 보살에게 능가 스님을 친견해 보라고 권유했던 옥련화 보살 같기도 했다. 수불이 질문을 던졌다.

"저 지나가는 보살의 머리카락이 몇 개인지 즉시 알아맞혀 봐요. 한 개도 틀리지 말고."

"스님, 뭐라고 말씀하셨습니까?"

"보살이 해온 기도는 부처님의 참된 가르침이 아니에요. 참선하면 부처님 가르침을 바로 알 수 있어요. 참선이 지름길이오."

"스님, 참된 공부를 하고 싶습니다. 가르쳐주십시오."

"보살의 머리카락 개수를 즉시 아는 것이 공부이니 알아맞혀봐요."

수불은 화두 같은 한마디를 던진 뒤, 무량심 보살이 완강하게 계속 앉아 있자 일어나 버렸다. 방문을 열고 나가더니 내원암 산길 어딘가로 사라져 버렸다. 할 수 없이 무량심 보살은 능가 스님을 뵙는 둥 마는 둥 하고 함께 온 어싱들과 범어사 산문 쪽으로 내려왔다. 주차장은 산문 밖에 있었다.

무량심 보살은 집으로 돌아오는 동안 허탈하기는커녕 스승을 찾았다는 생각에 마냥 가슴이 설렜다. 무량심 보살은 수불이 던진 말대로 경대 앞에서 머리카락을 헤아렸다. 몇 시간을 거울을 보면서 그러고 앉아 있다가 수불이 던진 말의 뜻을 겨우 알아냈다.

'아! 이 공부는 머리카락을 헤아리는 게 아니라 내가 눈을

떠야 알 수 있는 거구나.'

무량심 보살은 자신의 눈을 뜨게 하는 공부와 관음 기도
가 다르다는 것을 어렴풋이 깨달았다.

'그래, 내가 누구인지 세상이 뭔지를 머리카락 한 올 한 올
세듯 환히 꿰뚫어 보는 지혜를 얻는 것이 참된 공부일 거야. 내
소원을 비는 기도란 내 욕망일 뿐이지.'

무량심 보살은 한 도반에게 전화했다.

"나는 스승을 찾았어. 내 눈을 열게 해줄 스승을 찾았어."

그러자 다른 도반들로부터 정말로 스승을 찾았느냐고 전
화가 왔다. 화요일마다 만나는 공부 모임 도반들이었다. 법사
를 초청해 부처님 일대기도 공부하고,《지장경(地藏經)》이나
《관음경(觀音經)》을 독송해 왔던 도반들에게 무량심 보살은 내
눈을 열게 해줄 스님을 찾았다고 말했다.

며칠 후 무량심 보살은 다시 동생 같은 여성들과 함께 내
원암으로 올라갔다. 마침 수불이 마당을 쓸고 있었다. 비질한
마당에 햇살이 선명하게 비치고 있었다. 그러나 산자락에는
여전히 봄은 와 있지 않았다. 마른 낙엽이 어디론가 도망치듯
불어가는 바람에 뒹굴고 있었다. 매화 꽃망울은 연둣빛 그대
로였다. 개구리 노랫소리는 아직 들리지 않았다. 다람쥐도 게
으른 봄을 탓하는지 굴속에서 나오지 않고 있었다. 무량심 보

살이 수불을 보자마자 하소연하듯 말했다.

"스님, 스승님으로 모시고 싶습니다."

"정말 그래요?"

수불은 무량심 보살을 내원암 뒤로 데리고 갔다. 함께 온 여성들도 뒤따랐다. 무량심 보살을 시험하기 위해서 데리고 간 것이었다. 내원암 법당으로 가기에는 아직 일렀다. 능가 스님이 계시기 때문에 무례하다는 생각이 들었던 것이다.

내원암 뒤 풀밭에는 반반한 반석이 방석처럼 놓여 있었다. 새싹이 돋아나지 않은 풀밭은 아직 누런 빛깔이었다. 수불은 절을 받기 위해 거뭇거뭇한 반석 앞에 앉았다. 스승으로 모시려면 반드시 삼배를 하는 것이 절의 풍습이었다. 무량심 보살은 반석 위에서 삼배를 하려고 섰다.

그런데 갑자기 독사가 나타났다. 머리는 세모나고 몸뚱이는 검은빛인 독사 한 마리가 무량심 보살 앞으로 다가오는 것이었다. 보통 뱀들은 아직 보이지 않는 시기인데 이상한 일이었다. 독사는 다른 곳으로 가지 않고 무량심 보살 앞으로 스르르 다가왔다. 독사는 겨우내 먹이를 먹지 않는지 독이 잔뜩 오른 모습이었다. 머리를 무섭게 쳐들고 혀를 날름거렸다. 무량심 보살은 망설였다. 절하려고 머리를 굽히면 뱀이 자신을 공격하는 줄 알고 달려들 것만 같았다. 두려운 생각에 등골이 오싹했다.

'머리를 숙이면 저놈이 나를 물지도 몰라. 물리면 나는 죽을 거야.'

수불은 삼배를 하려는 무량심 보살을 바라보기만 했다. 위험하니 그만두라고 만류하지 않았다. 수불은 독사가 무량심 보살에게 덤벼들지 않을 것이라고 판단했다. 독사는 겨우내 바깥세상을 구경하지 못했으므로 눈이 부시어 아무것도 보지 못할 것만 같았다. 느릿느릿 움직이는 것을 보니 그런 생각이 들었던 것이다. 무엇보다 독사가 무섭니 징그럽니 하는 것은 사람의 편견일 뿐이었다. 반대로 독사는 사람이 무섭고 징그러울 수도 있었다. 그러니 눈앞의 독사를 살려고 세상에 나온 한 생명으로 보면 그만이었다. 무량심 보살은 순간적으로 자신의 마음을 정리했다.

'스승님을 만났으니 독사에 물려 죽어도 여한이 없다.'

마음을 정리하자 두려움이 사라졌다. 예법대로 삼배를 시작했다. 그러자 독사가 눈에 들어오지 않았다. 오롯이 절만 했다. 예전 홍련암에서 관음 기도하면서 얻었던 힘이 되살아난 듯했다.

놀라운 일이었다. 삼배를 하고 나니 독사는 어디론가 사라지고 없었다. 수불의 입가에 미소가 감돌았다. 무량심 보살이 합장했다.

"스승님이 되어주시니 감사할 뿐입니다."

햇살이 내원암 뒤뜰에 금싸라기처럼 떨어졌다. 독사가 지나간 누런 풀밭이 곧 푸릇푸릇 움이 틀 것만 같았다. 함께 따라온 여성들은 무엇에 홀린 듯 꿈쩍을 안 했다. 모두가 생각지도 못한 상황을 보고 몹시 놀란 모습으로 서 있을 뿐이었다. 갑자기 독사가 나타나서 놀랐고, 독사가 스르르 지나가는데도 삼배를 하는 무량심 보살을 보고 놀랐고, 삼십 대의 수불이 사십 대의 무량심 보살을 첫 제자로 받아들이는 의외의 장소와 방식에 놀랐던 것이다.

∞

무량심 보살

무량심 보살은 수불의 제자가 된 이후에도 스물대여섯 명의
여성 불자 회원들을 이끌었다. 회원들은 매월 지장재일에 여
러 집을 돌아가면서 가정 법회 형식으로 몇 년째 공부를 해왔
던 것이다. 회원들은 법사를 초청해 경전 공부뿐만 아니라 관
음재일 날은 기도처로 유명한 사찰을 찾아가 참배하기도 했
다. 회원들의 공부 방향은 모임의 회장과 총무 등이 결정했다.
그런데 모임의 회장인 무량심 보살은 지장재일 법회에서 회원
들에게 수불의 법문을 듣게 하고 싶었다. 물론 무량심 보살 자
신도 한 달 전 내원암에서 수불에게 받았던 '저 보살의 머리카
락은 몇 개인가?'라는 화두에 대한 답을 이번 법회 때 반드시
얻고자 갈망했다. 이번 가정 법회는 무량심 보살의 여고 동창
이기도 한 총무 집에서 하기로 돼 있었다.

수불은 이미 무량심 보살에게 가정 법회 법사로 초청받은
상태였다. 모임의 총무 집으로 가기만 하면 되었다. 며칠 전 무

량심 보살이 내원암으로 올라와 "가정 법회에 오시어 법문해 주십시오" 하고 정중하게 청한 일이 있었던 것이다. 무량심 보살은 새벽에 목욕을 하고 후배인 두 회원을 데리고 수불이 있는 내원암으로 향했다. 운전은 선정화 보살이 했다. 운전하던 보살이 말했다.

"언니, 수불 스님께서 어떤 법문을 하실지 궁금합니다."

"잘 모셔야 해. 스님께서 뜻밖에 허락하시더라고. 스님, 지장재일 날 모시러 올 테니 법문해 주십시오, 하니까 달력을 보시더니 흔쾌하게 허락하시더라고."

선정화 보살이 말했다.

"근데 언니, 간밤 꿈이 너무 슬펐어요."

"승호 엄마, 무슨 꿈을 꾸었는데 그래?"

그제야 무량심 보살은 두 회원의 얼굴을 유심히 쳐다보았다. 다른 날과 달리 두 회원의 눈이 모두 부어 있었다. 무량심 보살은 무슨 사연이 있었나 싶어 물었다.

"승호 엄마, 왜 눈이 퉁퉁 부었어? 그러고 보니 준호 엄마도 눈이 부었네."

승호 엄마는 동생처럼 따라다니곤 했던 선정화 보살이었고, 준호 엄마는 새움 보살로 목욕탕을 운영하고 있는 회원이었다. 나이는 새움 보살이 선정화 보살보다 더 많았다. 새움 보살이 말했다.

"꿈을 꾸었어요. 꿈 때문에 밤새 울었어요. 잠자리에서 일어나서도 한참 울었어요."

"그렇게 슬픈 꿈이었어?"

"참 이상하네요. 언니, 나도 어젯밤에 슬픈 꿈을 꾸고 울었어요."

운전하고 있는 승호 엄마인 선정화 보살도 꿈을 꾸고 나서 울었다고 말했다. 그녀가 꿈 이야기를 했다.

"언니가 바닷가로 나가는 것을 보고 저도 막 뛰어갔어요. 그런데 언니가 흰 연꽃을 타고 바닷속으로 들어가더라고요. 심청이 같이 언니가 죽는 꿈을 꾸었는데 내가 안 울겠냐고요. 언니가 없는데 내가 어떻게 살아요. 그래서 울었어요."

"내가 생각해 보니 울어야 할 꿈이 아닌데 뭘 그래."

무량심 보살이 웃으며 대꾸했다. 그러자 역시 눈이 벌겋게 부어 있던 새움 보살이 말했다.

"저도 언니와 이제 헤어져야 하는구나 싶어 울었어요."

"무슨 꿈인데 울었어? 얘기해 봐."

"학교에서 조회할 때 학생들이 교장 선생님 앞에 죽 서잖아요."

새움 보살의 꿈 이야기는 열반 직전의 단계인 십지보살까지 등장했다. 수많은 사람들이 모여 있는데, 가정 법회 모임의 회원 스물 몇 명은 맨 뒷줄에 섰다. 무슨 이유로 모인 대중인지는 알 수 없었지만 무량심 보살은 뒷줄에서 첫 번째, 승호 엄마인 선정화 보살은 두 번째, 준호 엄마인 새움 보살은 세 번째에서 있었는데, 단 위에 있던 사람이 내려오더니 무량심 보살에게 다가와 "십지보살 줄에 서야 할 사람이 여기 섰다"며 어디론가 데리고 가려 했다. 그래서 평소에 무량심 보살을 의지하고 따르던 승호 엄마와 준호 엄마도 함께 가려고 하자, 무량심 보살이 "두 사람은 따라오지 말고 한 사람은 회장하고, 또 한 사람은 부회장 맡아서 공부 잘하라"고 당부하면서 떠나버린 바람에 그녀도 밤새 울었다는 고백이었다.

"언니가 따라오지 말라고 해서 더 울었어요."

"새움 보살이 꿈속에서 꿈을 꾸었네. 아우님들 아무 일 없으니 걱정하지 마."

"내 꿈에는 언니가 십지보살한테 가고, 또 승호 엄마는 언니가 연꽃 타고 사라졌다고 하니 이상하잖아요. 살면서 언니와 헤어지는 일은 없을 텐데 언니가 갑자기 아플지도 모르니까 아무튼 조심하세요."

무량심 보살은 자신을 따르던 두 회원의 꿈 이야기를 듣고 내심 짚이는 것이 있었지만 입을 다물었다. 수불을 모시고 여고 동창인 총무 집으로 올 때까지 평소처럼 의례적인 말만 하고 꿈 이야기는 한마디도 꺼내지 않았다.

이윽고 모임의 총무 집에 도착했다. 수불이 법사로 법문하니 격을 갖춘 정식 법회가 열리는 셈이었다. 모임의 회원 한 사람이 소반을 들고 와 수불 앞에 놓았다. 소반에는 과일과 포크가 놓여 있었다. 법회가 열리기 전이었다. 다른 회원들은 수불을 무심코 보고 있었지만 무량심 보살은 수불의 동작 하나하나를 뚫어지게 주시했다. 지난번에 수불로부터 받은 화두에 대한 답을 찾지 않을까 하는 기대를 갖고 그랬다.

과연 조짐이 전기처럼 찌르르 왔다. 수불이 포크로 사과 조각을 찔러 입에 넣은 순간이었다. 무량심 보살의 눈에는 포크가 포크로 보이지 않았다. 포크라는 낯익은 이름은 사라지고 그 너머에 숨은 본질이 보였다. 아무리 이름을 달리 부른다고 해도 포크의 용도는 변치 않는다는 도리를 알아차렸다.

'아, 포크도 포크 아닌 도리가 있구나!'

수불이 들고 있는 포크는 관세음보살이라는 이름에 집착해 왔던 무량심 보살의 정수리를 아프게 찔렀다. 정수리가 확 열리는 것 같았다. 그러자 관세음보살을 찾기 위해 경봉 스님이 가라고 했던 남해 보리암, 낙산사 홍련암 등을 다니며 관음기도를 했던 자신이 허망하게 무너졌다. 수불이 '상 덩어리'라고 했던 자신이 유리처럼 쨍하고 산산조각이 났다. 순식간에 다가온 자각이었으므로 무량심 보살은 어안이 벙벙했고 눈앞이 아찔했다.

208

수불의 법문이 시작됐지만 하나도 귀에 들어오지 않았다. 허공을 보아도 예전의 허공 같지 않았다. 텅 비어 있지만 무언가 충만한 것이 가슴을 압박했다. 그런 탓이었다. 수불의 법문은 단 한 구절도 귀에 들어오지 않았다. 한마디도 듣지 않은 것 같았다. 내면에서 들려오는 영혼의 소리만 들릴 뿐이었다.

'관세음보살은 내 안에 있다! 관세음보살은 마음 밖에 있지 않다!'

관세음보살이 마음 밖에 있지 않다는 자각이 들자, 보이는 모든 것들이 옛날 같지 않았다. 모든 것들이 확확 생생하게 다가왔다. 세상은 어제 보았던 세상이 아니었다.

법문이 끝날 무렵에야 무량심 보살은 격동된 마음을 겨우 진정했다. 법문이 끝나면 수불을 새움 보살 집으로 모시고 가서 차를 대접하기로 돼 있었기 때문이었다. 무량심 보살이 말했다.

"스님, 자리를 옮겨서 차 한잔하시겠습니까? 새움 보살이 자기 집으로 모시고 싶어 합니다."

"그럽시다."

목욕탕을 운영하는 새움 보살 집에는 찻자리가 마련돼 있었다. 수불과 무량심 보살은 곧장 새움 보살 집으로 갔다. 새움 보살 집의 정원에는 노란 수선화가 지고 대신 부처님 손바닥처럼 큼직한 모란꽃이 만발해 있었다.

그런데 무량심 보살은 붉은 모란꽃을 보자마자 뒤로 넘어질 뻔했다. 순간 불덩어리가 발끝에서 머리끝으로 천둥소리를 내며 화산이 터지듯 솟구쳤다. 그러자 목구멍에 가시처럼 걸려 있던 화두가 온몸을 찢어버리면서 밖으로 확 빠져나갔다. 허공이 찢어지듯 통쾌했으므로 무량심 보살은 고함치며 세움 보살 집을 한 바퀴 돌았다. 그런 뒤 2층으로 올라가 수불에게 한마디 했다.

"스님, 제가 달라졌습니다."

"달라졌다고요? 내놓아 봐요."

이에 무량심 보살이 오른손을 들어 손바닥을 수불에게 보여주었다. 그러자 수불이 고개를 끄덕이며 말했다.

"알았어요."

이른바 점검이었다. 무량심 보살은 자신을 답답하게 했던 것들이 다 빠져나가 버리자 껍데기만 남은 것 같았다. 나라고 고집했던 자신이 빈껍데기처럼 공(空)하다는 것을 절감했다. 내원암으로 수불을 모시러 갈 때 들었던 두 아우 보살들의 꿈이 맞는 것도 같아 신기했다.

그런데 그날 이후가 문제였다. 기도할 때만 번뇌가 사라지고 평소에는 예전과 같이 온갖 번뇌망상으로 시달렸다. 그 통쾌하고 시원한 순간은 다시 오지 않았다. 실제로 그날 이후 몇 년 동안이나 내가 새롭게 태어났다는 느낌은 다시 들지 않았다. 수불을 만나기 전과 같이 번뇌망상이 들끓었다.

그러던 어느 날이었다. 무량심 보살이 내원암으로 수불을 찾아가 질문했다.

"몸에서 용광로 불덩어리 같은 것이 다 나갔는데 어째서 번뇌가 자꾸 솟구쳐 나옵니까?"

"참으로 죽어봐야 알지요."

수불의 말은 여러 생에 지은 업력의 흔적이 말끔하게 다 없어져야 한다는 뜻이었다. 수불은 열반을 그렇게 표현했다.

"어떻게 해야 번뇌가 다 없어집니까?"

"수챗구멍에 코를 박고 몇 초만 있어 봐요. 그 도리를 알게 될 테니까."

그러나 수챗구멍에 코를 들이밀고 견딘다는 것은 불가능에 가까운 일이라고 봐야 옳았다. 무량심 보살은 수불이 쌀쌀맞고 차갑고 독하다고 느꼈다. 수챗구멍에 코를 들이밀고 견딜 수 있는 사람은 이 세상에 아무도 없을 것이기 때문이었다.

이후 무량심 보살은 답답한 마음에 한 스님을 만나 하소연했다.

"스님, 수불 스님한테 화두받고 발끝에서 머리끝까지 불덩어리가 터지고 허공이 찢어지는 경험을 했는데 번뇌가 말도 못 하게 나옵니다. 이게 무슨 까닭인지 우리 스님에게 물으니

'수챗구멍에 코를 박으라'고 하는데 저는 너무 갑갑합니다."

"아, 그럼 서암 조실스님 한번 친견해 보세요. 저는 이번 안거를 봉암사에서 납니다. 보살님이 오신다면 서암 스님께 안내해 드리겠습니다."

무량심 보살은 한 달 후 문경으로 올라가서 봉암사를 찾아갔다. 봉암사는 희양산 자락에 깊숙이 숨어 있었다. 흰 바위가 듬성듬성 드러난 채 거대하게 솟은 희양산은 부산에 있는 다소곳한 산들과는 달랐다. 범접할 수 없는 강한 기운이 산자락을 휘감고 있었다. 무량심 보살은 다소 위축이 되어 산문을 들어섰다. 산문 옆으로는 희양산 골짜기에서 흘러온 계곡물이 돌돌돌 소리치고 있었다. 무량심 보살은 대웅전에 들어가 삼배를 올린 뒤 원주를 찾아가 용건을 말했다.

"장천사에서 오신 스님을 뵈러 왔습니다."

"잠시 객실에 가서 기다리세요."

장천사를 말하자 원주는 곧 알아들었다. 만나기로 했던 장천사 스님이 잠시 후 객실로 왔다. 스님이 말했다.

"조실스님은 조금 기다리셔야 합니다. 대중 울력이 있는 날입니다."

조실스님도 울력에 참여하고 있는 듯했다. 선방 대중들이 계곡 너머 다랑이논에서 울력할 때 조실스님도 호미를 들고 함께 일한다고 원주가 말했다. 젊은 스님이 지게를 지고 원주실 앞으로 지나갔다. 지게 바지게에는 다랑이논에서 캔 햇감자가 가득했다.

객실 마루에는 서암 스님을 친견하려고 서울에서 온 청년도 앉아 있었다. 서암 스님이 조실채에 들었다는 전갈이 오자, 먼저 와 있던 그 청년부터 원주의 안내를 받아 갔다. 한참 만에 무량심 보살도 장천사 스님을 따라 조실채로 올라갔다. 마침 서울 청년이 조실채에서 나오고 있었다. 방 안에서 서암 스님의 목소리가 났다.

"현전일념 하시오!"

과거나 미래에 살지 말고 지금 서 있는 자리에서 최선을 다하라는 뜻이었다. 서울 청년이 무슨 말인지 이해를 못 한 듯 "예?" 하고 뒤돌아보더니 곧 대웅전 저편으로 사라졌다. 서암 스님을 시봉하는 시자가 손짓을 하자, 무량심 보살도 방으로 들어가 서암 스님에게 삼배를 올렸다. 서암 스님이 말했다.

"보살은 무슨 일로 왔소?"

"조실스님, 공부를 하고 나서부터 머릿속에 번뇌망상이 더 들끓습니다."

"무슨 공부를 했소?"

무량심 보살은 화두를 받고 나서부터 선정화 보살 집에 가서 모란꽃을 보고 발끝에서 머리끝까지 불덩어리가 터지고 허공이 찢어졌던 체험을 고백했다. 그런데도 불구하고 그날 이후 번뇌망상이 사라지지 않고 오히려 더욱 심해져 조실스님을 친견하러 왔다고 말했다. 서암 스님이 자애롭게 무량심 보살의 이야기를 다 듣고 나서 말했다.

"보살, 그렇게 열리기도 굉장히 어려운 일이오."

"우리 스님께 물으면 수챗구멍에 코를 박고 있으면 알고 싶은 답이 나온다고 합니다."

"아무 말도 하지 말고 스님을 찾아다닐 것도 없어요. 보살행을 많이 하고 살면 돼요. 많은 사람을 돕고 살다 보면 답이 나올 거요."

그러나 무량심 보살은 덕담만 들은 기분이 들었다. 기대했던 답을 듣지 못한 채 조실채를 나와 약간은 낙심한 채 부산으로 돌아왔다. 위로받은 것이 있다면 스님의 자비로운 모습뿐 답을 얻지 못해서였다. 무량심 보살은 무사히 귀가했지만 답답해 견딜 수 없었다.

이번에는 집에서 가까운 원효암에 주석하는 지유 스님을 친견하러 갔다. 회원들 몇 명과 함께 원효암으로 가서 시봉하는 스님을 찾았다.

"보살님, 무슨 일로 오셨습니까?"

"큰스님께 질문할 것이 있어서 왔습니다."

그러자 시자가 지유 스님에게 보고한 뒤 방문을 열어주었다. 시자는 곧 방문을 닫고 나갔다. 지유 스님은 가위로 헝겊을 자르고 있었다. 허리를 구부리고 있어 조그만 체구가 더 작아 보였다. 무량심 보살은 삼배를 한 뒤 용건을 말했다.

"큰스님, 모란꽃을 본 뒤 몸속에서 불덩어리가 터졌는데 번뇌가 너무 많이 일어납니다. 다음에는 어찌하면 됩니까?"

지유 스님은 하던 일만 할 뿐 무량심 보살을 쳐다보지도 않았다. 그래도 무량심 보살은 조금 큰소리로 또 물었다.

"큰스님, 어찌하면 됩니까? 한 말씀 들으려고 왔습니다."

그제야 지유 스님이 무량심 보살을 쳐다보더니 쏘아붙이듯 말했다.

"보살 몸속에서 무엇이 터지고 번뇌가 일어나고 하는 일이 대체 나하고 무슨 관계가 있소? 여기 와서 왜 그런 말을 하는 거요!"

지유 스님은 한마디 쏘아붙인 뒤 자신이 하던 일만 했다. 무량심 보살은 지유 스님의 냉랭한 답변에 고개를 들 수 없을 만큼 부끄러워졌다. 쏘아붙이는 지유 스님의 말을 듣는 순간, 자신이 경험했던 일하고 지유 스님과는 정말 아무 관계도 없었다. 무량심 보살은 너무나 부끄러워서 다리가 후들거렸지만 겨우 방문을 열고 나왔다. 원효암을 다 내려와서야 따라온 두 회원들에게 말했다.

"큰스님께서 나하고 무슨 관계가 있냐고 하시는 말씀에 창피스러워 죽는 줄 알았어."

"언니, 큰스님께서 그렇게 말씀하셨어요?"

"큰스님 말씀을 듣고 창피해서 일어서는데 발이 떨어지지를 않더라니까. 문득 생각해 보니 큰스님하고 내 체험은 아무 상관이 없었어. 문을 열고 나오면서 얼마나 허덕거렸는지."

"방문을 나오는 언니 얼굴이 정말로 시뻘겠어."

무량심 보살의 얼굴은 아직도 상기돼 있었다. 그러나 마음을 다잡은 무량심 보살은 스스로 결심했다. 두 번 다시 조금 전 같은 못난 꼴을 보이지 않으리라고 다짐했다. 번뇌망상이 일어나든 말든 그것도 내 살림인데 앞으로는 스스로 해결하리라고 자신과 거듭거듭 약속했다.

몇 달이 지난 뒤였다. 무량심 보살은 수불의 법문을 듣고 번뇌망상이 왜 생기는지를 알았다. 그리고 그 번뇌망상을 어떻게 다루는지도 배웠다. 캄캄한 방에 불을 켜면 단박에 밝아지듯 깨달음이란 그렇게 다가오지만 여러 전생부터 지은 업력으로 신출귀몰하는 번뇌망상에는 방법이 있을 수 없었다. 그러나 그처럼 날뛰는 번뇌망상도 일어나는 대로 내버려 둔 채 정진을 계속해 나가면 자연스럽게 사라지는 법이라고 하니 서두르거나 초조해하지 말아야 했다. 수불은 그러한 정진을, 닦는다는 생각 없이 닦아나가는 정진을 여러 생의 습기를 제거하는 오후보임(悟後保任)이라고 표현했다.

∞

금정포교당

능가 스님은 매월 1일 내원암에서 법문을 했다. 다른 절처럼
음력 초하루에 하지 않고 양력 1일에 법문을 했다. 무량심 보
살은 내원암으로 올라가 능가 스님 법문을 빠지지 않고 들었
다. 무량심 보살을 따르는 회원들도 동행했다. 그런데 회원들
의 숫자는 어느새 점점 줄어들고 있었다. 회원 대부분이 칠팔
명씩 몰려다니는 가정 법회 형식을 더 선호했고, 수불이 일부
러 얼음장처럼 차갑게 대했던 것이다. 수불은 무량심 보살의
회원들이 능가 스님 신도가 되기를 바랐지, 자신과 인연 맺는
것을 원치 않았다. 노스님인 능가 스님이 계시는 내원암에서
자기 신도를 만드는 것은 경우에 없는 일이라고 생각했기 때
문이었다.

그래도 무량심 보살은 초지일관했다. 수불 스승께 적어도
천 일 동안은 내원암으로 올라와 삼배를 하겠다고 다짐했다.
수불이 의도적으로 자꾸 밀어냈지만 물러서지 않았다. 천 일

이 얼마 남지 않은 내원암 법회 날이었다.

　법당 앞줄은 능가 스님 상좌와 원주인 수불이, 뒷줄은 신도들이 앉았다. 예정대로 능가 스님은 법문을 시작했다. 스님은 카랑카랑한 목소리로 "천지만물에 감사해야 하는 이유 하나만 제대로 알아도 다른 것은 저절로 연결돼 이해가 된다"며 "내 생명을 보존시키기 위해 천지만물이 수고를 하고 있다. 밥, 공기, 의복, 남편, 자녀 심지어는 내 몸속의 장기들이 작동을 잘해주니 내가 살고 있는 것이다. 살고 싶다고 사는 것이 아니라 나를 살게 하는 그 무엇과 만물의 작용 덕에 살고 있으니 저절로 감사하게 되는 것이며 그 감사함을 안다면 절로 겸허할 수밖에 없다"는 요지의 법문을 40분쯤 했다.

　법문을 마친 능가 스님이 법상에서 공지 사항이 하나 있다며 신도들에게 말했다.

　"내 시자가 시내에서 큰 포교당을 하기로 했어요. 스님 일어나 봐요."

　앞줄에 앉아 있던 수불이 일어나 신도들을 향해 합장했다. 사전에 상의가 있었던지 수불은 덤덤하게 서 있다가 제자리에 앉았다. 그러나 무량심 보살은 깜짝 놀랐다. 무량심 보살이 짐작하기로는 능가 스님이 포교당에 경비를 대줄 리가 없었다. 그렇다고 수불 스승의 통장에 포교당을 얻을 자금이 있는지도 미지수였다.

무량심 보살은 천 일간만 내원암을 다니고 이후에는 이미 구입한 25평 아파트에서 회원들과 공부하자고 약속해 놓은 상태였다. 천 일이 얼마 남지 않은 상황에서 능가 스님의 공지 사항은 무량심 보살에게는 날벼락이었다. 어른스님들은 시절인연을 알고 이런 방식으로 단호하게 내보내는가 싶기도 했다. 반면에 수불은 무량심 보살이 포교당 선방을 하고 싶어 자신을 끌어낸 것이 아닌가 하고 생각했다.

'발등에 떨어진 불이 아닌가. 원을 세우면 관세음보살님이 도와주겠지.'

무량심 보살은 동분서주 끝에 동래 온천 3동 럭키아파트 맞은편 건물 3층 47평 공간에 세를 냈다. 불단을 설치하는 등 내부 수리를 하는 데만 4개월이 걸렸다. 마침내 1989년 10월 21일에 개원했다. 개원 법회는 내원암 신도들로 북적거렸다. 포교당에 빈자리가 없을 만큼 신도들이 가득 찼던 것이다.

수불은 다음 날부터 포교당 한쪽 방에서 지냈다. 온천 3동 부근에서 자발적으로 찾아온 신도는 서른 명쯤 되었다. 대부분 동네 보살들이었다. 무량심 보살이 회장으로 있는 모임에서는 세 명만 따라왔다. 모두가 내원암을 오가면서 떨어져 나갔다. 수불이 무량심 보살에게 물었다.

"나에게 법문을 들었던 회원들 중에서 몇 명이나 따라왔어요?"

"모두 세 명이요. 언니 없으면 못 살겠다고 울던 선정화 보살도, 새움 보살도 떠났어요."

"인연이 없으면 별수 없지요. 노스님께서 종교는 질의 세계이지 양의 세계가 아니라고 했어요. 양적 세상에는 흥정과 타협이 있지만 질의 세계에는 옳고 그른 것이 있을 뿐 적당한 것은 없다고도 말씀하셨지요. 그러니 신도가 많든 적든 아무 상관 없습니다."

수불은 선방을 운영할 지침을 세웠다. 능가 스님의 가풍은 《법화경》을 바탕으로 모든 존재는 한 뿌리라는 일체동근(一體同根)의 도리를 알고 실천해 인류 행복을 구현하자는 것이었다. 그러나 수불은 화두를 들고 참선하여 진리에 눈 뜨는 것을 포교당 운영의 지침으로 삼았다. 그런 까닭에 부처님 일대기나 불교 교리를 배우고 싶어 포교당을 찾아왔던 동네 보살과 거사들은 곧 발길을 돌렸다.

수불이 포교당 신도들에게 참선을 시킨 뒤 처음으로 제시한 화두는 만법귀일 일귀하처(萬法歸一 一歸何處)였다. 이는 동산 스님이 으레 여러 제자들에게 권하는 화두이기도 했다. 공안집 《벽암록(碧巖錄)》 45칙에 나오는바 조주 선사와 어느 객승의 문답인데, 그 내용은 다음과 같았다.

객승이 조주 선사를 찾아와 물었다.

"만법은 하나로 돌아가는데, 그 하나는 어디로 돌아갑니까(萬法歸一 一歸何處)?"

그러자 조주 선사가 대답했다.

"내가 청주에 있을 때 옷 한 벌을 지었는데 무게가 일곱 근이었다네."

객승이 조주 선사를 당차게 몰아붙였지만 선사는 선승 티를 조금도 내지 않고 일상의 평범한 말로 지극히 깊은 경지를 담담하게 말했다.

수불이 신도들에게 화두를 던지자 보살 하나가 물었다.

"만법이 무엇입니까?"

"눈앞에 있는 삼라만상으로 분별심과 집착으로 벌어지는 현상을 말합니다."

"하나는 무엇입니까?"

"절대 진리를 뜻합니다. 이제 더 묻지 말고 스스로 답을 찾아야 합니다. 만일 하나가 돌아갈 곳이 있다면 삼라만상의 현상을 인정하는 꼴이고, 만일 하나가 돌아갈 곳이 없다면 공(空)에 떨어진 꼴이지요. 온갖 법은 무상하다고 했는데, 어째서 하나로 돌아간다고 했을까요?"

신도들은 아무도 대답을 못 했다. 포교당은 참선 공부 시간 내내 침묵이 흐를 뿐이었다. 얼핏 보면 명상을 하는 모습이었다. 며칠이 지나도 포교당의 분위기는 마찬가지였다. 처음 화두를 던졌을 때의 호기심은 사라지고 열기는 점점 식었다. 좌선을 견디지 못하고 좌복을 이탈하는 신도가 생겨났다. 그런가 하면 어떤 신도는 엉뚱한 질문을 했다.

"스님, 청주가 어디에 있습니까?"

"그런 건 몰라도 돼요. 우리나라 충청도 청주가 아니라 중국 하북성 청주인데 조주 스님 고향이지요. 그런 건 알 필요가 없어요."

몇 달이 지났지만 도무지 화두에 대한 답을 가져오는 신도는 없었다. 더러 답을 가져오는 신도가 있었지만 그것은 머리로 해석한 것에 불과했다. 그래서 수불은 머리로 해석하는 습관을 막기 위해 다시 시도했다.

"만법귀일은 내려놓고 일귀하처만 들어보세요. 단, 하나가 돌아가는 곳이 있다고 하면 안 돼요. 그렇다고 돌아가는 곳이 없다고 해도 안 돼요. 그 두 가지 속에서 빠져나와야 답을 얻으니까요. 진퇴양난 속에 답이 있어요."

그래도 답을 가져오는 신도는 없었다. 답이라며 가져오는 신도가 있지만 그것은 화두를 타파한 답이 아니었다. 한 신도가 하소연했다.

"스님, 저는 아무래도 화두 공부와는 맞지 않는 것 같습니다. 온갖 번뇌망상으로 멍하니 시간을 보낼 뿐입니다."

"보살님, 여기서 포기하면 안 됩니다. 금생에 안 되면 내생에라도 깨쳐야 합니다."

"내생이라고요? 전 그럴 자신이 없습니다. 먹고 사는 일이 빡빡합니다."

"포기하지 않고 정진을 계속하다 보면 어느 날 홀연히 답이 찾아올 겁니다."

수불은 신도에게 막연한 말을 해놓고 내심으로는 미안했다. 신도의 근기에 맞는 화두가 있는데 그걸 찾지 못한 것은 아닌지 자신을 되돌아보기도 했다.

'화두를 바꾸어서 신도들에게 제시해 보자.'

새롭게 바꾼 화두는 부모미생전 본래면목(父母未生前 本來面目)이었다.

"화두참구는 의심하는 것이지 이해하고 외우는 것이 아닙니다. 너무 급하게 의심하거나 너무 느리게 의심하지 말고 한결같이 의심해야 합니다."

'만법귀일 일귀하처' 화두를 제시하여 실패 아닌 실패를 했으므로 수불은 신도들에게 화두를 손에 쥐여주듯 곡진하게 설하지 않을 수 없었다.

"화두 '부모한테 몸 받기 전에 나의 본래면목은 무엇인가?'를 참구할 때는 절대로 머리로 답을 얻으려고 해서는 안 됩니다. 머리는 잘라버리세요. 몸으로 답을 얻어야 합니다. '나의 본래면목이 무엇인가?' 하지 말고 '어떤 것이 나의 본래면목인가?'라고 하세요. 나의 본래면목이 무엇인지 알음알이를 하기 시작하면 화두가 머리로 올라갑니다. 그러나 '어떤 것이 (如何是 여하시)'라는 의심에 붙잡히면 화두가 머리가 아닌 창자에 꽂히게 됩니다."

그래도 신도들이 수불의 방으로 찾아와 화두참구의 고충을 말했다.

"스님, 포교당에서는 화두가 들렸다가도 집에 가면 달아나 버립니다."

"의식주 걱정 없이 선방에 앉아 정진하는 스님들과는 다르지요. 재가불자들은 화두참구를 하기에 어려운 장애가 많아요. 그래도 저를 믿고 좌복에 앉아 있어 보세요."

"스님, 저는 근기가 약한 것 같습니다. 금생에 해결 못 하면 내생에 하라는데 자신이 없습니다."

"육조혜능 선사도 제자 도명에게 이와 같이 말씀하셨습니다. '선(善)도 생각하지 말고 악(惡)도 생각하지 마라. 바로 이러한 때에 어떤 것이 너의 본래면목인가?' 혜능 선사가 묻듯이 오직 '어떤 것이'만 의심해 보세요. 본래면목은 아예 생각하지 마세요."

이때부터 수불은 자신을 돌아보기 시작했다. 또다시 부모미생전 본래면목이란 화두를 제시했지만 효과가 없었기 때문이었다.

'신도들보다는 화두를 제시하는 나에게 문제가 있는 것은 아닐까? 가정에서, 직장에서 일해야 하는 신도들을 포교당에 언제까지나 묶어둘 수는 없지 않은가? 조사들의 공안이 신도들에게 활구가 되지 못하고 사구가 되는 것은 분명 나에게 문제가 있다고 봐야 옳다.'

수불은 신도들에게 미안했다. 화두를 들지 못한 상태로 아무 생각 없이 앉아 있는 무기에 떨어져 있는 것 같았기 때문이었다. 물론 포교당에 와서 좌복에 앉아 있는 것만으로 감사하게 여기는 신도들도 있지만 수불이 원하는 것이 아니었으므로 미안하지 않을 수 없었다. 화두참구를 시키어 진리에 눈을 뜨게 하고 싶었지, 명상을 지도하고자 포교당을 열지는 않았던 것이다.

어느새 포교당을 개원한 지 1년이 지나가고 있었다. 신도는 늘지도 줄지도 않았다. 스무 명에서 서른 명 사이를 왔다 갔다 했다. 무량심 보살은 은근히 걱정을 했다. 포교당을 운영하는 데 들어가는 경비가 만만찮았던 것이다. 그러나 종교는 질의 세계이지 양의 세계가 아니라는 수불의 소신은 변함이 없었다. 신도 수가 많건 적건 포교당을 운영해 나갈 뿐이었다.

수불은 또다시 화두를 바꾸었다. 타사시시수(拖死屍是誰).

줄여서 타시자수라고도 하는데 '송장을 끌고 다니는 놈이 누군가?'라는 화두였다.

"숨을 쉴 때는 사람이지만 숨만 떨어지면 몸은 송장인 것입니다. 그러니 송장을 끌고 다니는 놈을 알라는 것이 이 화두지요. 고봉원묘 선사는 《선요(禪要)》에서 자신의 첫 깨달음에 대해 말하는데, 오조법언 선사의 영정에 쓰인 '백 년 3만 6천 일을 되풀이하고 있는 것은 본디 이놈이다'라는 글을 보는 순간에 타시자수 화두를 타파했다고 합니다. 여러분도 한순간의 인연에 타파할 수 있다고 확신을 가져야 합니다."

수불은 이 화두를 던져놓고 6개월을 보냈다. 신도들의 반응은 작년처럼 잠잠했다. 수불에 대한 믿음이 약해지는 신도들도 나타났다. 칠팔 명이 우르르 몰려왔다가 슬그머니 사라졌다. 애를 태우는 사람은 무량심 보살이었다. 수불은 단호하게 결심했다. 일상생활이 바쁜 신도들에게 일주일 안으로 화두 체험을 시키지 못할 실력이라면 포교당을 접어야겠다고 결론을 내렸다. 신도를 속이고 자신도 속이는 포교당 운영이라고 판단했던 것이다. 수불은 옛 조사들의 공안에 집착하기보다는 자신만의 활구를 제시해야겠다고 스스로에게 약속했다.

수불은 몇 날 며칠 동안 활구가 되어야 할 화두를 궁구했다. 그래서 나온 화두는 손가락을 하나 구부렸다가 펴는 탄지였다. 수불은 집게손가락을 튕기면서 신도들에게 말했다.

226

"무엇이 이렇게 하는 것인가?"

신도들은 어리둥절해했다. 지금까지 제시한 화두와는 전혀 달랐다. 손가락의 모습과 움직임이 신선하게 시선을 끌기는 했다. 거기에다 '무엇?'이라는 의문이 합쳐진 화두였던 것이다. 수불이 새롭게 제시한 화두는 신도들에게 작년과 달리 집중력을 불러일으켰다. 수불은 이때다 싶어 신도들을 거세게 몰아붙였다.

"말을 해도 틀리고 안 해도 틀리고 오직 모를 뿐입니다. 모른다고 해서 답이 없는 것이 아닙니다. 화두는 7일이면 타파할 수 있습니다. 화두는 의심을 깨뜨리는 수단이지 시간을 보내기 위한 수단은 아닙니다. 의심을 타파하기 위한 것이 화두인 것입니다. 그러기 위해 화두가 끊어지지 않게 해야 합니다. 한번 사무쳐서 답이 나올 때까지 밀고 나가야 합니다. 정신의 장벽을 만나면 그것을 깨뜨려야 합니다. 진짜 벽을 마주하는 것이 아니라 정신의 벽과 마주하는 것입니다. 의심이 강렬해지면 정신의 벽이 생겨나 가로막습니다. 이 벽을 깨기 위한 장치가 화두인 것입니다."

수불은 작년부터 신도들에게 제시한 만법귀일 일귀하처나 부모미생전 본래면목, 타시자수처럼 의심을 지속시키어 의단으로 뭉치게 하는 것이 아니라 치열해진 의심을 벽으로 여기고 그 벽을 박살 내듯 깨뜨리고 나가버리는 것이 화두라고 말했다. 의심을 기약 없이 지속시키는 화두참구는 생활 일선에서 생존경쟁을 하는, 시간이 금쪽같은 재가불자들에게는 맞지 않는다고 결론을 내렸기 때문이었다. 적어도 7일 안에 화두타파를 체험시켜 주는 것이 재가불자들에게는 합당한 수행법이라고 판단했던 것이다. 수불은 무량심 보살에게 했던 조사선 수행법을 버리고 간화선으로 입장을 바꾼 셈이었다. 손가락을 튕기는 탄지 화두는 입재한 지 3일이 지나자마자 위력을 발휘했다.

신도들의 반응이 여러 가지 형태로 나타났다. 좌복에 앉아 있다가 답답해서 숨이 막힌다며 자꾸 밖으로 나가는 사람, 흐느끼는 사람, 아프다고 비명을 지르는 사람, 실성한 듯 노래 부르는 사람, 눈에 핏발이 터진 사람 등등 이제까지 보지 못했던 신도들의 모습에 수불은 비로소 안도했다. 활구가 된 화두가 신도들의 머리가 아닌 몸에 꽂힌 것이 분명했다.

수불은 답을 찾았다는 신도들이 방으로 들어오면 점검을 해주었다. 6일째 되는 날부터는 점검하는 신도들이 많아졌다. 한 교수 출신 여신도가 방으로 들어왔다. 수불이 물었다.

"보살님, 무엇이 보살의 손가락을 움직이게 하였습니까?"

"자업자득입니다."

"자업자득이라고요? 손가락이 왜 움직였냐고 물었는데."

"스님, 손가락 때문에 알았습니다. 제가 지은 업보로 지금까지 힘들었던 것 같습니다."

"지금은 어떻습니까?"

"내 탓이라고 생각하니 남을 원망하는 것이 없어진 것 같습니다."

"그렇다면 앞으로는 내 탓이요 하고 사세요."

"스님, 감사합니다."

"나란 것이 푹 썩어야 해요. 어설프게 썩으면 냄새가 진동해요. 썩은 냄새도 안 나게 내가 없어질 때까지 푹 썩어야 해요."

신도가 자신에게 감동해서 눈물을 흘렸다. 편안한 얼굴이 되어 흘리는 기쁨의 눈물이었다. 이후 금정포교당은 소문이 났다. 포교당에 앉아 7일만 버티면 삶이 달라지고 행복해진다는 소문이 동래구, 금정구 일대에 퍼졌다. 그러자 갑자기 신도들이 불었다. 서른 명 안팎이던 신도가 점점 늘어났다. 포교당 개원 4년째에는 90여 명이나 되어 포화 상태가 됐다. 세든 47평으로는 화두타파 체험을 하겠다고 몰려드는 신도들을 감당하지 못했다. 이제는 어디론가 이사를 가야 했다. 수불은 가야동 안국사를 생각했다. 마침 은사 지명 스님이 거처를 지리산으로 옮긴다는 얘기를 들었던 것이다.

∞

가야동 안국사

안국사는 수불에게 영혼의 안식처 같은 절이었다. 자신이 출가한 절이었으므로 늘 편안했다. 법당의 쇠북은 물론 요사채의 기둥 하나까지 수불에게는 낯익고 정다웠다. 은사 지명 스님이 지리산 법화사로 떠났지만 조금도 허전하지 않았다. 안국사 구석구석에 지명 스님의 그림자가 남아 있었다.

수불은 금정포교당에서 간화선 집중수행을 성공시킨 그 여세를 몰아갔다. 안국사에서도 간화선 집중수행을 계속 밀고 나갔다. 시행착오가 시행성공과 동의어라는 사실을 절감했다. 그런 의미에서 금정포교당은 수불에게 있어서 수행자로서의 삶에 분기점이었다고 할 수 있었다. 수불은 안국사로 옮긴 지 얼마 후 간화선 집중수행 프로그램을 개설했다. 수불이 던지는 탄지 화두는 참가자들을 좌복에 주저앉히는 뜨거운 활구가 되었다. 신도들은 난생처음 간화선의 선미(禪味)를 맛보면서 행복해했다.

금정포교당에서 간화선 집중수행을 하면서 신도가 급증했듯 안국사에서도 마찬가지였다. 몇 년 사이에 700여 명으로 늘어났다. 안국사는 수불의 간화선풍이 자연스럽게 자리 잡았고, 또 인근 절과 선방으로 소문이 났다. 부산에 있는 여러 스님들이 안국사에 사람을 보내 탐문하기도 했다. 그들이 품은 호기심은 대체로 같았다.

'안국사는 어떤 방식으로 운영하는데 신도 수가 저렇게 느는가?'

'누구라도 일주일 만에 화두를 타파하는가?'

'수불은 정말로 깨친 수행자인가?'

그러나 수불은 그런 탐문에는 관심이 없었다. 1년에 두어 차례 간화선 집중수행 프로그램을 운영하면서 안국사를 찾는 이들에게 탄지 화두를 제시하고 나름대로 답을 얻게 한 뒤 점검해서 내보냈다. 간화선 집중수행에 참여한 사람들은 대부분 권유하지 않아도 안국사 신도가 되었다.

안국사의 신도는 다른 절의 신도와 달랐다. 수불과 안국사 신도는 스승과 제자 관계였으므로 결속력이 아주 강했다. 수불을 통해서 진리에 눈을 떴으므로 단순한 신도라기보다는 모두가 수불의 제자라고 생각했다. 다른 절에서 불공하고 한 달에 한두 번 주지스님 법문 들으며 지내다가 안국사에 와서 간화선을 체험한 깨어 있는 불자로 바뀐 까닭에 자부심이 무척 컸다.

한편 수불은 지리산 법화사로 옮겨간 은사 지명 스님을 찾아가 안부를 확인하곤 했다. 은사가 지리산으로 들어간 이유는 주력이나 기도에 전념하는 특유의 가풍에 기인한 것이기도 했다. 은사는 부산의 저잣거리보다는 지리산의 청정한 기운 속에서 자신의 가풍을 더욱 다지려고 했음이 분명했다.

법화사는 지리산 산봉우리와 능선들이 한눈에 보이는 길지에 자리 잡고 있었다. 신라 무열왕 7년 마적 조사가 창건했고, 조선 현종 4년에 여원 대사가 이름을 안양사로 바꾸었다. 이후 숙종 25년에 학묵 대사가 처음 이름인 법화사로 되돌렸다. 절은 임진왜란 때 모두 전소했고, 이후 중창을 했지만 또다시 6·25전쟁 때 소실해 버리자 어느 수행자가 인법당을 조성해 명맥을 유지해 오던 중 지명 스님이 수불의 도움을 받아 인수했던 것이다. 수불은 은사 지명 스님이 원하는 대로 지원했다. 1990년에는 대웅전을, 1993년에는 나한전 불사를 했는데 안국사 신도들과 함께 불사금을 모금해서 보냈다. 법화사는 차츰 사격(寺格)을 갖춘 도량으로 바뀌었고 삼성각과 요사채, 부처님 진신사리를 봉안한 적멸보궁이 들어서 지리산의 여법한 명찰이 되었다. 지명 스님은 수불이 찾아올 때마다 자애롭게 말했다.

"어느 스님이 그러데. 나한테 효상좌가 있어서 좋겠다고.

내가 맞는 말이라고 했지."

"저를 불문에 들게 해주신 분이 스님이시니 잘 모셔야지요. 불편한 점은 없습니까?"

"나는 지리산이 좋아. 대웅전 앞에 서면 상내봉이 보여. 산봉우리가 영락없는 부처 형상이야. 실제로 그쪽 마을 사람들은 부처 바위라고 부르지. 그러니까 길지에 자리 잡은 우리 절에서 명당은 대웅전이야."

수불은 자신도 지리산과 인연이 있다고 생각했다. 내원암에서 능가 스님을 모시고 살 때였다. 내원암에 불이 나기 바로 전이니까 1983년도의 일이었다. 능가 스님이 삼사일 어디 갔다가 올 터이니 수불더러 당신의 방을 사용하라고 했다. 능가 스님 방은 용성 큰스님, 동산 큰스님이 거처하셨던 방이었다. 그런데 수불은 잠을 자다가 묘한 꿈을 꾸었다. 수불은 삼사일 밤을 비몽사몽으로 보내다가 마지막 날 밤에 또 꿈을 꾸었던 것이다.

거무튀튀한 기둥 같은 것이 하늘로 솟구쳤다. 자세히 보니 용이었다. 하늘로 올라간 용은 곧 사라졌다. 용이 사라진 하늘을 보다가 아래를 내려다보니 마을이 보였다. 누군가에게 여기가 어디냐고 물었더니 지리산이라고 했다. 마치 영화의 한 장면처럼 너무도 생생하여 그곳에 간다면 바로 알 수 있을 것 같았다.

"스님, 저도 지리산 하고는 인연이 좀 있는 것 같습니다."

"무슨 인연?"

"내원암에서 원주로 살 때 꿈에서 지리산을 본 일이 있습니다."

"혹시 여기 법화사가 아닌가?"

"지리산은 맞는데 여기는 아닌 것 같습니다. 너무도 생생하여 그림으로도 그릴 수 있습니다."

"전생에 지리산에서 살았던 것이 맞네."

"어째서 그렇습니까?"

"전생부터 정진을 해왔으니까 그 정진력을 보고 신도들이 몰려드는 것이네."

"그럴 수도 있습니까? 이제는 안국사 신도가 700명이 넘기는 합니다만."

"아마도 이 부근에서 언젠가는 전생에 수행했던 절을 찾을 수 있을 것이네. 예부터 지리산 이 부근에서 도인들이 많이 났거든."

"시절인연을 만나면 보게 되겠지요."

안국사 신도들도 1년에 한두 번씩은 법화사를 찾아가 참배했다. 화두 공부를 하더라도 신심을 고양시키는 데는 많은 도인들이 정진했던 지리산의 고찰 순례만큼 효과적인 방편도 없었다. 고찰에서 옛 도인의 흔적이나 기운을 제 나름대로 받아온 신도들의 신심은 확실히 달랐다.

수불은 은사 지명 스님뿐만 아니라 능가 스님도 내원암에 살 때와 마찬가지로 변함없이 잘 모셨다. 능가 스님이 범어사 법당에서 대중을 상대로 법문할 때마다 안국사 신도들을 데리고 갔다. 그날은 안국사 신도 몇백 명 때문에 범어사 법당 안팎으로 신도들이 가득 찼다. 신도들이 많이 오면 설법하는 능가 스님의 목소리는 기분이 좋은 듯 더욱 커졌다. 능가 스님의 쩌렁쩌렁한 목소리는 사자후가 되었다.

2004년 7월 14일 오전.

어느 불자의 49재 초재를 맞아 사부대중 700명이 참석한 가운데 법상에 오른 능가 스님이 '잃어버린 나를 찾자'는 주제로 법문을 시작했다. 법당에 들어온 범어사 스님들과 법당 안팎의 신도들은 일제히 능가 스님의 설법에 귀를 기울였다. 능가 스님이 설법할 내용의 서두를 차분하게 꺼냈다.

오늘은 잃어버린 나를 찾자는 제목으로 말씀드릴까 합니다. 잃어버린 나를 찾자는 말은 우스운 얘기처럼 들리지만 여러분도 모두 자기를 잃어버리고 살고 있습니다. 알든 모르든 다 자기를 잃어버리고 자기를 지키지 못하고 사는 것이 현실입니다.

부처님께서도 일찍이 자기를 잃어버리고 사는 사람뿐이니 어떻게 하면 자기를 찾게 해주겠는가 하는 걱정을 하셔서 자기를 찾는 방법을 일러주셨습니다. 부처님께서는 '자기를 믿어라, 자기를 되찾아라' 하는 말씀을 해오셨습니다.

《아함경(阿含經)》에 보면 '자등명 법등명'이라는 말이 있습니다. 내 마음을 등불로 삼고 부처님 법을 등불로 삼으라는 말입니다. 이 말은 대단히 의미심장한 말입니다. 여러분 중에 자기 자신을 등불로 삼는 이가 몇이나 되겠습니까? 또《법구경(法句經)》에는 자기를 스승으로 삼을 것이지 남을 스승으로 삼지 말라는 말이 있습니다.

그런데 요즘은 자기 자신을 스승으로 삼기는커녕 남을 스승으로 삼는 것도 꺼리는 세상입니다. 나도 잃어버리고 남도 잃어버린 그런 세상이란 말입니다. 나도 잃어버리고 남도 잃어버린 사람은 부처님도 잃어버립니다. 그러니 나를 스승으로 삼아야 부처님의 존재도 인정하게 되는 것입니다.

또 나에게 귀의하지 남에게 귀의하지 말라는 말이 있습니다. 경전에 부처님을 믿으라는 말은 한마디도 없습니다. 자기에게 귀의하고 그 여타의 것에는 귀의하지 말라는 것이 부처님의 말씀입니다.

내 몸은 만물의 중심이고 내 마음은 만물의 척도입니다. 척도는 '자'라는 말입니다. '내 마음은 만물을 재는 자'다, 이 말입니다. 동서남북이라고 했을 때 동쪽이 어디입니까? 우리나라를 기준으로 하면 동쪽은 일본입니다. 그러면 동쪽 구경을 하고 싶은 사람이 있다면 동쪽을 한번 가보자며 일본으로 비행기를 타고 날아갑니다. 일본에 가서 동쪽이 어디냐고 물으면 미국으로 한번 가보라고 합니다. 미국에 가서 또 물으면 동쪽은 영국이니 영국으로 가보라고 합니다. 그래서 또 비행기 타고 영국으로 가서 동쪽을 물으니 '한국으로 가보시오' 하는 겁니다. 다시 한국에 와서 동쪽을 물으면 또 일본이라고 합니다. 가만히 생각해 보니 동쪽은 자기 마음속에 있었던 것입니다. 쉽게 말하면 동서남북의 중심은 자기 자신입니다. 이처럼 동서남북은 본래 없는 것입니다.

시간과 공간도 원래 없는데, 여러 사람이 살다 보니 편리하게 하기 위해 '해 뜨는 곳을 동쪽이라고 하자'고 공동계약을 한 것입니다. 그 계약이 몇천만 년이 흐르는 사이 동쪽이 따로 있는 것처럼 돼버린 겁니다. 그러나 차분히 생각해 보면 동쪽이 따로 있는 것이 아니라 자기 자신이 동쪽입니다. 이처럼 삼라만상의 중심은 전부 나입니다.

높다고 해도 내가 생각한 것보다 높다는 것이지, 덮어놓고 높은 것은 이 세상에 없습니다. 작다거나 크다거나 하는 것도 내가 생각한 것보다 작고 클 뿐이지 절대적으로 큰 것, 작은 것은 없습니다. 그렇기 때문에 천지만물의 중심은 나입니다.

내가 생각하고 내가 행동하고 내가 걸어가고 내가 역사를 창조하고 있습니다. 그런데 이처럼 귀중한 나라는 것이 무시돼 버렸습니다. 그러니 '무시된 나를 되찾아라' 이 말입니다. 이것이 부처님의 말씀입니다. '참나'를 찾으라는 말입니다. 참나, 참뜻, 진면목을 찾으라는 것입니다.

요즘 모든 사람들은 참나를 잊어버리고 껍데기 인생을 살고 있습니다. 나도 껍데기, 남도 껍데기이니 부처님 믿는 것도 껍데기입니다. 내가 여태껏 부처님 믿는다고 절에 다녔는데 껍데기라니 큰일 났구나 하는 생각이 안 듭니까?

지금 여러분이 앉아서 내 법문을 듣고 있습니다. 내 법문을 듣고 있는 것이 나라고 생각할 것입니다. 내 말을 듣고 있는 여러분이 나인데 그 나라고 하는 것은 가짜 나입니다. 지금 나라고 믿고 있는 것은 인연에 의해 태어났을 뿐입니다. 인연 따라서 태어났기 때문에 우리의 몸은 그저 인연의 몸입니다. 나라고 하는 것은 '인연아(因緣我)'라는 말입니다. 인연으로서의 나다, 이 말입니다

그런데 인연으로 지어지는 것은 전부 가짜입니다. 인연을

쑥 빼버리면 아무것도 없어서 거짓 나로 사는 것은 기초가 가짜니 모든 것이 가짜다, 이 말입니다. 정치를 해도 가짜요, 학문을 해도 가짜요, 억천만 가지의 일이 모두 가짜입니다. 왜 그렇겠습니까? 일을 하는 주체가 모두 가짜이기 때문에 그렇습니다. 인연 따라 보고 듣고 맛보고, 인연 따라서 오고 가고 하다 보니까 인연 아닌 나가 인연에 좌지우지되는 나로 전락해 버리고 말았습니다. 인연은 물거품과 같아서 인연이 사라지면 인연에 의한 나도 사라지고 맙니다. 그러니 '가짜 나'라는 것입니다.

《화엄경》에 중생은 사대를 내 몸이라고 하고 육진의 그림자를 내 마음이라고 한다고 했습니다. 즉 지수화풍 인연 따라 형성된 몸을 내 몸이라고 우기고 색성향미촉법으로 인해 듣고 보고 맛보는 것이 인연 따라 형성되었을 뿐인데, 그렇게 생겨난 선입견을 내 마음이라고 우긴다는 것입니다. 심리학적으로 말하면 우리의 잠재의식에 그런 선입견이 꽉 차 있습니다. 어느 때 그것이 인연 따라 툭 튀어나오면 그것이 내 마음인 줄 착각합니다.

몸만 가짜가 아니라 마음도 가짜로 형성된 것입니다. 가짜 아닌 것은 인연에 좌지우지되지 아니하는 나, 이게 진짜 나다, 이 말입니다. 그러므로 그 진짜 나에게 의지하라는 말씀을 부처님께서 하신 것이죠. 진짜 나를 체득하고 진짜 나를 발견하고 진짜 나에게로 돌아간다는 말은 곧 부처님께로 돌아간다는 말과 같습니다. 진짜 부처님은 법당에 모셔진 부처님이 아니라 여러분이 갖고 있는 진짜 나가 부처님입니다.

출가해서 스님이 되었다 하면 절에서 살게 마련입니다. 절에서 밥 먹고, 절에서 자고, 아침저녁으로 예불 모시는 것, 이것이 스님의 3대 강령입니다. 하지 않으면 안 되는 조건입니다.

어떤 때는 내가 한국 신도들은 전부 눈이 삔 사람만 모였다고 말합니다. 오죽 답답하면 이런 말을 하겠습니까? 도대체 옳고 그른 것을 분간을 못 해요. 3대 강령을 잘 지키지도 않는 스님을 큰스님이라고 부르고, 스님들의 꽁무니를 쫓아다니는 게 한국불교의 실상입니다. 물론 어쩌다 볼 일을 보다 보면 부득이 절에서 못 잘 때도 있겠지만, 사흘이 멀다 하고 절에서 나가서 자고 예불을 빠뜨린다면 무언가 탈이 있는 겁니다. 신도는 삼보를 외호하고 불교가 잘 되도록 하는 것이 신도의 의무인데, 그렇게 잘못돼 가는 스님들을 큰스님이라고 떠받든다면 그것 역시 잘못되는 길입니다.

출가인으로서 진짜배기이냐 아니냐를 구분하는 데 3대 강령이 있다고 했지요? 이제부턴 4대 원칙을 말할 테니 잘 들어보세요. 범어사에 왔다가 내려가는 길에 유교 신자를 만났다고 합시다. 그 사람이 불교와 유교가 다른 점이 뭡니까 하고 물으면 그만 입을 다물고 마는 불자들이 많습니다. 적어도 절에 다니는 신도라고 하면 기독교와 불교의 다른 점이 무엇인지, 종교를 안 가진 사람과 불교 신자의 다른 점이 무엇인지는 알아야 됩니다. 신도냐 아니냐는 4대 원칙에 합격이 되면 진짜 신도이고 불합격되면 마구니입니다.

첫째로 인과설입니다. 타 종교는 인과의 내용은 긍정해도 정면으로 인과를 내세우는 종교는 불교밖에 없습니다.

둘째로 삼생설입니다. 전생, 금생, 내생을 인정하는 것은 불교뿐입니다. 불교도이면서 삼생설을 부정하면 마구니입니다.

셋째로 해탈설입니다. 해탈도 불교에만 있습니다. 해탈은 쉽게 말해서 해방돼서 탈출한다는 말입니다. 그럼 무엇으로부터 해방되고 탈출하느냐? 업, 인연, 잠재의식 등에 꽁꽁 묶여 있던 것에서 해방되어 탈출한다는 말입니다. 자기 마음에 자기가 묶여 있는 게 중생입니다. 그것에서 탈출하면 청정심밖에 남는 게 없습니다.

네 번째로 삼보 긍정설입니다. 불법승 삼보를 부정하거나 존경하지 않으면 불자가 아닙니다.

이 네 가지 원칙은 아주 기초적인 것입니다. 이것은 불교 신도의 첫 관문과도 같습니다. 이것을 완성하면 성불하는 것입니다. 이것은 출가자만 알고 완성해 가야 하는 것이 아니라 사부대중 모두에게 똑같이 적용되는 것입니다. 이런 기본적인 것을 모르고 이러쿵저러쿵하거나 이 절 저 절 왔다 갔다 하는 절 도깨비가 되지 않아야 합니다.

《열반경(涅槃經)》에 '의법불의인(依法不依人)'이라는 말이 있습니다. 법에 의지하되 사람에 의지하지 말라는 뜻입니다. 《열반경》은 부처님이 돌아가시기 전 남긴 유언에 해당됩니다. 부처님의 마지막 당부를 잘 새겨서 절에 다니는 마음가짐으로 삼고, 법에 의지하라는 철칙을 지키며 4대 원칙을 완성하는 데 온 노력을 기울여야 합니다.

지금까지 잃어버린 나로 인해 벌어지는 온갖 현상들을 얘기했습니다. 이제는 잃어버린 나를 찾아야 합니다. 세상에 나가서는 찾지 못한다 하더라도 절 문에 들어와서는 참나를 찾아야겠다는 생각으로 정진하시기 바랍니다.

능가 스님의 법문은 사부대중을 따끔하게 경책하는 것으로 끝이 났다. 설법이 끝나고 나서 수불은 능가 스님을 따로 또 뵈었다. 능가 스님은 범어사 다실로 들어가 차를 마시며 목을 축이고 있었다. 능가 스님의 얼굴은 약간 상기되어 있었

다. 많은 신도들 때문에 고무되어서인지 주름진 뺨이 불그스
레했다.

"내원암을 잘 나갔어. 오늘 안국사 신도들이 많이 온 것
같던데 수불은 출가인으로서 진짜배기 같아서 든든해. 또 한
가지, 동산 스님 가풍을 잊지 말어."

"스님 덕분입니다. 내원암에서 많이 배웠습니다. 노장님
께서 정법 세상을 여시고자 불서를 매년 보시하시는 것이나,
인재불사를 위해 장학재단을 운영하시는 것이나, 아무도 따라
할 수 없는 일이라고 생각합니다."

"내가 할 수 있는 일이니까 하는 것이지. 형태만 다를 뿐
이지 수불이 하는 일도 결국 정법 세상을 열고자 하는 것이 아
닌가."

"스님 가풍을 늘 잊지 않겠습니다."

"그런데 나에게 따로 할 얘기가 있는가?"

"예, 스님. 내년쯤에는 따로 선원을 지어야 할 것 같습니
다. 지금 안국사는 선원을 운영하기에는 비좁습니다."

"내원암에서 내가 철조망 치라고 할 때 끝까지 치지 않는
것을 보고 근기를 봤지. 그런 근기라면 못 할 일이 없을 거야.
수행자는 반석 같은 고집이 있어야 해."

재주들이 능가 스님에게 절을 하러 들어오자 수불은 다실
밖으로 나왔다. 안국사 신도들이 대웅전 아래 계단에서 기념

사진을 찍자고 청했다. 수불은 흔쾌하게 허락했다. 행자 시절을 우여곡절 끝에 마치고, 선서 등을 즐겨 탐독하며 강원 시절을 보낸 범어사였으므로 수불도 기념사진 한 장을 남기고 싶었다.

∞

지리산 벽송사

수불은 부산 금정구 남산동에 안국선원을 개원하면서 선원이 지향해야 할 이념을 세상에 알렸다. 이른바 '안국선원 이념'이었다. 진정한 세계평화 번영을 위해 선(禪)의 깃발을 내걸고 중생구제를 하겠다는 것이 선원 개원의 이상이었다. 수불이 직접 구상한 '안국선원 이념'의 내용은 다음과 같았다.

세계인은 누구나 안성된 평화와 민족의 번영을 염원하고 있다. 그러나 이 평화와 번영은 결코 국가의 경제적 부강과 국민 개개인의 이익 추구에서만 얻어지는 것은 아니다. 국민과 국가가 다 함께 진리의 세계를 명철하게 보고 진리의 주체적 자각 속에서 살아가야만 진정한 평화와 번영은 가능한 것이다. 그래야만 흔들어도 흔들리지 않는 확고부동한 세계가 보장되는 것이다.

이에 재단법인 대한불교조계종 안국선원은 오늘날 전도

망상의 혼돈 속에서 자아를 잃고 방황하는 우리 민족과 나아가 세계 인류를 위하여 불조(佛祖)께서 발견하신 선의 기치로써 중생구제에 나서고자 한다.

선은 범부중생의 허구적인 삶을 타파하는 빛이며 인간 회복을 완성하는 최상승의 지혜로운 힘이다. 선은 지혜로운 성인의 눈으로 밝혀낸 인간성 회복의 지름길이기 때문에 미혹의 세계를 일각에 쓸어내고 대광명의 본래면목을 곧바로 회복하게 한다. 그러므로 동서고금을 통해 한결같이 인간의 내면세계를 정화하고 역사의 정도(正道)를 선양하는 불멸의 의로운 길로 평가되어 왔던 것이다.

선은 인간 속의 이기적 배타주의를 돌려 자기의 본래면목에 사무치게 하고 세계와 역사를 자기 생명 속에서 합일하는 대승의 눈을 열어준다. 그래서 선은 궁극적으로 자기와 남을 둘로 보지 않는 절대 평등의 세계를 열어 더불어 사는 자비문과 원융하게 되는 것이다. 따라서 재단법인 대한불교조계종 안국선원은 조계종의 종지종풍에 의거하여 인류의 마음에 진리의 외침이 울리게 하고, 세계만방에 지혜의 눈을 밝히는 선의 범세계화로 만민평등의 세계일화를 우주법계에 가득 꽃피우고자 한다.

안국선원을 개원한 지 2년 만에 신도는 1,000여 명을 넘어섰다. 그러자 여러 곳에 도움을 줄 수 있는 여력이 생겼다. 수불의 신념 중의 하나는 수행자에게는 주머니가 없어야 된다는 것이었다. 그런 이유로 수불은 보시금이 들어오면 바로 운영이 어려운 절이나 누군가에게 주었다. 공(空)의 차원에서는 내 것이 어디 있겠느냐는 신념 때문이었다.

2007년 봄.

수불은 지리산 벽송사에서 월암이라는 낯선 수행자가 보낸 책을 한 권 받았다. 제목은 《간화정로(看話正路)》였는데, 500여 쪽이나 되는 두툼한 책이었다. 단순한 법문집이 아니라 학자 연구 서적 같았다. 책의 약력을 보니 월암은 중국 북경대학교에서 선학으로 박사학위를 받은 선교를 겸수한 수행자였다. 수불은 책을 받은 지 며칠 만에 다 읽었다. 간화선의 역사와 실참에 대한 저서의 명쾌한 접근에 빠져들었던 것이다. 수불은 자신이 지향하는 간화선 집중수행 프로그램을 학문적으로 뒷받침해 주는 《간화정로》가 반가웠다. 월암이 《간화정로》를 출간한 의도를 밝힌 '책을 펴내면서'부터 수불은 번개처럼 빠르게 공감했던바, 그 부분은 다음과 같았다.

선을 깨달음을 얻기 위한 수단이나 혹은 깨달은 이후의 경지로 국한시켜서는 안 된다. 그리고 선을 적멸의 경지를 얻는 것으로 착각한다든가, 신비한 영적 체험을 경험하는 것으로 이해하고, 외적 초월성에 초점을 맞추어 현실을 도 외시하고 적정한처(寂靜閑處)에 안주하는 것 또한 올바른 선이 아니다. 선은 지금 여기, 고통의 현실 속에서 그 고통 이 실체가 없음(空)을 직하(直下)에 요달하여 고통을 고통 아닌 행복으로 돌려쓰는 깨어 있고 열려 있는 삶 자체인 것이다.

간화선의 수행 전통이 살아 있는 한국에서 간화의 정신과 사상이 오늘에 다시 활발발한 모습으로 되살아나서 수선 납자(修禪衲子)와 출가사문을 위시한 일반 대중들에게 널 리 유통되어 일상생활의 지남(指南)이 될 수 있게 해야 한 다. 선의 역사와 사상 그리고 그 방법론으로 사부대중이 함께 실참하고 탁마할 수 있는 법석이 일상화되기 위한 간 절한 바람으로 간화선의 지침서 격인《간화정로》를 간행 하고자 한다.

수불은 월암이 어떻게 선교를 겸수하고 있는지 실제가 궁 금했다. 그래서 벽송사에 전화로 연락한 뒤 부산 신도들과 함 께 가기 위해 버스 한 대를 빌렸다. 하안거 결제 중이었으므로 대중공양을 가는 셈이었다. 7월에 폭우가 쏟아지고 난 뒤의 8 월 날씨는 무덥기 짝이 없었다.

한편 월암은 수불의 조건 없는 보살행을 익히 듣고 있던 차에 좋은 기회가 왔다고 생각했다. 그래서 자신이 구상하고 있는 벽송사 중창 설계도를 챙겨놓고 수불을 기다렸다. 수불 일행이 벽송사에 도착하자 월암은 대중스님들과 함께 벽송사 주차장까지 나와서 반겼다. 그제야 수불은 월암이《간화정로》의 저자일 뿐만 아니라 벽송사 주지 겸 선원장인 것을 알았다. 원주가 월암을 수불에게 소개했다.

　　"벽송사 주지스님이자 선원장스님입니다."

　　"대중공양을 핑계로 어떤 분이《간화정로》를 쓰셨는지 궁금해서 왔습니다."

　　"스님께 졸저를 보내드려 죄송합니다. 공양하신 뒤에 제가 절을 안내해 드리겠습니다."

　　수불은 월암이 안내하는 공양간으로 가서 점심 공양을 했다. 신도들은 스님들 지리 옆쪽에서 공양했다. 취나물과 고사리, 더덕 등 지리산에서 나는 나물이 부산과 달리 신선했다. 공양을 마친 뒤 수불은 월암을 뒤따라가면서 설명을 들었다. 수불 일행은 삼층석탑이 있는 곳까지 올라가 잘생긴 소나무를 보고 감탄했다. 월암이 말했다.

　　"미인송(美人松)이라고 부릅니다."

　　미인송 앞쪽의 축대는 무너져 있었다.

　　"폭우에 무너진 모양이지요?"

249

"지리산은 폭우가 한번 쏟아지면 무섭습니다."

그런데 돌덩이가 뒹구는 한쪽에 소나무 한 그루가 늠름하게 솟아 있었다. 월암이 또 말했다.

"장군송이라고 합니다."

수불은 장군송을 등진 채 칠선계곡 너머의 지리산 산자락을 바라보았다. 순간 놀라지 않을 수 없었다. 25년 전 꿈에서 본 풍경과 똑같았다. 수불은 자신도 모르게 장군송을 돌아보면서 중얼거렸다.

'저 장군송이 하늘로 솟구쳤던 용이었던가?'

그제야 벽송사 아래쪽의 추성마을이 꿈에서 보았던 것과 같은 위치에 있음을 알아차렸다. 은사 지명 스님의 법화사를 다니면서 마음속으로 계속 찾았던 꿈속의 마을이 틀림없었다. 그 순간 수불은 문득 자신이 전생에 수행했던 절은 벽송사일 것이라고 짐작했다.

수불은 월암을 따라 주지채로 내려왔다. 주지채 다실에는 원주와 다각이 차담을 나누고 있었다. 수불이 들어오자 일어나 공손하게 합장하며 두 스님은 옆자리에 앉았다. 월암이 팽주 자리에 앉자마자 원주가 벽송사 중창 설계도를 펼치면서 말했다.

"스님, 벽송사 불사하는데 도와주십시오."

"도울 수 있으면 도와야지요."

250

"주지스님께서 벽송사 불사 때문에 매일 노심초사하고 계십니다."

"얼마가 필요합니까?"

액수를 제시하는데 수불이 판단하기로는 주먹구구식이었다. 그러나 수불은 내치지를 못했다.

"불사를 도우려고 온 것은 아니지만 대중스님들이 도움을 기다리고 있으니 어떡합니까? 더구나 전생에 이곳에서 살았던 것 같으니 빚을 갚아야지요."

"스님, 감사합니다."

"6개월만 시간을 주십시오. 우리 신도회장과 20억 원을 모금해서 가져오겠습니다."

월암은 물론 대중스님들이 놀랐다. 수불과 월암은 한 문도도 아니고 강원이나 선방 선후배 사이도 아니었기 때문이었다. 금생에는 아무 인연이 없는 초면일 뿐이었던 것이다. 월암이 맹세하듯 다짐했다.

"스님, 선교를 겸수한 108분의 대종장을 배출한 곳이 벽송사입니다. 예전과 같이 선회(禪會)를 복원하고 반드시 선풍을 진작시키겠습니다."

"원만하게 회향할 수 있도록 돕겠습니다. '백팔조사 행화도량'에 불사를 돕게 되어 오히려 제가 고마울 뿐입니다."

벽송사는 임진왜란 때 승장(僧將) 서산 대사와 사명 대사가 수행하여 도를 깨달은 유서 깊은 절이었다. 조선 시대 불교의 선맥에서 보면 무 자 화두를 타파하고 간화선의 정통 조사가 된 벽송지엄 선사에 의해 산문이 열렸고, 이후 부용영관, 청허휴정(서산 대사), 부휴선수, 송운유정(사명 대사), 청매인오, 환성지안, 호암체정, 회암정혜, 경암응윤, 서룡상민 등 기라성 같은 조사들이 지리산 벽송사로 들어와 수행교화 함으로써 조선 선불교 최고의 종가를 이루었던 것이다.

수불 일행은 공양을 한 뒤 벽송사를 떠났다. 그런데 수불 일행이 떠나자마자 하늘에 쌍무지개가 떴다. 대중 가운데 누군가가 소리쳤다.

"주지스님, 저기 산자락 위를 보세요!"

"벽송사에서 쌍무지개는 처음 봅니다."

그런데 쌍무지개는 한 번이 아니라 세 번이나 나타났다. 대중들이 모두 보았으니 틀림없는 사실이 되었다. 월암은 분명 상서로운 징조라고 생각했다. 벽송사가 간화선 선풍을 일으키는 진원지가 되지 않을까 하여 가슴이 설레기도 했다. 간화선 정통 조사인 벽송지엄의 선풍이 수불을 통해 긴 잠에서 깨어난 것 같은 느낌도 들었다.

월암은 쌍무지개 이야기를 수불에게 알려야 할지 말아야 할지 망설였다. 쉽게 판단이 서지 않았다. 원주에게 조언을 구했다.

"원주스님, 우리가 다 봤잖아요. 쌍무지개를."

"예, 세 번이나 봤습니다. 공양간 보살님까지 봤습니다."

"수불 스님께서 다녀가신 뒤에 쌍무지개가 떴다는 사실이 왠지 상서로운 징조 같습니다."

"비 내린 뒤끝도 아닌데 저도 이상합니다."

"이 사실을 수불 스님께 알리는 게 낫겠습니까? 아니면 그만둘까요? 오해하실 수도 있어서 그럽니다."

그러나 원주는 망설이지 않고 자기 생각을 말했다.

"스님, 얼마나 좋은 일입니까? 그러니까 알려드려야 합니다."

"저도 그런 생각이 들어서 물었습니다. 수불 스님께 편지를 쓰겠습니다."

월암은 즉시 쌍무지개가 세 번이나 벽송사 앞 지리산 자락에 뜬 사실과 덧붙여 중창불사에 큰 도움을 주시겠다는 약속에 벽송사 대중스님 모두가 신심을 내어 더욱 정진하고 있다는 내용의 편지를 썼다.

수불은 부산에서 월암의 편지를 받고는 벽송사 중창불사를 돕겠다는 마음을 더욱 굳혔다. 무 자 화두를 타파하고 간화선을 펼친 벽송지엄 선사와의 인연이 쌍무지개를 통해서 드러났나 보다 하고 신심을 더 냈다. 수불은 전화로 월암에게 조언을 했다.

"전국수좌회, 그리고 해인사하고 의논을 한 뒤에 중창불사를 하겠다고 발의하세요. 그래야 모두가 이구동성으로 좋아할 겁니다."

"예, 스님. 당장 그렇게 하겠습니다."

수불은 부산 안국선원과 서울 안국선원 법회 때 공지를 했다. 25년 전 꿈에서 본 터가 바로 벽송사 일대다, 마침 벽송사가 중창불사를 하려고 한다, 나에게는 전생에 진 빚을 갚을 기회다, 여러분에게는 복 짓는 기회이다, 20억 원을 6개월 안으로 보낸다고 약속했다, 내가 말빚을 졌으니 갚아야 한다, 라고 알렸다. 모금 실무 총책임은 신도회장 무량심 보살이 맡았다. 수불의 전생 터에 불사하기 위해 모금한다고 하자 신도들이 적극 동참했다.

20억 원 모금은 6개월 전에 다 이루어졌다. 수불은 무량심 보살이 보고를 해서 알았다.

"스님, 신도들이 너도나도 협조해서 다 모았습니다."

"고마운 일입니다."

"서로 내려고 해서 액수를 조정했습니다. 조금 더 모금할까요?"

"보살님, 그만 모금하세요. 약속을 지킬 수 있게 되었으니 됐습니다."

"스님, 벽송사에 부산 신도가 한 번 갔으니 모금한 돈을 가지고 가는 이번에는 서울 신도가 갔으면 좋겠습니다."

"예, 보살님 생각대로 하세요."

서울 가회동 안국선원도 부산 남산동 안국선원 못지않게 간화선 집중수행이 활발하게 이뤄지고 있는 중이었다. 원래는 1996년 강남구 서초동에서 소박하게 개원했다가 종로구 내수동 시절을 거쳐 2001년 3월 현재의 종로구 가회동 4층 건물로 이사 왔는데, 일제강점기 때 독립운동의 대부 홍암 나철 선생이 대종교를 중광(重光)했던 자리였다.

벽송사 내려가는 날짜만 잡으면 되는 어느 날이었다. 수불에게 낯익은 번호의 전화가 왔다. 벽송사 월암의 전화였다.

"스님, 벽송사에 언제 오시겠습니까?"

"아, 가야지요."

그러고 보니 월암과 약속한 6개월이 하루가 지난 날이었다. 수불이 본의 아니게 약속을 하루 어긴 것이었다.

"약속을 어겨서 미안해요. 곧 내려가겠습니다."

"저는 스님께서 잊어버리셨나 하고 가슴을 졸였습니다."

수불은 월암의 초조한 마음을 이해했다. 월암은 벽송사 중창 설계도를 화두처럼 머리맡에 놓고 밤낮으로 궁리하며 살고 있으니 일각이 여삼추였을 터였다.

이른 봄, 냉기가 으슬으슬 감도는 날이었다. 수불은 서울 안국선원 신도들과 버스 두 대를 빌려 타고 벽송사로 내려갔다. 수불이 오른 선도 버스에는 신도회장 무량심 보살과 서울 안국선원 부회장 몇 명도 타고 있었다. 버스가 남쪽으로 내려 갈수록 기온은 조금씩 올라갔다. 섬진강 강변에 매화꽃이 개 화하기 시작했다는 소식이 들려왔다.

수불이 지리산에 있는 절의 불사를 돕는 것도 금생과 전 생의 인연이었다. 금생의 인연으로 은사 지명 스님의 법화사 불사를 도왔다면, 벽송사 중창불사 동참은 전생의 인연이라고 할 수 있었다. 1983년 내원암에서 잠을 자다가 꾼 꿈에서 본 전생의 수행 터를 찾아 지리산을 헤맨 지 무려 25년 만의 일이 었다.

서울 안국선원 신도 일행은 점심 공양 시간 전에 벽송사 에 도착했다. 신도들 모두가 지리산과 칠선계곡의 풍광에 환 호했다. 기업가 가족인 어느 부회장 신도가 무량심 보살에게 말했다.

"어머나, 회장 보살님. 이 마을이 제가 전생에 살았던 곳 입니다."

"그걸 어찌 아는데?"

"눈앞에서 필름이 돌아가듯 보입니다. 남편이 전생에 우 리 집 머슴이었네요."

부회장은 방금 자기가 보았던 것을 사실대로 말했다. 자 기 집 머슴들이 소달구지 두 대에 쌀을 가득 싣고 가는데 남편이 황소 앞에서 우두머리 머슴 노릇을 하고 있다는 이야기를 했다. 그 부회장이 또 말했다.

"아이고, 제가 살던 전생 터를 왔는데 어찌 그냥 지나가겠습니까? 벽송사 불사에 제가 2억을 내겠습니다."

부회장이 전생에 살았던 마을이라고 주장하는 곳은 벽송사 아래쪽의 추성마을이었다. 수불이 25년 전에 꿈에서 보았던 바로 그 마을이었다.

월암은 수불 일행이 다녀간 뒤 중창불사를 대대적으로 시작했다. 먼저 선방 보수를 한 뒤 청허당, 안국당, 백장루, 해우소, 부용암, 초월당, 종각 등을 차례차례 지었다. 월암이 주지로 부임한 지 몇 년 만에 벽송사는 예전의 사격을 되찾기 시작했다. 한편 수불의 꿈에 용으로 승천했다는 장군송은 어느 순간부터 대중들이 도인송(道人松)으로 이름을 바꾸이 불렀다.

중국 형산 마경대 (수불 스님과 무량심 보살)

5
장

∞

간화선 국제학술대회

2010년 8월.

수불이 동국대학교가 주최한 〈간화선 국제학술대회〉에 참여하기로 결심한 것은 자신이 평소 생각했던 간화선의 대중화, 세계화에 대한 의지 때문이었다. 자신이 구상한 안국선원을 개원한 이념에도 '인류의 마음에 진리의 외침이 울리게 하고, 세계만방에 지혜의 눈을 밝히는 선의 범세계화로 만민평등의 세계일화를 우주 법계에 가득 꽃피우고자 한다'고 다짐했던 것이다.

〈간화선 국제학술대회〉는 8월 12일과 13일 이틀간에 걸쳐서 동국대학교 중강당에서 열리며 구참스님과 학자들이 논문을 발표하고 토론하기로 돼 있었다. 참가자들로만 본다면 한국에서 개최하는 간화선 국제학술대회 중 규모가 가장 큰 불교학술대회였다. 미국과 유럽, 아시아에서 참가하는 학자들의 면면도 다양했다. 로버트 샤프(Robert Sharf, UC버클리대) 교수,

로버트 버스웰(Robert Buswell, UCLA · 동국대 불교학술원장) 교수, 나타샤 헬러(Natasha Heller, UCLA) 교수, 제임스 롭슨(James Robson, 하버드대) 교수, 할버 아이프링(Halvor Eifring, 노르웨이 오슬로대) 교수, 윌리엄 보디퍼드(William Bodiford, UCLA) 교수, 코지마 타이잔(小島岱山, 일본 임제종) 학승, 즈루(Zhiru, 포모나대) 교수 등이 각자의 연구 논문을 가지고 한국으로 왔던 것이다.

수불은 이틀째 되는 날 첫 번째 순서로 기조 발제문인 '간화선 수행의 대중화'를 발표할 예정이었다. 무더운 날씨임에도 불구하고 동국대 중강당을 찾은 800여 명의 불자와 불교학자, 스님, 일반인들이 간화선에 대한 큰 관심을 나타냈다.

안국선원 신도 100여 명도 미리 와서 동국대 중강당 앞좌석을 차지하고 있었다. 신도회장 무량심 보살과 부회장 몇명도 앞줄에 앉아서 연단을 주시했다. 특히 기독교 신자였다가 개종한 시인 부회장은 수첩과 볼펜을 꺼내 들고 있었다. 스승 수불이 발표할 기조 발제문 내용을 한 자도 빠뜨리지 않고 필기할 태세였다.

각국의 학자들이 연단 의자에 모두 앉자, 수불은 미리 써온 원고를 보면서 호흡을 가다듬었다. 수불은 학자가 아니기 때문에 주로 수행 현장에서 간화선을 어떻게 지도하고 있는지, 자신의 경험을 토대로 간화선과 조사선이 어떻게 다른지를 발표할 생각이었다. 시인 부회장은 스승 수불의 기조 발제문인 '간화선 수행의 대중화'를 법당에서 법문을 듣는 마음으로 수첩에 받아 적으려고 했다. 이윽고 수불이 첫 번째 순서로 기조 발제문을 발표하기 시작했다.

먼저 참선(參禪)의 의의부터 말씀드리겠습니다.

참선은 반야지혜를 통해 우리 내면의 무명을 밝히는 직접적인 방법입니다. 단도직입적으로 핵심 진리를 곧바로 드러내게 하지요. 선이 우리 역사 현실 속에 등장하여 어리석은 중생들을 깨달음으로 전환시키기 위한 수단이었음을 알지 않으면 안 될 것입니다.

선과 악으로 나누어진 이분법적인 사회윤리를 넘어서서 선과 악을 둘로 보지 않는 지혜를 터득하기 위해서는, 참선 수행을 통해 눈앞에 보이지 않게 가로놓여진 정신적인 벽을 깨트려야 합니다. 그래야만 절대 자유를 맛볼 수 있는 것입니다.

인도에서 싹튼 부처님 가르침이 대승불교로 승화되어 다양한 꽃을 피우며 열매를 맺어왔습니다. 특히 돈오를 체험케 하는 최상승 수행법인 조사선(祖師禪)과 묵조선(默照禪) 그리고 간화선(看話禪)이 지금까지 전해 내려오고 있는 것은 참으로 다행스러운 일입니다.

참선의 의의를 듣는 동국대 불교학생회 학생들 가운데는 눈빛을 반짝이는 사람도 있었지만 친구의 권유로 마지못해 온 어떤 학생은 산만하게 주위를 두리번거렸다. 무슨 강의든 준비가 된 만큼 집중력은 배가되는 법이었다. 시인 부회장은 스승 수불과 눈을 맞추며 작은 볼펜 글씨로 속기를 했다. 수불은 '참선의 의의'에 이어서 '조사선과 간화선'에 대해서 말했다.

중국의 선종(禪宗)은 인도의 28대 조사이자 중국에서는 첫 번째 조사인 보리달마로부터 시작되었습니다. 그렇지만 조사선은 실질적으로 육조혜능(六祖慧能) 선사가 제창했다 해도 과언이 아닙니다. 육조 선사는 모든 사람이 본래 지닌 자성(自性)을 직시하여 바로 그 자리에서 몰록 깨치는 돈오 견성(見性)을 천명하였습니다. 중국의 선종이 면면히 흐를 수 있었던 것은 육조께서 이러한 돈오선법을 온몸으로 펼쳐냈기 때문입니다.

조사선이란 깨달음을 완성한 역대 조사들이 본래 성품을 눈앞에서 바로 드러내 보여주신 법문에서 시작합니다. 이 법문으로 말길과 생각의 길이 끊어진 자리에서 한 생각 돌이켜 스스로 본래 부처임을 명확히 깨달으면, 어디에도 걸림이 없는 자재한 삶을 누리게 될 것입니다.

이 일은 선지식, 즉 명안종사의 점검을 받아야 한다는 점이 중요합니다. 모든 선어록에서 볼 수 있듯이 선종, 특히 조사선 계통은 종사가 제자를 지도하는 방법으로 주로 두 가지가 보입니다. 하나는 지사문의(指事問義), 즉 스승이 제자에게 구체적인 사물을 가리켜 그 뜻이 무엇인지를 물으면 그에 대하여 제자가 답변하는 방법이고, 또 하나는 스승이 방망이를 휘두르며 꾸짖거나 고함을 치는 기봉방할(機鋒棒喝)의 방법이 그것입니다. 그래서 그 내용은 스승을 통해 제자가 이심전심으로 정법의 안목을 체득하는 것입니다. 이러한 문답들이 어록으로 기록되고 전승되어 송대에 이르러 본칙공안, 즉 정형화된 1,700 공안으로 완성됐던 것입니다.

간화선은 남송대(南宋代)의 대혜(大慧) 선사가 묵조사선(默照邪禪)의 무사안일한 적정주의(寂靜主義)에 빠진 당시의 상황을 개탄하고, 여기에 대한 수행 방법으로 당대(唐代) 조사선 종장들의 법거량과 상대를 깨닫게 한 선문답을 정형화시킨 공안을 통하여 '의심되어진 화두'를 참구토록 하면서 형성되었습니다.

간화선은 부처님과 조사스님들의 깨달은 기연(機緣)과 상대방을 깨닫게 한 인연 등이 기록된 것을 근거로 해서 정해진 본칙공안 중 하나를 들어 철두철미하게 '의심되어진 화두'를 들게 함으로써 돈오하게 한 수행 방법입니다. 즉,

종사스님들이 법을 거량하거나 선문답을 해서 깨닫게 한 판례(判例)를 본칙공안이라 하고, 이를 통해 의심이 돈발한 것을 화두라고 합니다. 그러므로 선지식께서 믿음을 낸 이에게 화두를 들게 하는 것, 즉 참의심을 불러일으켜 깨닫도록 한 것이 간화선인 것입니다. 따라서 조사선에서는 공안 그 자체가 화두라고 할 수 있지만, 간화선에서는 '공안에서 비롯된 의심'이 화두인 것입니다.

간화란 말 그대로 '화두를 참구한다, 의심한다'라는 뜻입니다. 간화선에서의 화두는 공안과 엄격하게 구분해야 합니다. 공안이 단순하게 판례집에 기록된 선대의 선문답이라면, 간화선에서의 화두는 특정한 공안이 개인의 내면에 투철한 문제의식으로 자리를 잡은 경우를 말합니다. 만약 공안을 실제로 자기 문제로 의심화하지 못한다면, 그것은 살아 있는 활구가 되지 못하고 단순하게 지나가 버리는 공허한 이야깃거리에 지나지 않기 때문입니다. 이런 점에서 간화선은 두 가지의 요건을 필요로 합니다.

첫째, 당대의 조사선에서 형성된 법거량이나 선문답이 공안으로 전제되어야 합니다. 둘째, 화두가 '들려고 하지 않아도 들려지고 내려놓으려 해도 내려놓을 수 없는' 활구의 심이 되어야 한다는 점입니다. 따라서 간화선은 화두에 집중하게 함으로써 온갖 역순경계(逆順境界)에 끄달리지 않고 시절인연 따라 본래면목을 밝힐 수 있도록 한 최상승 수행법입니다. 간화선은 선지식을 의지해서 근원적 본래 심을 깨닫도록 할 뿐만 아니라, 번뇌망상과 역순경계까지 다스릴 수 있는 공부법을 구체적으로 제시하기 때문입니 다.

수불은 조사선과 간화선의 차이를 다시 한번 더 강조했 다. 일반인은 물론 일부 수행자들도 이해하지 못하고 있다는 판단이 들어서였다. 조사선이란 조사인 스승이 본래 성품을 제자의 눈앞에서 보여주어 마침내 제자가 이심전심으로 정법 을 체득하게 하는 것이며, 간화선이란 스승이 제자에게 화두 를 들려지게 하는, 즉 의심을 불러일으키게 하여 빠른 시일 안 에 깨닫게 하는 것이라고 말했다. 수불은 강당에 모인 청중들 이 비로소 이해하는 듯한 반응을 보이자, 간화선 수행을 위한 요소와 안국선원의 실제 사례를 드는 순서로 간화선 수행 방 법에 대해서 설명하려고 했다.

간화선 수행을 위한 세 가지 기본 요소부터 말씀드리겠습 니다.
어떻게 수행하도록 이끌어야 실제로 돈오를 체험케 할 것 인가? 간화선은 어떤 원리에 의해서 실제로 운용되는가?

깨달음으로 가는 장치는 어떻게 되어 있는가? 소납은 지난 20여 년 동안 1만여 명의 대중들을 대상으로 간화선 수행을 지도해 본 경험이 있습니다. 그 결과 간화선이야말로 대중화할 수 있고 또 마땅히 대중화되어야 한다는 확신을 갖게 되었습니다.

안국선원에서는 간화선 수행을 하러 오는 사람들에게 화두를 들게 하기 전에 먼저 초심자 법문을 해줍니다. 참선 수행을 하기 전에 종교를 믿어야 하는 이유와 수행의 필요성에 대해 스스로 납득하도록 유도하는 것입니다. 이는 초심자가 지극한 마음으로 정성스럽고 간절하게 끝까지 물러서지 않고 참선 수행에 임하게 하려는 뜻에서 하는 것입니다.

간화선 수행을 하려는 초심자에게 가장 중요한 첫 번째 요소는 선지식과 이 수행법에 대한 큰 믿음, 대신심(大信心)입니다. 수행자가 선지식에 대한 큰 믿음이 없다면 자기가 가진 선입견과 알음알이로 인해 이후 화두참구 중에 발생하는 각종 경계를 이겨낼 수 없기 때문입니다. 또한 오직 결정된 믿음, 결정심(決定信)만이 이 공부를 성취하게 해줄 수 있습니다.

막상 수행을 시작하면 육체적 고통과 정신적 방해가 극심하게 일어납니다. 그 과정에서 수행자는 자칫 이러다 잘못

되는 것이 아닌가 하는 의구심이 일어나기도 하므로 옆에서 지켜보는 선지식의 호법에 의지해야 비로소 온갖 난관을 돌파할 수가 있는 것입니다. 알고 보면 간화선 또한 조사선과 마찬가지로 선지식이 곧 길입니다.

일단 간절한 믿음을 내어 선지식의 인도를 받아 참구하기 시작했을 때, 참의심에 나아간 수행자는 눈앞에 바로 은산철벽(銀山鐵壁), 즉 정신적인 벽이 앞을 꽉 막고 있음을 뼈저리게 느끼게 됩니다. 이때 초심자는 혼신의 힘을 다해 물러서지 말고 이 벽을 뚫어야 합니다. 선지식을 믿고 수행하는 이 과정은 결코 오래 걸리지 않습니다. 그래서 간화선을 최상승 수행법이라고 하는 것입니다.

수행자에게 필요한 두 번째 요소는 이 벽을 꼭 뚫고야 말겠다는 대분심(大憤心)입니다. 실제로 은산철벽에 부딪혀 보면 아무리 애를 써도 쉽게 돌파할 수 없기 때문에 애간장이 타지 않을 수 없습니다. 너무나 막막하고 갑갑하며 끝도 보이지 않기 때문에 울분이 솟구치고 오기(傲氣)가 발동합니다. 그럴 때 선지식이 공부 길을 부추기면 꽉 막힌 기운이 천지를 분간 못 할 만큼 치솟게 되는 법입니다. 이 분심이 정신 차리지 못할 정도로 터져 나와야 용맹스러운 추진력이 생겨 눈앞의 철벽을 돌파할 수 있게 되는 것입니다. 이때의 수행자는 천군만마 속에 단기필마로 쳐들어간 장수처럼 고도의 집중력을 발휘해야 합니다.

막상 천길 우물 속같이 꽉 막힌 경우를 당해서 오로지 살아나갈 길만 찾는 사람의 입장이 되어보면, 이런 상황 속으로 밀어 넣은 선지식이 미울 정도로 참기 힘든 지경이 됩니다. 이렇게 분심을 내어 생사를 벗어나려는 각오와 집중력으로 밀어붙여야 공부가 한층 더 순숙하게 되는 것입니다.

세 번째로 필요한 요소는 활구의심이 들려져야 한다는 점입니다. 따라서 수행자는 마땅히 화두를 통해서 의심을 일으키고, 그것을 해결하기 위해 애쓰지 않으면 안 됩니다. 이렇게 '의심되어진 화두'를 들고 참구해야 번뇌망상의 마음(生死心 생사심)을 타파할 수 있습니다. 의심이 진실로 성성(惺惺)하게 들려지면 혼침(昏沈)과 산란(散亂)은 저절로 극복됩니다. 한번 들리어 끊어지지 않고 지속되는 의심이라야 참의심이라고 할 수 있습니다. 따라서 이 공부를 하는 수행자는 사나운 개가 한번 물면 결코 놓지 않는 것처럼 독종이 되어야 합니다. 그리고 초심자가 혼자서 참의심에 들어가면 스스로 점검하기가 거의 불가능하기 때문에 눈 밝은 선지식에게 의지해서 길 안내를 받아야 합니다.

이렇게 간화선 수행을 하는 데 꼭 필요한 신심, 분심, 의심을 간화선의 삼요(三要)라고 합니다. 일단 이 세 가지 요소가 구비되면, 즉 신심과 분심이 충만한 상태에서 활구를 들고 의심하면, 그 의심은 단기간 내에 타파될 수밖에 없습니다. 중국 송말 원초(宋末 元初)에 살았던 고봉원묘 선사는 이렇게 말했습니다.

"참선하는데 만일 한정된 날짜에 공을 이루려면 마치 천 길 우물에 빠졌을 때 아침부터 저녁까지, 저녁부터 아침까지, 밤이나 낮이나 천 생각 만 생각이 오로지 다만 한낱 우물에서 나오려는 마음뿐이고 끝끝내 결코 다른 생각이 없는 것과 같이하여라. 진실로 이렇게 공부하기를 3일 혹은 5일 혹은 7일 하고도 깨치지 못한다면 서봉은 오늘 큰 망어를 범했으므로 영원히 혀를 뽑아 밭을 가는 지옥에 떨어질 것이다."

이번에는 조사선에서 간화선으로의 전환에 대해서 말씀드리겠습니다.

조사선 시대에는 선지식께서 선문답을 통해 제자를 지도했습니다. 간절한 마음으로 선지식 앞에 나아가서 묻는 사람치고 공연히 질문하는 사람은 없었을 것입니다. 제자는 불법(佛法)에 대해 비록 이론적 근거를 가졌어도 실제로 체험해 보지 않았기 때문에 답답한 마음에 최선을 다해서 묻게 됩니다. 선지식은 의심하지 않고서는 깨달을 수 없다는 사실을 잘 알고 있기 때문에 참문하러 온 수행자에게 계속해서 공부 인연이 숙성되도록 단련을 시킵니다.

결정적인 순간 수행자가 온몸을 던져 간절히 물었을 때, 안목 있는 선지식은 시절인연을 살펴 줄탁동시(啐啄同時)의 기연을 선보입니다. 의심이 목까지 꽉 차 있던 수행자는 바로 의심을 타파하고 언하변오(言下便悟, 말끝에 단박 깨닫는 것)를 맛보거나 그러지 못하면 설상가상으로 불에 기름을 붓는 격이 되어 더 큰 의심을 하게 될 수밖에 없게 되는 것입니다. 이처럼 선지식이 수행자를 일대일로 제접하면서 참선 공부를 하지 않으면 안 되게끔 담금질하는 것이 조사선의 가풍인 것입니다.

그렇지만 이미 근본에 대한 의심이 걸려 있는 상태에서 물어 들어오는 수행자를 깨달음으로 이끄는 조사선 수행법은 스스로 의심에 들어갈 수 있는 근기와 시간적인 여유가 뒷받침이 되는 사람들에게 초점을 맞추고 있습니다. 그러나 오늘날을 살아가는 현대인들은 이러한 입장이 아닌 경우가 대부분입니다.

그렇다면 바쁜 현대인에게 짧은 시간에도 제대로 된 수행을 맛보게 하는 방법은 과연 없을까? 도대체 어떤 수행 방법으로 그런 것을 다 소화할 수 있을까? 소납은 처음 가르쳤을 때의 실패를 밑거름 삼아 화두만 들고 마냥 앉아 있게 하는 방법상의 한계를 스스로 경험한 뒤, 공안에서 의심되어진 화두를 들게 하는 간화선 수행을 통해 상대를 체험할 수 있도록 하였습니다. 그 핵심적 방법은 '단번에 의심하지 않을 수 없도록 활구화두를 들도록 해서 답만 찾도록 집중시키는 데 있다'고 하겠습니다. 수행자가 혼자서 화두를 들 때 활구의심으로 나아가지 못하는 가장 큰 이유는 답은 찾지 않고 문제만 외우고 있기 때문입니다. 답을 찾는 데 집중하다 보면 어느새 활구의심이 활발발하게 살아날 것입니다.

결론적으로 간화선은 조사선에서 나온 것이기도 하지만 두 수행법 모두 그 근본원리는 동일합니다. 즉 수행자는 의심에 걸려야 하고, 그것이 점점 커져서 온몸에 꽉 차면 시절인연을 만나 타파되면서 돈오를 체험하게 되는 것이 같다고 할 수가 있습니다. 하지만 처음부터 선지식이 공안을 통해 초심자에게 화두를 걸어주고 결국 타파되도록 이끈다는 점에서 간화선 수행이 현실 속에서 공부하려는 이들에게 잘 맞는다고 할 수 있습니다.

수불은 자신이 신도들에게 던지는 탄지 화두를 공개했다. 지금까지 1만여 명을 공부시킨 경험이 있으므로 자신 있게 설명할 수 있었다. 안국선원에서 온 신도 모두가 수불에게 탄지 화두를 받아 나름대로 답을 얻은 체험이 있기 때문에 스승 수불의 기조 발제문 내용이 더 실감 났다.

　간화선 수행의 핵심은 활구의심이라는 것을 강조하지 않을 수 없습니다. 현재 안국선원에서 이루어지고 있는 간화선 수행 방법은 다음과 같습니다. 먼저 각자에게 손가락을 튕겨보라고 한 뒤에 문제를 제시합니다.
　"이렇게 손가락을 움직이게 하는 것은 손가락이 하는 것도, 내가 하는 것도, 마음이 하는 것도 아니다. 그렇다고 하지 않는 것도 아니다. 그렇다면 과연 무엇이 나로 하여금 이렇게 움직이게 하는 것인가?"
　이와 같은 화두를 듣고 보게 한 뒤에는 문제에 따른 답만 찾으라고 주문합니다. 그리고 문제를 따라 답을 알려고 하는 생각이 일어났다면, 뭔가 석연치 않은 기운이 마음속에 걸리게 됩니다. 무엇인지 모를 답답한 기운이 수행자의 안에 자리 잡게 되는 것입니다. 그런 기운이 왜 생겼겠는가? 마치 목마른 자가 물 찾다가 물을 만나지 못하면 목만 더 마르게 되는 경우와 마찬가지 현상입니다. 답답하니 알려고 해야 하고, 알려고 하면 할수록 궁금해질 수밖에 없으니까 그렇습니다. 즉 활구의심이 들려졌을 때, 선지식은 온몸으로 의심하라고 수행자를 다그치는 것입니다.

274

공부 중에는 혼침이 가장 무섭기 때문에 앉아 있을 때는 눈을 뜨되, 졸리면 누워서 화두를 들고 자라고 말합니다. 그런데 자려고만 하면 깨우는 기운이 있어 잠을 자지 못하게 한다면 더 이상 자려고 하지 말고 일어나 앉아서 최선을 다해 화두를 들어야 한다고 말합니다. 앉아 있을 때 5분 정도 눈을 감았다가 뜰 수는 있어도 그 이상 눈을 감아서는 안 된다고 말합니다. 공부가 되는 것 같지 않더라도 눈을 뜨고 공부를 지어나가야 되는 것입니다.

그리고 산란심, 즉 번뇌망상이 일어나더라도 무시하고 내버려 두라고 말해줍니다. 번뇌망상을 없애면서 공부하려 하지 말고, 그것과 같이 가되 화두에만 집중하라는 것입니다. 그렇게 문제와 더불어 의심되어진 그 갑갑함이 바로 활구의심인 것입니다. 소납은 수행자에게 이처럼 들려진 화두를 어떤 일이 있어도 결코 놓쳐서는 안 된다고 강조합니다. 한편 지금 화두가 들려 있는 것인지 그렇지 않은지 확신이 없는 수행자에게는 "알약을 먹으면 그대로 있나? 몸에 들어가면 녹아버린다. 약이 몸 밖으로 나간 게 아니라 몸 안에서 작용하고 있는 것이다. 화두의심도 같은 이치다. 선지식이 문제를 던졌을 때 답을 모르니까, 그 문제가 온몸에 퍼져 의심화된 것이다. 그러니 그 의심화된 것을 계속 집중하고 추궁하라. 내면으로 돌이켜 자꾸 살펴서 한 덩어리가 되게 하지 않으면 안 된다. 이렇게 참구할 때, 어떤 역순경계가 나타나더라도 일어나는 대로 내버려 두고 그럴수록 화두에 집중하라"고 말합니다.

안국선원에서는 화두참구하는 수행자를 향해 "머리에 불붙은 것처럼 공부하라" 혹은 "가시 달린 쇠 채찍을 맞는 아픔을 느낄 정도로 뼈저리게 공부하라"는 입장을 그대로 공부 중에 수용할 수 있도록 수시로 독려합니다. 그리고 또 수행자를 격발시키기를 "생사를 걸고 은산철벽을 깨트리려는 수행자가 무슨 거문고 줄을 고르듯이 앉아 있을 여유가 있겠는가? 처음부터 선지식을 의지해서 공부하는 수행자라면 거문고 줄이 끊어져도 좋다는 식으로 참구해야 한다"고 말해줍니다.

참고로 많은 수행자들이 주지하고 있는 '거문고 줄 고르듯이 하라'는 것을 소납은 이렇게 비유해서 말합니다. 팽이놀이를 할 때 처음에는 움직이지 않는 팽이를 때려서 최선을 다해 정중동(靜中動)으로 만듭니다. 일단 팽이가 정중동이 된 뒤에는 치지 않고 지켜보지요. 거문고 줄 고르듯이 하라는 것은 바로 그 정중동의 단계를 보고 한 말일 것입니다. 화두를 들고 처음부터 거문고 줄 고르듯이 공부한다면 언제 크게 깨달을 수 있겠습니까?

이렇듯 간화 의지를 바르게 살펴서 공부하지 않으면 안 되게끔 그때그때 필요에 따라 자세하게 일러줍니다. 수행자가 시종일관 답을 찾는 데 혼신의 힘을 경주하도록 하는 것입니다. 여기서 강조하고 싶은 점은 "공안의 문제는 이미 제시되었는데 왜 답 찾는 일을 하지 않느냐?"입니다. 예를 들면 "어째서 무라 했을까?" 혹은 "송장 끌고 다니는 놈이 뭐꼬?"를 머릿속에서 끊어지지 않게 하려고 공안, 즉 문제만을 자꾸 떠올리면서 되새김질하듯이 의심하는 사구를 가지고는 참구가 지속적으로 연결되지 않을 수밖에 없다고 할 것입니다.

시인 부회장은 스승 수불이 안국선원의 간화선 집중수행을 예로 들 때부터 필기를 하면서 간혹 미소를 지었다. 안국선원 선방에 들기 전에 간화선이 무엇인지 몰라서 서점에서 답을 찾으려고 했던 적이 있었는데, 화두참구가 어떤 시험문제 풀기인 줄 알고 책에서 답을 찾고자 했던 것이다. 그러나 안국선원 선방에서 문제는 잊어버리고 의심만 하라는 스승 수불의 법문을 듣고 마침내 일주일도 안 되어서 나름대로 답을 찾는 체험을 했던 것이다.

의정과 의단에 대해서도 말씀드리겠습니다.
일념이 만 년 되도록 집중해서 답을 찾으려고 하다 보면 정신적인 벽이 계속해서 앞으로 다가오게 됩니다. 이때 머리로 답을 찾으려고 하지 말고, 오직 온몸으로 그 벽을 향해 더욱더 화두에 집중해서 부딪쳐 가야 됩니다. 집중하면 할수록 공부를 방해하는 모습들이 나타나게 됩니다. 그렇지만 어떤 방해가 일어나더라도 그것을 이기는 방법은 오직 화두에만 집중하는 수밖에 다른 도리가 없습니다. 만일 화두에 집중하지 않고 방해받는 것을 없애면서 공부하려고 하면 방해는 없어지지 않습니다. 그러므로 방해가 일어나든지 없어지든지 내버려 두고 화두에 집중하다 보면 방해는 저절로 사라질 것입니다.

참구 중에 눈앞에 밝은 빛이나 어떤 형상, 부처님이나 관세음보살이 나타나기도 하고, 갑자기 전혀 알 수 없었던 공안이 나름대로 이해되기도 합니다. 이와 같은 경험들은 모두 경계이므로 그 경계를 깨달음으로 오인하지 않도록 각별히 신경을 써야 합니다. 이런 병통도 옆에 선지식을 모시고 공부하고 있다면 문제 될 것이 없겠지만, 만일 혼자 수행하다가 이런 경계를 만나게 되면 반드시 선지식을 찾아가 뵙고 점검을 받아야 합니다. 답을 찾다가 활구의심이 익어지면 화두를 굳이 들려 하지 않아도 들려지고, 내려놓으려고 해도 놓아지지 않게 됩니다.

이렇듯 화두의심이 회광반조(回光返照) 되면, 눈이 있어도

278

보지 못하고 귀가 있어도 들리지 않아서 안과 밖이 그대로 화두와 더불어 한 덩어리가 될 수밖에 없습니다. 그리고 인연 따라 내면의 경계는 맑고 고요하더라도 화두 기운 따라서 목과 명치가 꽉 막혀 숨도 쉬기 어려울 지경이 될 수도 있습니다. 이러할 때 아무리 힘들어도 참고 견뎌내야 합니다. 그리하여 화두와 온몸이 하나(他成一片 타성일편)가 되어 의단이 독로(獨露)하게 되면, 곧 시절인연 따라서 안목이 열리게 된다고 했습니다. 고봉 선사는 이렇게 말했습니다.

"의심하고 의심하여 안과 밖이 한 조각이 되게 하여 온종일 털끝만치도 빈틈이 없어서 가슴에 뭉클한 것이 독약에 중독된 것과 같으며 또 금강덩어리(金剛圈 금강권)와 밤송이(栗棘蓬 율극봉)를 삼켜 꼭 내려가게 하려는 것과 같이하여 평생의 갖은 재주를 다 부려서 분연히 힘쓰면 자연히 깨칠 곳이 있을 것이다."

의단이 독로되어 안팎이 한 덩어리가 되면, 곧 시절인연 따라 마른하늘에 벼락 치듯 매미 허물 벗듯 무거운 짐을 내려놓듯 통쾌하고 시원하며 가벼운 것이 마치 나무통을 맨 테가 '팍' 하고 터지는 것처럼 문득 의단을 타파하게 될 것입니다. 몽산 선사는 이렇게 말했습니다.

"의심들이 조여들면서 터질 즈음에 홀연히 댓돌 맞듯 맷

279

돌 맞듯 계합하여 갑자기 '와!' 하는 소리에 정안(正眼)이 열리고 밝아지면서 집에 이른 소식을 말할 수 있을 것이며, 기연에 맞는 말을 할 수 있을 것이며, 화살촉을 맞추는 말을 할 수 있을 것이다. 나아가 차별기연을 알아서 이전에 의심 때문에 막힌 것이 전부 다 얼음 녹듯이 흔적 없이 사라지면서 법법마다 원통하여 당(堂)에 오르게 될 것이다. 그렇지만 절대로 작은 깨달음에 그치지 마라."

대사를 마치고 난 뒤에는 그렇게 갑갑하던 마음이 순식간에 텅 비게 됩니다. 온몸과 마음이 새의 깃털보다 더 가볍고, 앞뒤가 탁 트인 것이 끝 간 데가 없이 시원하고, 평생 짊어지고 다닐 것 같던 짐을 한순간에 내려놓은 것처럼 참으로 홀가분해집니다.

이와 같은 시절인연은 직접 체험해 봐야 알 수 있는 것입니다. 그런 연후에 속히 눈 밝은 선지식을 찾아가 점검받고 뒷일을 당부받아야만 한다는 점을 명심하고 실천해야 할 것입니다.

마지막으로 수불은 한국의 선풍에 대한 일부 문제점을 지적하고, 간화선 대중화와 세계화를 위해서는 무엇보다 화두참구를 지도할 눈 밝은 선지식이 필요하다는 점과 그것만이 한국불교의 기복적이고 비불교적인 행위를 극복할 수 있다고 일침을 가했다. 간화선이 대중화, 세계화가 되지 않는 이유 중에 하나는 결코 지도받을 사람들이 없어서가 아니라 간화선을 지도할 선지식이 드물다고 보았기 때문이었다.

간화선에 대한 이해를 위해서는 보다 정확한 선학적인 근거가 필요하며 동시에 이 바탕 위에서 화두의심을 온몸으로 체험하고 타파해야 합니다. 간화선은 앉아 있음만으로 선을 삼는 묵조선에 대한 반성에서부터 제기되었음에도, 간화의 정신에 입각한 동정일여의 수행 방법보다는 단지 오래 앉아 있는 것만으로 수행을 삼는 경우를 볼 수 있습니다. 이는 묵조사선의 무리와 다를 바가 없을 것입니다. 한국의 간화선이 만약 선정주의에 치우친다면 올바른 지견을 열 수 없을 뿐만 아니라 정혜쌍수의 수행 전통에도 위배된다고 볼 수 있습니다.

오랫동안 수행하신 큰스님께서 결제나 해제 법문 때, 법문은 조사선의 입장으로 하면서 수행은 간화선으로 하라고 요구한다면 그 수행의 성과를 기대하기 어렵습니다. 오늘날 법문을 듣는 수행자들에게 간화선에 대한 활발발하고 직접적인 방법을 제시해서 활구를 의심하도록 해야 할 것입니다.

또한 간화선 대중화를 위한 화두참구를 이끌어줄 지도자

양성을 위해서는 무엇보다도 눈 밝은 선지식이 절실히 필요합니다. 그리고 종단 차원에서 간화선 수행만 전문으로 할 수 있는 특별한 수행 공간을 마련하고 간화선 지도자 양성과 대중화를 위한 체계적인 연구를 할 수 있는 전문가를 더 많이 키워내야 합니다.

어떤 수행보다도 간화선 수행이 한국불교의 기복적이고 비불교적인 행위를 극복할 수 있는 미래불교의 새로운 대안이라는 점을 명심해서, 간화선과 화두에 대한 정확한 이해를 토대로 참의심을 불러일으켜 올바르게 수행할 수 있도록 틀을 만들어야 할 것입니다.

제방선원에서 수선납자들이 안거하면서 수행하고 있는 대한불교조계종은 간화선의 요람이라고 할 수 있습니다. 전국 100여 개의 선원에서는 매년 여름, 겨울의 안거에 2,200여 명의 납자들이 화두를 참구하며 정진하고 있으며, 그 외 전국의 시민선원에서 정진하고 있는 간화선 수행자의 수는 해마다 늘어나 수만 명에 달하고 있기 때문입니다.

이와 같은 간화선 수행 열기를 가지고 있는 우리 조계종단의 수행 체제가 보다 완벽하게 구비될 때, 한국불교 세계화의 실현 가능성도 한층 높아질 것이며, 전 세계인에게 간화선 수행을 통한 정신적 이익을 나누어 줄 수 있게 될 것입니다.

　수불이 기조 발제문을 마치자 동국대 중강당에 모인 많은 학생과 스님, 교수들, 특히 안국선원 신도들의 박수 소리가 터져 나왔다. 수불은 뜻밖에도 공감하는 우레와 같은 박수에 자신의 신념이기도 한 간화선의 대중화, 세계화에 대한 의지를 다시 한번 더 마음속으로 다졌다. 동국대 중강당에서 나왔을 때 교정 가운데 서 있는 불상이 수불을 향해 미소를 지었다. 수불도 합장하며 미소를 지었는데 희유한 일이었다.

∞

중국 선종 사찰 순례

수불은 안국선원 신도들과 함께 상해 엑스포를 관람한 뒤 중국 남악 형산 쪽으로 이동했다. 2010년 10월 중순의 일이었다. 비구름이 남악 형산의 산허리를 휘감고 있었다. 깨달음의 문턱에서 스승과 제자가 은밀하게 주고받는 대화를 밀어(密語)라고 불렀다. 수불이 중국 선종 사찰을 찾은 것은 폭포처럼 격렬하고 봄볕같이 따사로운 옛 선사들의 밀어를 만나면서 신심을 가다듬기 위해서였다.

형산의 정수리, 축융봉으로 난 산길은 직립한 삼나무숲 사이로 흐릿했다. 미니버스가 가파른 산길을 힘센 물소처럼 기세 좋게 올랐다. 비구름이 한사코 눈앞을 가렸지만 미니버스는 아랑곳하지 않았다.

수불은 문득 상해의 시가지가 떠올랐다. 상해에서 하루 동안 머물며 보았던 상해 엑스포의 잔상이 쉽게 가시지 않았다. 엑스포란 인류가 이룩한 과학 문명의 성과를 함께 즐기려고 모인 화려한 축전이었다. 한국관에서 중국관으로 이동하는 중이었다. 갑자기 소나기가 쏟아졌다. 안국선원 신도들은 당황하지 않고 비를 피해 차분하게 벤치에 앉았다. 수불은 예정에 없던 야단법석을 펼쳤다. 설법 주제는 엑스포의 분위기에 영향받아 '과학 시대에 불교는 무엇인가?'로 정했다. 수불은 일찍이 '미래의 종교는 불교가 될 것이다'라고 단언한 물리학자 아인슈타인이 남긴 말을 먼저 소개했다.

미래의 종교는 우주적인 종교가 될 것이다. 그것은 인간적인 하느님을 초월하고, 교리나 신학을 넘어서는 것이어야 한다. 그것은 자연의 세계와 정신적인 세계를 모두 포함하면서 자연과 정신 모두의 경험에서 나오는 종교적인 감각에 기초를 둔 것이어야 한다. 불교가 이런 요구를 만족하게 하는 대답이다. 만일 현대 과학의 요구에 부합하는 종교가 있다면 그것은 불교가 될 것이다.

수불은 불교와 과학의 관계를 평소의 생각대로 밝혔다.
"엑스포 현장에서 보듯 과학은 굉장한 발견을 해왔습니다. 우리는 과학의 힘을 직간접으로 받는 처지에 놓였고 변화를 느끼면서 살고 있지요. 종교든 철학이든 과학이든 학문이든 사람들을 행복하게 하려는 것인데, 욕심들이 꽉 들어차 전쟁이 나고 인간의 삶이 불행해지고 그래요. 그러나 불교는 미래에도 행복한 가치관을 찾아주고 인류를 안정시키는 희망의 메시지를 계속 전해줄 겁니다. 과학은 우리에게 희망과 불행을 주고 있지만 일찍이 불법은 인류의 희망과 자유와 행복의 근거를 제시했으니까요. 부처님께서 홀로 빼어난 가치를 깨닫고 세상에 알린 거지요. 그래서 부처님이 성인이고 위대한 겁니다. 우리는 아직도 그것을 못 느끼고 있어요. 2,600년 전에 이미 눈뜨게 해줄 방법을 드러냈는데도 말입니다."

그러면서 수불은 부처님이 깨달은 행복한 삶의 대안과 가치를 가장 빨리 사무치도록 체험하게 하는 방편이 선이라고 말했다. 설법을 끝내면서는 한국불교의 현실과 맹점을 조심스럽게 진단했다.

"부처님이 깨달음의 문을 열어놓았으니 우리는 그것을 받아들이면 되는 거고, 나아가 또 다른 사람에게 깨달음의 문을 열게 해준다면 그 이상 좋은 것이 어디 있겠습니까? 누구라도 자유를 맛보고 평화롭고 행복하게 해줘야 하는 거지요. 자기만 눈뜨는 게 아니라 더불어 눈뜨게 하는 데 의의가 있는 겁니다. 그렇지 않다면 좁은 데 빠져서 허우적거리는 소승적 공부지요. 이제는 우리 수행자들도 자기가 눈뜬 수행 방법을 남한테도 정확하게 제시하여 눈뜨게 해야 합니다. 우리가 지금 당송 시대 선사들이 정진했던 선찰을 순례하는 이유는 '한국불교가 오늘 무엇을 해야 하는가?'를 온몸으로 느끼자는 것입니다. 당송 시대에는 출가자나 재가자 구분 없이 선지식과 인연 지어 가는 '눈뜨는 방법론'의 제시와 실천이 가장 활발했기 때문입니다."

수불은 먼저 깨달은 수행자가 다른 이에게 수행 방법을 제시하지 못한다면 그것도 비극이라고 덧붙여 말했다. 삶의 질이 엄청나게 변화하고 있는 속도의 과학 시대에 간화선을 지향하는 한국불교가 '눈뜨는 방법론'을 전광석화처럼 빠르게 혹은 효과적으로 제시하지 못한다면 자기 도피이거나 허망한 은둔에 빠질 거라고 걱정했다.

미니버스는 회양 선사가 마조를 깨우치려고 기왓장으로 거울을 만들겠다고 갈았던 마경대(磨鏡臺) 광장에서 멈추었다. 수불이 먼저 미니버스에서 내렸다. 뒤따라 신도회장 무량심 보살이 눈짓하자 안국선원 신도들이 내렸는데, 비구름의 미세한 물방울들이 순례자들을 맞이했다.

회양 선사 묘탑은 척발봉 산자락에 있었다. 묘탑의 정식 명칭은 '선종 7조 회양대혜 선사 탑(禪宗七祖懷讓大慧禪師塔)'이고 줄여서 '남악탑'이라고 불렀다. 수불은 남악탑을 보고서 안도했다. 20여 년 전에 와서 보았을 때와 같이 탑이 훼손되지 않고 원형 그대로 보존돼 있었기 때문이었다. 비구름이 비안개로 바뀌어 얼굴을 적실 무렵, 수불과 안국선원 신도들은 남악탑 참배를 마치고 마경대로 향했다. 안국선원 신도들은 젊은 시절 여배우로 활동했던 보살, 시인, 여교수, 학자, 사업가, 주부 등 여러 계층이 어우러져 있었다. 마경대에 먼저 도착한 누군가가 감격스러운 목소리로 소리쳤다.

"마경대가 여기 있습니다!"

온종일 좌선만 하는 마조를 깨닫게 하려고 회양 선사가 기왓장을 갈았다는 바로 그 자리 마경대였다. 반석은 2평 남짓한 크기로 10도쯤 경사가 졌다. 반석 끝은 낭떠러지였다. 졸다가는 낭떠러지 저편으로 곤두박질을 할 것만 같았다. 회양 선사는 마조의 고지식한 좌선을 안타깝고 한심하게 보았겠지만 마조의 입장에서는 백척간두 진일보하는 절박한 심정이었을 터. 비구름의 습기와 비안개에 젖은 반석은 미끄럽기조차 했다.

반석에는 조원(祖源)이란 글씨가 붉게 음각되어 있는데, 조사의 근원 혹은 조사선의 발원지를 잊지 말자는 뜻으로 어느 선승이 새겼을 것이다. 조원이란 의미는 수불의 눈에도 각별했다. 통일신라 구산선문 가운데 무려 여덟 산문이 마조의 문하에서 흘러와 개창되었기 때문이다.

화강함 반석에 흰 빛깔의 부싯돌(규석) 두 줄기가 조 자에, 또 한 줄기는 원 자에 희미하게 드러나 있음을 발견한 수불이 신도들에게 말했다.

"가장 굵은 줄기는 마조선이 백장 스님에게서 황벽과 임제로 이어진 임제종 같고, 조금 가는 줄기는 서당 스님과 남전 스님으로 뻗어간 법맥 같고, 희미한 줄기는 백장 스님에게서 위산과 앙산으로 이어졌다가 쇠퇴한 위앙종 같습니다."

마경대 표지석 뒷면에 마전작경(磨磚作鏡)의 사연이 새겨져 있는데, 수불이 신도들을 위해 즉석에서 해석했다.

대대로 전함에 의하면 당나라 때 촉(蜀, 사천성)의 스님 마조가 남악에서 수행하였다. 그는 종일 이 바위 위에서 좌선하고 경을 외고 있었다. 그때 복엄사에 주석하던 회양이 이 광경을 보고 곧 그에게 말하였다.

"그대는 종일 앉아서 무엇을 하는가?"

마조가 말하였다.

"부처가 되려고 합니다."

회양이 바로 이끼 낀 기왓장 하나를 들고 와서는 좌선을 하는 마조 옆에서 바위에 소리가 나게 갈았는데, 이는 그를 깨우쳐 주고자 한 일이었다.

마조가 물었다.

"도대체 기왓장을 갈아서 무엇 하려 하십니까?"

회양이 대답하였다.

"거울을 만들려고 하네."

마조가 말하였다.

"기왓장을 갈아서 어떻게 거울을 만들 수 있다는 겁니까?"

"기왓장을 갈아서 거울을 만들 수 없는데, 좌선해서 어떻게 부처가 된다는 것인가?"

마조가 곧 깨닫고는 회양에게 절하고 스승으로 모셨다. 이로부터 후인들이 이 바위를 마경대라 부르고, 바위 위쪽에 석두가 조원이란 글자를 새겨서 회양을 기념하게 하였으며, 마조의 불법이 여기서 비롯되었음을 나타내었다.

그런데 수불은 마지막 문장에서 고개를 젓더니 신도들에게 말했다.

"남악에서 석두 스님의 위치가 어느 정돈데 조원이란 글씨를 직접 새기겠습니까? 석두 스님은 마조 스님보다 연세도 아홉 살이나 많았어요. 석두 스님의 후손 중 누군가가 썼는지 알 수 없지만 그런 경우는 있겠지요. 그런데 조사선의 발원지라는 마경대가 너무 허술해요. 부끄럽고 미안하기도 하고 좀 안타깝네요. 성역화 기회가 주어진다면 안국선원에서 일조하고 싶습니다."

미니버스에 오르자 마경대는 비구름 속에서 어느새 멀어졌다. 회양이 방장으로 주석했던 복엄사는 생각보다 가까운 거리에 있었는데, 수불이 산문 좌우에 쓰인 육조고찰(六祖古刹), 칠조도량(七祖道場)이라고 쓰인 글씨를 가리키며 신도들에게 말했다.

"이 두 구절이 복엄사의 역사성을 한마디로 설명해 주고 있어요. 육조혜능 대사의 법이 회양으로 이어진 도량이 바로 복엄사지요. 회양의 제자 마조에서 태동한 마조선이 백장에서 황벽으로 흘러가 임제가 임제종을 이루고, 백장에서 위산으로 흘러가 앙산이 위앙종을 이룹니다."

복엄사 대중은 마침 대웅보전에서 저녁예불을 드리는 중이었다. 법당이 좁았으므로 안국선원 신도들은 밖에서 합장만 하고 물러섰다.

오늘 마지막으로 참배할 남대사는 복엄사에서 1킬로미터 될까 말까 한 거리에 있었다. 역시 남대사도 대중스님들이 저녁예불 중이었다. 남대사는 석두 스님이 당나리 천보(天寶) 초년(742)에 와서 수십 년간 주석하면서 법을 폈던 곳이었다. 남대사에서도 수불은 사찰 소개 게시판을 보고 안국선원 신도들에게 설명을 했다.

"여기에 천하법원(天下法源)이라고 쓰여 있는데, 맞는 말입니다. 중국 선종 5가 중에서 석두의 문하에서 세 개 종파가 나왔으니까요. 하나는 조동종이고, 둘은 운문종이고, 셋은 법안종이지요."

291

조당으로 가자 기둥에 석두로활(石頭路滑)이란 글씨가 보였다. 수불이 또 자상하게 말했다.

"'석두의 길은 미끄럽다'라고 마조가 말하여 공안이 된 글씨지요. 등은봉이 마조에게 '석두 스님에게 가렵니다' 하고 인사하자 '석두의 길은 미끄러울 텐데'라고 말한 데서 유래한 공안입니다. 강서의 마조와 호남의 석두는 양대사(兩大士)로 불리며 강호 제현을 배출했는데, 마조가 석두의 가풍을 미끄러운 길에 비유한 것은 등은봉 정도의 선기로는 감히 대면하기 어려울 것이라는 평이었지요. 석두는 방편이 무궁무진해서 선객들의 다가섬을 쉽게 허용하지 않았다고 해요. 등은봉도 석두가 앉아 있는 선상(禪床)을 기세 좋게 한 바퀴 돌았으나 '참으로 불쌍하다'라는 타박만 듣고 말았다고 전해집니다."

수불은 하루의 짧은 해를 아쉬워하며 남대사 산문을 나왔다. 나오면서 안국선원 신도들에게 한마디 하며 너털웃음을 웃었다.

"석두의 길은 미끄럽다고 했으니 조심들 하시오. 넘어지면 큰일 나요."

오늘의 순례를 마치는 지점에서 집중력을 잃지 말라는 점검이었다. 다행히 남대사를 나서는 순례 일행 모두가 무사했다. 누군가가 합장하며 대답했다.

"지심귀명례!"

다음 날.

순례의 길에는 안개도 끼고 비도 오고 바람도 불었다. 순례자들은 안개와 비와 바람 속에서 그것이 던지는 무언가를 징검다리 삼아 상념에 잠기곤 했다. 그러고 보면 순례란 눈뜨고 다니는 수행의 일부였다. 선방의 정적인 정진이 아니라 움직이는 동적인 정진인 것이었다. 위산(潙山) 밀인사로 가는 버스 차창에도 빗방울이 흘렀다. 수불이 무언가를 저울질하듯 독백했다.

'내가 전생에 한번 주인을 해본 산이라면 비가 그칠 것이요, 인연이 없는 산이었다면 비가 계속 내려 밀인사를 보지 못할 것이다.'

그래도 비는 속절없이 계속 내렸고, 버스는 위산향(潙山鄕)을 향해서 강변 협곡을 달렸다. 버스 뒷좌석에서는 안국선원의 간화선 집중수행의 수행담이 오갔다. 의대에서 세포생물학을 가르쳤던 교수 출신 보살이 수행담을 얘기하고 있었다.

"스님께서 집게손가락을 구부렸다 튕기면서 손가락을 움직이게 하는 것이 무엇인지, 문제를 생각하지 말고 답만 찾으라고 하셨어요. 스님께서 날마다 몸 안에 의심덩어리가 꽉 차도록 몰고 가시더라고요. 그 과정을 거치면서 내 몸에도 프로세스가 생기는 것 같았어요. 7일째 되는 날에는 몸에 업이 빠지는 것 같은 특이한 경험을 했어요. 몸이 가벼워지면서 눈앞에 환한 섬광이 비쳤지요. 그런 변화가 탁 오더라고요. 그래서 '아, 이게 진리구나', '이게 진리의 에너지구나' 하는 확신이 왔어요. 그때의 환희심은 말로 표현할 수 없어요."

보살이 말한 환희심은 '행복한 마음'일 것이었다. 순간 솟구쳤던 환희심은 보살의 삶을 송두리째 바꾸었다. 강의가 있는 날에도 선원에 들러 두 시간씩 정진해야 자신을 순수하게 정화하는 에너지가 솟아나는 것 같았다. 그래서 아무리 불편하고 힘들어도 선원을 찾았다. 정년 퇴임하고 난 뒤에는 하루도 빠지지 않았다.

"과학계에서는 자연발생설이나 진화론이나 창조론 등으로 논쟁을 하고 있지만, 스님 법문 들으며 모든 게 무에서 유가 되는 데 있어서 인과에 의해서 인연 지어져 하나의 생명체나 물질이 이뤄지는구나 하고 의심 없이 와 닿았습니다. 인과를 이론적으로 말하는 것과 선원에서 체험하는 것과는 달라요. 정말 잘살아야겠다는 절실한 마음이 들고, 참 내가 좋은 길로 들어섰구나 하는 생각이 들어요. 정진해서 저에게 변화가 있다면 무엇보다 화내는 마음이 다스려진 거예요. 속상해 화가 나다가도 상대 처지를 이해하게 되어 참아지는 것이죠. 그런 힘이 결국 나를 편안하게 하더라고요."

위산 밀인사에 도착하기 30분 전쯤 동경사 터가 멀리 보일 무렵부터 비가 그쳤다. 동경촌(同慶村)을 지나면서 수불이

'동경사가 큰 줄 알았는데 작군' 하고 평했다. 동경촌 주위에 차밭이 듬성듬성 일궈져 있는데, 위산으로 가는 길은 최근에 정비된 듯했다. 수불이 신도들에게 말했다.

"위산에는 대(大) 자가 많이 붙습니다. 대위산 대복인(大福人) 등등. 우리에게는 위산의 가풍이 맞아요.《위앙록(潙仰錄)》을 강의하면서 위산을 가야지 하고 노래를 불렀어요. 그런데 여행사에서는 택시 타고 몇 명밖에 갈 수 없다고 그래요. 그러니 신도들과 어떻게 순례를 오겠어요. 중국 선종 사찰을 어지간히 보았는데 위산 밀인사만 가지 못해서 늘 허전했지요."

마침내 버스가 위산향 소재지에서 멈추었다. 수불은 버스에서 먼저 내려 호흡을 가다듬었다. 산문 중간에 시방 밀인사(十方 密印寺)라는 편액이 보이고, 석문에 쓰인 '진리의 비가 형악으로부터 와서 앙산에서 그 종풍이 열렸다(法雨來衡嶽 宗風啓仰山 법우래형악 종풍계앙사)'라는 5언 2구가 반갑기 그지없었다. 수불 자신도 신도들을 인솔해 형산에서 출발하여 위산향으로 왔기 때문이었다.

밀인사 지객스님이 수불 일행을 위산영우 선사의 진영이 걸린 객당으로 초대하더니 환영의 인사말을 했다.

"우리나라의 역대 황제들이 밀인사를 존숭하여 왔습니다. 당 헌종과 선종, 송 신종과 휘종, 청 순치, 옹정, 건륭, 도광 등의 황제가 칙서를 내린 절입니다. 근대에는 모택동 주석이 밀인사를 찾아와 밀인사 주지와 삼일 밤낮을 토론한 끝에 '구국구민(救國救民) 대본대원(大本大源, 농민)에서 찾아야 한다'는 것을 깨달은 곳입니다. 한국에서 오신 순례단 여러분을 환영합니다."

수불은 위산 스님의 가풍을 잇고자 노력하는 밀인사 대중의 노고에 고마움을 전하는 답사를 했다. 그 사이 위산촌에서 생산하는 위산영광(潙山靈光)이라는 명차가 객당 안에 싱그러운 향기를 풍겼다.

수불은 곧바로 안국선원 신도들에게 밀인사 전각들을 참배하게 했다. 그런데 밀인사의 전각 중에 특이한 곳은 경책전(警策殿)이었다. 만불전 다음으로 큰 전각이었다. 수불은 경책전 안으로 들어 참배한 뒤 강원에서 배웠던《위산경책(潙山警策)》중에 한 구절을 떠올렸다.

부처님께서는 출가자에게 도를 닦고 몸을 단속하는 데에는 옷과 밥과 수면, 이 세 가지를 넉넉하게 하지 말라고 경계하며 법도를 지어주셨다.

이른바 삼부족(三不足)으로 의부족(衣不足), 식부족(食不足), 수부족(睡不足)한 청빈한 자리에서 수행하라는 당부일 터였다. 순례하는 중이어선지 다음과 같은 구절도 새삼 사무쳤다.

먼 길을 갈 적에는 좋은 도반과 동행하여 자주자주 눈과 귀를 맑게 하고, 머무를 때에는 반드시 도반을 가려 때때로 아직 듣지 못한 것을 들어야 한다. 그러므로 속서(俗書)에 이르기를 '나를 낳아준 이는 부모이고 나를 완성해 준 이는 벗이다'라고 하였던 것이다.

밀인사를 나온 수불 일행은 유양시(瀏陽市)로 갔다. 하룻밤 머문 뒤 내일 석상 선사가 주석한 석상사(石霜寺)를 참배하기 위해서였다. 석상사 다음은 앙산 선사가 주석한 서은사(栖隱寺), 양기 선사가 주석한 보통사(普通寺) 등을 차례차례 참배할 예정이었다. 미처 참배하지 못하는 절이 있다면 내년 봄에 또 순례하면 되었다.

∞

간화선의 대중화, 세계화

수불은 백장 선사가 주석한 백장사(百丈寺), 동산 선사가 주석한 보리사(菩提寺), 황벽 선사가 주석한 황벽사(黃檗寺), 마조 선사가 주석한 보봉사(寶峰寺)와 우민사(佑民寺) 등 중국 선종 사찰을 순례한 뒤, 한 달 만에 조계종 기관지 〈불교신문〉 사장에 취임했다. 2010년 11월 16일의 일이었다. 수불에게 사장을 맡긴 배경은 적자 운영을 흑자로 전환해서 재정자립을 이루고 종합미디어 구축에 힘써 달라는 것이었다. 임명장을 받는 자리에서 수불은 기사의 질이 개선되지 않으면 재정자립은커녕 적자 운영의 악순환이 반복되리라 판단했다. 독자가 찾아보는 신문이 되려면 기사의 질이 우선이라고 보았기 때문이었다.

첫 회의에서 수불은 기자의 자율성을 최대한 보장한다고 선언했다. 그러면서 자신은 안국선원 신도들의 동의하에 정기 구독자를 늘리겠다고 약속했다. 몇 개월이 지나자 재정에 개선의 기미가 보였다. 일부 기자들이 기관지의 한계를 벗어나

창의적인 기사를 써냈고, 사장실의 문턱을 낮추자 사장과의 대화를 수시로 청했던 것이다.

　다만 수불은 간화선에 대한 기사를 많이 다루고 싶었지만 자신의 소망을 절제했다. 사장이 기사에 간섭한다는 오해를 사지 않기 위해서였다. 〈불교신문〉 사장을 하면서 아쉬운 점이 있다면 그것뿐이었다. 아직도 조계종 선원에서는 조사선과 간화선에 대한 정의와 실참이 불분명했다. 때문에 스님들 간에 오해의 소지가 충분했다. 자신이 사장이란 것 때문에 더욱 조심했고 간화선에 대한 자신의 소신을 유예했다.

　그러나 국내외적으로 간화선을 펼칠 수 있는 기회가 생각지도 않은 곳에서 찾아왔다. 수불 자신이 평소에 품었던 간화선의 대중화, 세계화에 대한 의지를 동국대학교에서 이해해준 것이었다. 동국대에서 '제2 건학' 프로젝트 일환으로서 국제선센터를 설립하려고 했다. 선 수행 프로그램의 국제화를 통해 건학이념을 구현하고자 그랬다. 국제선센터는 일반 시민뿐만 아니라 국내외 외국인들에게 간화선 실참 기회를 제공함으로써 현대인의 스트레스와 각종 병리 현상을 치유하는 범종교적 정신수양의 도량으로 발전하겠다는 목표로 프로그램을 마련 중이었다.

　이윽고 동국대는 수불을 2011년 8월 1일 초대 국제선센터 선원장으로 임명했다. 수불이 22년간 서울과 부산의 안국선원에서 250여 회의 간화선 집중수행 프로그램을 실시하면서 1만여 명에게 선을 체험케 함으로써 간화선 대중화에 기여한 사실을 대학 차원에서 인정한 결과였다.

동국대 국제선센터 초대 선원장에 임명된 수불이 첫 번째로 한 일은 안국선원 이름으로 후원하여 〈제2회 간화선 국제학술대회〉를 개최하는 것이었다. 예산이 뒷받침되자 진행은 순조로웠다. 국내 스님과 국내외 학자들을 초청하여 2011년 8월 20일부터 21일까지 동국대 중강당에서 '간화선의 원리와 구조'를 주제로 한국불교의 정통 수행법인 간화선을 학문적으로 분석하고 조명하기로 했다.

작년에 '간화선, 세계를 비추다'를 주제로 열린 〈제1회 간화선 국제학술대회〉가 간화선의 등장 배경과 전개, 수행에 대해 소개하는 자리였다면, 올해 열리는 학술대회는 본격적으로 간화선이 어떠한 원리로 이뤄지는지 학술적 접근을 시도하는 자리였다.

동국대 불교학술원장이자 미국 UCLA 교수인 로버트 버스웰, 작년에도 함께했던 피터 그레고리 미국 스미스대 교수, 미리암 레버링 미국 테네시대 교수, 마 티엔샹 중국 무한대 교수 등 국내외 석학 15명이 동국대 중강당으로 모였다. 재가불자, 스님, 학생들도 중강당을 가득 메웠다. 다만 안국선원 신도들이 작년처럼 많이 참석하지 않은 탓인지 청중은 작년보다

적은 500여 명 남짓 되었다. 동국대 불교학술원 종학연구소장 스님이 다음과 같은 요지의 대회사를 했다.

"지난해 학술대회의 성과에 이어 올해에는 간화선의 수행 원리와 구조를 살펴어 간화선의 역동적 원동력을 탐구하고자 합니다. 세계 여러 연구자들이 간화선을 실참하고 학문적으로 토론하는 국제학술대회가 간화선의 세계화와 체계화를 위한 디딤돌이 되었으면 합니다."

동국대 이사장스님과 동국대 총장은 격려사에서 간화선 국제학술대회의 중요성에 대해 강조했다. 이사장스님은 "간화선 국제학술대회는 간화선의 학문화와 대중화를 통해 한국불교의 세계화를 도모하는 시간이자 불교학의 메카가 되고자 하는 동국대의 의지가 투영된 자리"라고 했으며, 동국대 총장 역시 "한국 간화선의 역사와 전통을 체계적으로 세계에 알리는 좋은 기회가 될 것"이라고 밝혔다.

대회사와 격려사가 끝나자마자 동국대 국제선센터 수불 선원장이 기조 강연으로 본격적인 학술대회를 시작했다. 수불의 기조 강연 주제는 '간화선의 실체와 세계화'였다. 수불은 미리 작성해 온 강연 원고를 읽었다.

먼저 '간화선의 의의'에 대해서 말씀드리겠습니다.

본래 완벽하게 드러나 있는 실체를 등지고 있는 모든 이들에게 선은 반야지혜와 무명업식이 본래 없음을 밝힘으로써 단도직입으로 진리당처의 핵심 오의를 드러나게 했습니다. 그렇지만 이 사실을 알지 못한 인연 있는 이들에게 참선을 통해 실질적인 수행과 깨달음의 문을 열게 해온 것도 사실입니다.

부처님께서 가섭존자에게 물려주신 이심전심의 선법은 28대 조사인 보리달마에 의해서 6세기 초 중국으로 전해졌습니다. 보리달마가 전한 선법은 역대 조사를 통해 면면히 계승되었고, 당대에 이르러 조사선의 황금시대를 열었습니다.

조사선이란 깨달음을 완성한 역대 조사들이 중생들에게 본래 갖춰져 있는 성품을 바로 눈앞에 드러내 보여주신 법문입니다. 그러므로 명안종사는 법을 물어오는 제자에게 지사문의와 기봉방할의 방법으로 지도하여 정법의 안목을 체득케 했습니다. 이러한 문답들이 어록으로 기록되고 전승되어 송대에 이르러 1,700 본칙공안으로 정형화되었습니다.

조사선은 그 뿌리를 중국 선종의 초조 보리달마에 두고 있으면서, 실제로는 육조혜능에 의해 제창되었습니다. 육조께서는 모든 사람이 지닌 자성을 직시하여 바로 그 자리에서 몰록 깨치는 돈오견성을 천명하였습니다. 이후 조사선은 마조도일과 석두희천을 거치면서 육조 문하에서 배출된 수많은 선승들에 의해 전성기를 맞았습니다. 조사선의 언하변오 전통이 후대로 내려가면서 퇴색되자, 남송 시대의 대혜종고 선사는 현성공안(現成公案, 모든 현상이 곧 공안)에서 의심되어진 화두를 참구토록 한 간화선을 제창하였습니다.

간화선은 눈 밝은 선지식이 믿음을 낸 이로 하여금 화두 참구를 통해 참의심을 불러일으켜 돈오케 하는 수행법입니다. 공안이 어록에 기록된 선대의 선문답이라면, 화두는 특정한 공안이 공부인의 내면에 투철한 문제의식으로 응집된 것을 말합니다. 객관적으로 전해오던 본칙공안이 공부인의 내면에서 의심을 일으켜 활구화두가 되면, 혼침과 산란 및 온갖 역순경계를 물리치고 오로지 본래면목을 밝히는 데만 집중할 수 있도록 해줍니다.

간화선은 조사선에 뿌리를 두고 있기 때문에 수행법의 원리는 동일합니다. 수행자는 의심에 걸려야 하고, 그것이 점점 커져서 온몸에 꽉 차면 시절인연 따라 타파되면서 돈오하게 되는 것입니다. 다만 처음부터 선지식이 공안을 통해 공부인에게 화두를 걸어주고 결국 타성일편 된 의단이 타파되도록 이끈다는 점에서 간화선 수행이 오늘날 수행자들에게 잘 맞는다고 할 수 있습니다.

이렇게 정확하고 빠르며 쉬운 간화선이 출현함으로써 출재가를 막론하고 누구나 일상에서 선을 공부할 수 있는 대중화, 사회화의 길이 열린 것은 인류에게 참으로 다행한 일이 아닐 수 없습니다. 그동안 간화선을 잘 보존해 온 한국 조계종단을 통해 간화선이 세계화될 시절인연이 열리고 있는 것은 축복해야 할 일입니다.

다음에는 '화두란 무엇인가?'를 말씀드리겠습니다.

화두는 공안에서 비롯된 의심입니다. 공안이 어록이나 공안집에 기록되어 전해오는 1,700여 깨달음의 기연들이라면, 화두는 선지식께서 공안을 통해 공부인으로 하여금 의심케 한 것을 말합니다. 간화선의 창시자 대혜종고 선사는 《서장》에서 이렇게 말했습니다.

"천 가지 의심과 만 가지 의심이 다만 하나의 의심이다. 화두 위에서 의심이 타파되면, 천 가지 의심과 만 가지 의심이 일시에 타파될 것이다."

공부인은 스스로 의문을 일으키게 한 공안을 자세히 살펴야 합니다. 이렇게 하다 보면 의심이 점점 커지면서 본격적으로 화두가 들려지게 됩니다. 곧 화두를 의심하지 않으려 해도 의심할 수밖에 없는 상태를 말합니다. 그렇지만 생기지도 않는 의심을 억지로 하려고 한다거나, 화두가 잘 들려지고 있다고 착각하고 밀어붙인다면 모두 사구인 것입니다. 활구의심인 화두가 역순경계에 관계없이 동정(動靜) 가운데 들려진다면 의심하려 하지 않더라도 화두가 들려지는 의정 상태가 형성됩니다. 백산무이 선사는《참선경어(參禪警語)》에서 이렇게 말했습니다.

"의정이 일어나면 그것이 뭉쳐서 한 곳에 엉겨 있게 되고, 그 의정이 깨지고 나면 생사심도 깨진다."

처음부터 끝까지 오직 화두를 붙들고 전심전력으로 몰입하여 생사관을 타파함으로써 일대사 인연을 해결토록 한 것입니다. 이렇게 활구를 들고 공부를 지어간다면 온갖 역순경계를 만나도 더 이상 끄달리지 않게 될 것입니다. 한 번 더 말하자면 화두의 불꽃이 치성해지면, 공부인의 몸과 마음도 극단으로 치달아서 마침내 화두가 타성일편 되어 의단이 독로하게 되고, 시절인연 따라 무명업식이 본래 허망한 것임을 깨닫게 될 것입니다. 이 원리대로 공안에서 비롯된 화두의 불꽃을 일으킬 수 있어야 간화선 수행이라고 할 수 있습니다. 이렇듯 간화선은 공안상에서 의심되어진 화두를 들고 공부할 수 있어야 합니다.

이어서 수불은 간화선 수행을 하는 데 '선지식의 역할'에 대해서 말했다. 공부인이 선지식을 만나는 것은 백번 천번을 강조해도 지나침이 없었다.

모든 사람이 불성을 지니고 있기 때문에 인연만 닿는다면 누구에게나 깨달음의 길은 열릴 수 있습니다. 그러기 위해서는 무엇보다 눈 밝은 선지식을 만나지 않으면 안 됩니다.

명안종사는 전도몽상에서 깨어나 중도실상을 눈뜬 분입니다. 공부인이 법에 대해 물어올 때 눈 밝은 선지식은 고통의 원인, 번뇌를 일으키게 한 원인 제공자가 무엇인지에 대하여 깨닫도록 이끌 수 있어야 합니다. 마음속에서 번뇌가 불타고 있는 한 아무리 지식을 채우고 착한 행동을 하더라도 고통의 뿌리는 뽑히지 않습니다. 모두 번뇌망상 속의 일에 불과할 뿐입니다. 선지식은 공부인으로 하여금 화두 공부를 통해 번뇌가 본래 없었음을 확인시켜 줄 수 있어야 합니다.

공부인이 선지식을 만나 화두를 들게 되면 필연적으로 칠통, 즉 무명업식과 만나게 되는데, 그것은 칠흑처럼 어둡고 안개처럼 막막합니다. 그 짙은 어둠 속에서 많은 경계에 부딪히면 자칫 두려움이 몰려오고 겁이 나서 화두를 놓고 물러나기 쉽습니다. 이때 선지식이 옆에서 호법을 서주면서 공부인이 물러섬 없이 전진하여 정신적인 벽을 무너

뜨릴 수 있도록 믿음과 용기를 북돋워 주는 역할을 할 것입니다. 그러므로 올바른 선지식을 만나면, 이 공부의 반은 성취된 것과 다름없습니다. 간화선 수행의 승패는 전적으로 선지식의 지도에 달려 있다고 해도 과언이 아닙니다.

이어진 '간화선 수행의 실제' 내용은 작년 〈제1차 간화선 국제학술대회〉 때 발표한 원고와 비슷하다며 수불이 양해를 구하며 빠르게 읽었다. 그런 뒤 '간화선의 세계화'에 대한 원고를 시작할 때와 같이 음미하듯 천천히 읽었다.

오늘날 세계는 과학의 발전에 힘입어 명실상부한 '지구촌 공동체'를 형성하여 하나의 시공간 속에서 살고 있습니다. 과거의 한계를 뛰어넘어 실시간으로 정신적인 이익을 공유할 수 있는 기술적 토대가 선을 통한 여유로운 삶을 전 세계인들과 나눌 수 있는 시절인연을 불러왔다고 해도 과언이 아닐 것입니다. 지금의 IT 시대는 선의 르네상스를 예고하고 있는 것입니다.
세계적인 IT 전문잡지 〈와이어드〉의 창업자인 케빈 켈리는 '마음 비움'이야말로 미래 경영의 키워드라고 강조합니다. 21세기 들어 정치·경제·사회·문화 등 어느 분야에서건 리더가 되려면 급변하는 시대 변화의 흐름을 읽어내는 능력이 필요하다는 것입니다. 전문가일수록 자기 전문 지식에 가려 새로운 사회현상을 놓치기 쉽기 때문에, 자신의 마음을 비우고 오직 일어나는 그대로의 현상에 집중하는 훈련을 받아야 한다고 강조합니다.

마음을 비우고 정신의 힘을 기르는 일은 비단 리더들만의 관심사가 아닙니다. 미국의 경우, 이미 명상이 보편화되어서 미국국립보건원의 연구에 따르면 2007년에 2,000만 명 이상이 지난 1년 동안 최소 한 번 이상의 명상을 체험해 봤다고 합니다. 이는 2002년의 1,500만 명에 비해서 월등히 증가한 수치입니다.

이런 명상 문화의 자연스러운 흐름을《보보스: 디지털 시대의 엘리트》의 저자인 데이비드 브룩스는 1850년대 금맥을 찾아 미국으로 몰리던 골든러시에 비유하면서, 정신적 수련을 추구하는 문화적 트렌드에 맞추어 소울러시라 명명하고 있습니다. 이러한 현상은 웰빙 바람과 발맞추어 점차적으로 늘어나고 있는 추세에 있으며, 어떤 종교를 가릴 것 없이 명상 프로그램의 개발에 적지 않은 힘을 쏟고 있습니다. 이러한 명상 문화는 이 시대의 확실한 문화현상의 하나가 된 지 오래이며, 심지어 마인드 인더스트리라는 말까지 나올 정도입니다.

한국은 그동안 경제, 정치 분야에서의 발전을 바탕으로 이제 문화적인 도약을 준비하고 있습니다. 지금 한국은 세계적인 수준의 명품을 생산해 낼 수 있는 수준에 이르렀습니다. 또한 최근에는 한류라는 이름으로 아시아를 넘어 멀리 유럽에까지 인기를 끌기 시작했습니다. 그동안 한국은 먼저 IT(Information Technology) 기술을 발전시켰고, 이어 CT(Culture Technology) 기술을 개발해 한류 문화상품을 수출하고 있습니다. 이제 바야흐로 한국의 전통 정신문화에 잠재되어 있는 ST(Spirit Technology) 기술을 개발하여 세계에 알려 정신적 가치를 나눌 때가 되었다고 생각합니다.

끝으로 선불교가 세상에 등장하면서 인류를 무지에서 깨어나게 할 수 있는 정신적 혁명을 불러일으켰다고 생각합니다. 의심을 통해 근본을 밝히는 간화선은 부처님이나 신을 무조건 믿는 모습에서 벗어나게 했습니다. 서로를 믿지 못하는 의심이 아니라 의심을 깨뜨리기 위한 의심을 통해 깨달음의 눈을 여는 것입니다. 이와 같은 가르침으로 오늘날 인류는 더 큰 눈을 뜨고 진정한 자유와 행복을 추구함으로써 새로운 문명 세계로의 여행을 할 수 있게 된 것입니다.

그동안 이 땅에서 고스란히 보존해 온 간화선이야말로 한국이 세계에 내놓을 수 있는 최고의 정신문화 명품입니다. 간화선 수행을 통해 세계인들이 무명을 밝히고 보다 행복해지고 건강한 삶을 영위할 수 있는 시절인연이 열리고 있는 것입니다. 최고 지성인들부터 시작하여 전 세계인들이 간화선 수행을 배우러 한국으로 몰려올 날이 머지않았습니다. 이번에 동국대에서 열리는 간화선 국제학술대회가 그 시발점이 되기를 기대합니다.

수불의 기조 강연이 끝나자 여기저기서 박수로 호응했다. 특히 수불이 다가오는 시대를 '선의 르네상스'로 규정하고 수행과 명상이 보편화되고 있는 흐름 속에서 불교계가 전승, 보존해 온 정신문화인 간화선을 세계에 알리는 데 앞장서야 함을 강조했을 때 더 큰 박수 소리가 났다. 그리고 선불교가 세상에 등장하면서 인류를 무지에서 깨어나게 할 수 있는 정신적 혁명을 불러일으켰으며 간화선은 부처님이나 신을 무조건 믿는 모습에서 벗어나게 했다며, 이 땅에서 고스란히 보존해 온 간화선이야말로 한국이 세계에 내놓을 수 있는 최고의 정신문화라고 말했을 때도 반응은 마찬가지로 뜨거웠다.

미국 UCLA 교수이자 동국대 불교문화원장인 로버트 버스웰은 자신의 논문에서 간화선 수행에서 중요한 동력이 되는 '의심'의 역할에 대해 고찰했는데, 간화선을 체험한 안국선원 신도들은 바로 이해할 수 있었다.

"간화선 수행에서 강조되는 의정은 선 수행을 진전시키

는 원동력으로 간주되며 인도불교에서 극복되어야 할 장애물로 인식되는 것과 달리 동아시아 불교에서는 수행자를 깨달음으로 인도하는 주된 동력으로 전환됐습니다."

그 근거를 고봉원묘 스님에게서 찾았다.

"고봉원묘 스님은 의심에 대한 원오 스님의 관점을 완전히 뒤집어서 수행자를 깨달음으로 이끄는 주요한 힘으로 다시금 착상해 냈습니다. 간화선에 대한 고봉 스님의 기여는 혁신적 사유에서 비롯됐다기보다 다른 선사들의 사유를 그가 명확하게 설명한 사실에서 비롯되었습니다. 특히 간화선의 주요 요소를 대신근, 대분지, 대의정의 삼요라는 용어로 체계화한 점은 간화선 수행에 대한 고봉 스님의 설명이 가진 가장 영향력이 있는 특징입니다."

이밖에 제1차 대회 때 참가하지 않았던 미국 테네시대 미리암 레버링 교수, 미국 아이오와대 모턴 슐터 교수, 중국 무한대 마 티엔샹 교수, 중국 사회과학원 황 샤니엔 교수, 미국 사라로랜스대 그리피스 포크 교수, 일본 하나조노대 나까지마 시로 교수, 미국 그리피스대 존 조르겐슨 전 교수 등도 각자 간화선 연구 논문을 발표해 활발한 토론을 벌였다.

한편 학술대회에 이어 국내외 불교학자들은 22일부터 23일까지 충주 석종사, 문경 봉암사, 대구 동화사, 김천 직지사 등을 순례하고 혜국, 적명, 진제 종정 스님과 간화선 수행을 주제로 한 대담을 진행했는데 수불은 참여하지 못했다. 국내외 학자들의 논문을 취합하는 동국대 국제선센터 일과 〈불교신문〉의 사무와 안국선원의 법문 때문이었다.

다음 해 봄.

수불은 작년에 미처 순례하지 못한 중국 선종 사찰 황벽사, 임제사, 보통사, 양기사 등에 갔고, 여름에는 문수신앙의 성지인 중국 오대산을 순례하면서 신심을 증장했다. 가을에는 아쇼까왕의 아들 마힌다와 딸 상가밋따에 의해 불법이 처음으로 전해진 스리랑카를 순례했다. 불교 성지를 순례하는 이유는 단 하나였다. 중국 선종 사찰을 참배하는 것은 스승과 제자 사이에 조사선과 간화선이 어떻게 인연 지어지는가를 보기 위함이었고, 문수신앙의 성지 중국 오대산을 순례하는 것은 잠시나마 순례 일행 모두가 문수의 친구가 되어보자는 발원이었고, 스리랑카 불교 성지를 답사하는 것은 초기불교의 원형을 맛보자는 소망이 컸던 것이다. 수불은 순례가 됐든 답사가 됐든 신도들에게 다음과 같이 당부하곤 했다.

"순례하면서 나그네로 다니지 말고 주인공으로 다니길 바랍니다. 따뜻한 가슴이 없는 순례는 공허한 관념이나 지식일 뿐이지요. 예컨대 전생에 왔던 곳인데 지금은 어떤 모습으로 변했는지 살펴보라는 겁니다. 눈뜬 사람은 보일 것입니다.

순례하면서 가져야 할 자세가 또 있지요. 의상 대사의 〈법성게(法性偈)〉에 나오는 구절입니다만 일즉다 다즉일(一卽多 多卽一), 하나가 전체가 되고 전체가 하나가 되는 순례가 되어야 합니다. 그래야만 더 행복하고 보고 듣는 것이 깊어질 겁니다."

또한 신도들을 격려하는 말도 잊지 않았다.

"여러분은 간화선 체험을 한 뒤부터 바쁜 일상생활 속에서도 마음이 안정된 어떤 힘을 느꼈을 겁니다. 행복한 길을 찾은 것이지요. 그렇다고 길을 찾았다고 공부가 끝난 것은 아닙니다. 이제는 자신이 찾은 길을 흔들림 없이 가는 공부를 계속해야 합니다. 여기 모인 분들은 그런 분들이라고 믿습니다."

스리랑카 순례를 마치고 돌아온 수불은 마침내 선종본찰의 위상이 드높았던 출가본사인 범어사에 눈길을 돌렸다. 십우도에서 자신이 떠났던 자리로 다시 돌아오는 입전수수의 마음이었다. 수불은 범어사 주지 선거에 입후보했다. 선거는 순리대로 진행되었고, 2012년 4월 15일 수불은 범어사 주지가 되었다. 수불은 주지 진산식에서 다음과 같은 산문시를 낭송했다. 이른바 취임사였다.

금정산의 봄빛은 예나 지금이나 변함이 없지만
중생들의 고달픈 삶은 스스로 사로잡힌 굴레 속에서
쉼 없이 반복됩니다.

소납이 이번 무거운 소임을 맡게 된 것은
아마도 숙세부터 지어온 업을 닦아
불조로부터 받은 크고 깊은 은혜를
중생들과 함께하라는 소명이 아닌가 싶습니다.

조계종의 정화종찰이며
용성, 동산 대종사의 선맥이 흐르는 선찰대본산인 범어사는
근대 한국불교의 부침의 본향이며 그 사령부였습니다.
또한 한국 최대 불교 도시 중심부요,
통합 조계종의 산실이었습니다.
이러한 의무는 보살도를 이룰 때까지
미래세가 다하도록 이곳에 남아 있을 것입니다.
소납은 출가할 때의 그 마음을 한순간도 놓지 않았습니다.
이제 범어사와 부산불교, 나아가 한국불교의 중흥을 통한
대한민국의 발전과 그 뜻을 함께하겠습니다.

오늘 이 자리에 나투신 제불조사의 법신과
원로대덕 문중스님들, 종단의 소임자스님들,
그리고 불자님들과 공직에 계시는 정관계자 분들의
사자 같은 눈빛도 소임을 내려놓는 그 순간까지
잊지 않겠습니다.

금정산의 물길 따라 이어져 온 범어사의 정신은
끝없이 후손들에게 면면히 흘러나갈 것입니다.

성불하십시오.

수불은 가능한 한 범어사를 떠나지 않았다. 인근에 부산
안국선원이 있었지만 간화선 집중수행 때만 들렀을 뿐 범어사
에서 국내외 인사를 만났다. 산중에 매화꽃이 피면 매화는 말
이 없어도 그 매화꽃 향기를 맡으러 산 아래 사는 사람들이 올
라오는 법이었다. 인도에서, 미국에서 수불의 가르침을 듣기
위해 기업가, 명상가, 석학들이 범어사를 찾아왔다.

부산 안국선원 법당(수불 스님과 베누 스리니바산)

6
장

∞

명상가 차드 멍 탄의 질문1

2014년 10월 17일.

　싱가포르 출신의 미국인 명상 지도자 차드 멍 탄과 그의 아내가 범어사 주지 접견실로 오후 2시쯤 수불을 찾아왔다. 구글의 엔지니어인 44세의 차드 멍 탄은 검은색 얇은 털스웨터에 바지를 입고 있었고, 긴 생머리를 한 그의 아내는 우윳빛 반코트에 검은색 바지를 입은 수수한 차림이었다. 차드 멍 탄뿐만 아니라 양손에 단주를 찬 그의 아내도 불자임이 분명했다.

　젊은 여성 두 명도 따라왔는데 한 사람은 통역이었고, 또다른 여성은 차드 멍 탄의 명상 프로그램을 한국에 도입하고자 하는 여성이었다. 주지실 시자가 말차와 다과를 작은 소반에 담아 내왔다. 분청사발에 담긴 말차는 유난히 눈길을 사로잡는 연둣빛이었다. 수불은 차드 멍 탄에게 바쁘겠지만 범어사에서 며칠 머물다 가면 좋을 것이라고 덕담했고, 차드 멍 탄은 스님에게 합장하며 배우고 싶어서 왔다고 진지한 태도를 보였다. 그러자 수불이 아무 질문이라도 해보라고 웃으며 말했다.

"난 출가해서 40년 동안 참선만 했어요. 그래도 모르는 것이 많지만 아무 질문이나 해봐요."

"예, 질문드리겠습니다. 사마타, 위빠사나 명상과 공안 시스템의 차이가 뭔지 여쭤도 되겠습니까?"

차드 멍 탄의 첫 질문으로 보아 아마도 수불이 어떤 스님이라는 것을 미리 알고 온 듯했다. 명상 지도자 차드 멍 탄이 수불에게 명상과 선의 차이를 묻는 것은 자연스러웠다. 차드 멍 탄은 엔지니어답게 선을 공안 시스템이라고 말했다. 수불은 명상과 선의 차이를 설명했다.

"명상과 선은 분명히 다른 데가 있지요. 흙탕물을 예로 들어보겠습니다. 명상은 흙탕물이 맑아질 때까지 흙을 가라앉히는 것이고, 선은 가라앉힌 흙도 흔들어 뽑아서 없애버리는 거예요. 흔들어도 다시는 흙이 일어나지 않게 하는 선 하고는 차이가 분명하지요. 흙을 뽑아 없애버렸으니 흔들어도 맑은 물만 일어나는 거지요.

시대적으로 수행법의 변화가 있어 왔어요. 종교 이전에는 요가 같은 육체적인 수행법이 있었고, 종교 이후에는 명상 같은 정신적인 수행법이 나왔지요. 불교 안에서도 남방불교와 대승불교의 수행법에 있어서 차이가 커요. 이제 그 차이를 어떻게 좁히느냐 하는 입장도 생각해 볼 수는 있겠지요. 그 차이란 수행법에 있어서 의심이란 게 기준이 될 겁니다. 어디까지나 제 개인적인 생각입니다만, 남방불교는 있는 그대로 바라보는 수행법이니까 의심이 없어요. 의심할 여지 없이 '일어나고 사라짐'을 지켜보는 것이니까. 그런데 대승불교는 의심을 어떻게 하느냐, 얼마만큼 집중력 있게 하느냐, 그렇게 해서 그 의심이 깨질 때에 일어나는 현상과 깨지고 난 뒤의 수행을 어떻게 해야 되느냐, 이런 입장들이 있는 것이지요."

수불은 명상과 선의 차이를 두 가지로 정리했다. 하나는 흙탕물의 비유를 들었고, 또 하나는 의심의 유무를 가지고 말했다. 그러자 차드 멍 탄은 명상과 선을 결합한다면 완벽해지는 것이 아니냐고 물었다.

"그럼 화두의심(Great Question)에 사마타나 위빠사나 명상을 덧붙이면 완벽할 것 같은데, 맞습니까?"

"위빠사나 명상은 남방불교에 나름대로 있는 것인데, 수행 시작부터 그냥 조용한 상태로 평온을 유지하다 보니까 선과 본질적으로 달라요. 선은 번뇌망상을 가라앉히지 않고 조용한 상태와 상관없이 수행을 하니까요.

부처님은 원래 근본무명이 있다고 했어요. 어둠이 있다는 거지요. 그러니까 그 어둠까지 타파해서 어둠이 없는 '본래 자리' 그것을 자각해라! 그것을 깨닫지 않으면 안 된다. 이런 말씀을 하셨거든요. 이걸 좀 쉽게 표현해 볼까요? 눈이 보는 겁니까? 아니지요. 눈으로 하여금 보게 하는 것일 뿐이지요. 눈이 보는 것이 아닙니다. 눈이 인연 따라 보는 작용을 할 뿐이지요. 다시 말해서 눈이 보는 것이 아니라 눈으로 하여금 보게 하는 놈이 보는 거지요. 그걸 우리는 마음, 정신, 혼, 생명 이런 것이라고 말하는데 그것은 이론일 뿐입니다. 그 실체를 직접 체험해 봐야 해요. 그 체험을 하기 위해서 수행이라는 것이 만들어졌고, 수행을 통해서 그것을 체험하는 것이지요. 체험했을 때의 행복은 체험한 자만이 느낄 수 있어요."

차드 멍 탄은 수불의 긴 설명에 명상과 선이 결합하기가 어렵다는 것을 알고 질문의 방향을 틀었다. 동남아 특유의 까무잡잡한 피부 때문인지 그가 질문할 때마다 그의 치아가 더 하얗게 보였다.

"알겠습니다. 그럼 화두의심은 마음을 정화하고, 삶의 미래 방향 같은 것을 제시하는 것입니까?"

"화두를 제대로 들게 되면 의심을 하지 않을 수가 없어요. 하려고 해서 하고 하지 않으려고 해서 안 되고 이런 차원이 아니에요. 화두공안에 딱 걸리면 의심을 하게끔 되어 있어요. 처음에는 의심을 지어서 하지만 나중에는 의심 속에 들어가 버려요. 간화선은 의심을 유도하는 수행법이지요. 의심을 통해서 깨달음이 오는 거지요.

깨달음을 통해서 생긴 믿음과 깨닫기 전의 믿음은 전혀 달라요. 차드 멍 탄 선생이 말한 마음의 정화 그 이상이지요. 불법에 눈을 뜬 상태, 육안(肉眼)과 천안(天眼)은 전혀 다른 입장이라고 할 수 있어요. 안목의 큰 변화가 오는 것이지요."

"화두를 혼자 하는 명상에 어떻게 적용할 수 있을지 궁금합니다."

"명상은 어떨지 모르지만 화두를 혼자 드는 것은 극히 위험해요. 아주 전문적인 화두에 대한 정확한 입장을 가지고 있는 선지식을 만나야지 화두공안에 바로 들어갈 수 있고, 거기서 벗어날 수 있는 길도 생기지요. 그러니까 화두 수행은 혼자서는 아주 제한적입니다. 그건 어쩌면 거의 불가능하다고 봐야 해요. 그래서 대중화하는 데에는 한계가 있을 수밖에 없어요. 그래도 대중화하지 않으면 공부하려고 하는 사람이 적어질 수밖에 없으니까 어떻게든지 보편화시키려고 노력하는 거지요."

"서양에서도 화두 같은 것을 가지고 혼자 깨달은 사람이 있습니다. 의도하지 않고 우연하게 깨달음을 얻었다고 합니다. 극심한 우울증으로 자살까지 시도했던 에크하르트 톨레라는 명상가입니다."

"그런 사람이기 때문에 더 깨달을 수 있어요. 그런데 혼자 깨달을 수는 있는데 먼저 깨달은 사람에게 점검을 받아야만 해요. 그것이 깨달음인지 아닌지를 알려면.”

“그분이 이렇게 생각을 했답니다. 어느 날 ‘견딜 수가 없구나. 나는 나라는 사람이 싫어, 나라는 사람이 싫어’라는 생각을 계속하다가 화두 같은 질문에 사로잡힌 것입니다. ‘나라는 사람을 견디지 못하게 하는 나는 누구인가?’ 이 질문을 계속하다가 깨달음이 왔다고 합니다. 백인이기 때문에 불교에 관해서 아는 것이 전혀 없었지요. 자기 자신한테 무슨 일이 일어났는지 전혀 모르다가 오랜 시간이 지난 뒤에 어느 날 어떤 스님에게 자문을 구했더니 네가 체험한 것이 바로 불교의 깨달음이라고 말씀해 주셨다는 것입니다.”

수불은 에크하르트 톨레에게 깨달음(Enlightenment)이 온 것인지, 아니면 명상에서 말하는 깨어남(Awakening)이 온 것인지 알 수는 없었지만 일단은 수긍을 해주었다.

“음, 그럴 수도 있어요. 그런데 그게 한계가 있지요. 그 한계를 벗어날 수 있는 또 다른 체험을 해야 돼요. 에크하르트 톨레의 체험은 보통을 넘어선 특별한 것인데, 그보다 더 굉장한 입장에서 봤을 적에는 별것도 아닐 수 있어요. 이 부분은 자칫 잘못하면 내가 오해받을 수 있는 소지가 있기 때문에 말하기가 조심스러워요.”

차드 멍 탄은 자신이 질문을 하고 수불이 대답을 하는 동안 명상과 선이 어떻게 다른지를 조금은 이해했다는 표정을 지으면서 수행 방법으로 화제를 바꾸었다.

"남방불교와 북방불교, 둘 다 어떤 수행법을 서양 사람들에게 알리면 좋겠습니까?"

"불교는 똑같은 것이지요. 다만 대승불교의 참선을 수행해 온 나로서는 대승불교의 수행법으로 그 가치관을 인식시켜주는 것이 필요하지 않겠나, 하는 생각이에요. 불교적인 본질에서는 남방불교나 북방불교나 차이가 없어요. 다만 수행 방법의 차이가 있지요. 남방은 의식주가 해결된 상태에서 그 환경에 따른 수행법이 발전했고, 북방은 겨울을 나야 되니까 일하면서 수행해야 하는, 수행에만 전념할 수 없는 환경이었던 거지요. 누가 도와주기 전에는 혼자서 도움 없이 사시사철 견디며 수행하기 힘드니까 그런 환경에 따르는 수행법이 제시되지 않았나, 하는 생각이 듭니다.

그러니까 환경에 따른 수행법이 나타났는데, 남방불교보다는 북방불교의 수행법이 세계를 더 변화시키고 발전시키는 데 도움을 주지 않았나, 하고 제 개인적인 생각을 해봅니다. 아무튼 남방불교든 북방불교든 선지식은 필요해요. 어떤 면에서는 남방불교 수행자에게 선지식이 더 필요하다고 생각해요. 쉽게 들어가서 어느 단계까지는 수행에 진전이 있는데, 그 이상 가려고 하면 엄청나게 힘들다고 해요. 반면에 북방불교 수행은 처음엔 어려운 것 같지만 어느 정도 들어가면 쉬워질 수가 있거든요."

수불이 말하는 동안 차드 멍 탄은 가만히 말차를 마셨다. 그런 뒤 합장하면서 또 질문했다.

"스님, 두 수행법을 합칠 수 있는 방법이 정말로 없겠습니까? 처음에는 쉽다가 가면 갈수록 어렵고, 처음에는 어려웠는데 가면 갈수록 쉽다고 하니까요. 처음도 중간도 끝도 쉬운 방법 말입니다."

"두 수행법은 다 같이 부처님이 가르쳐놓은 것이니까 우리는 부정할 수는 없어요. 다 인정해야 하지요. 그것을 잘 조화시키면 인류에 더 많은 이익을 가져다줄 수 있을 거예요. 그 자체를 부정하면서 이건 부처님 법이다, 아니다 이렇게 말하면 안 됩니다. 모두 훌륭한 수행법이에요. 자기 수행 방법만 옳다고 집착하면 안 되겠지요."

"그럼, 어떻게 조화를 시킬 수 있겠습니까?"

"어떻게?"

"예, 두 가지 수행법을 어떻게 조화시킬 수 있겠습니까?"

"지금 당장 얘기하라고?"

주지 접견실에 모인 사람들이 모두 크게 웃었다. 조용히 앉아 있던 차드 멍 탄의 부인도 미소를 지었다.

"예. 제가 여기에 더 머물러야 되겠습니까?"

"그래도 수행에 관심을 가져주니까 고맙고 좋아요."

수불은 차드 멍 탄을 바라보면서 미소를 지었다. 마치 제자가 스승을 찾아와 절실하게 묻고 있는 것 같아서였다. 포교국장스님이 차드 멍 탄의 긴장을 풀어주기 위해 말했다.

"구글에서 사원들에게 정기적으로 강의를 하신다는 얘기를 들었는데 보통 몇 명에게 합니까? 몇백 명? 몇천 명?"

"보통 60명 정도가 한 번씩 듣고 갑니다. 교육 프로그램이 어떻게 이루어져 있냐 하면, 60명 정도가 일주일에 한 번씩 듣는데 7주 과정입니다. 구글 직원들이 근무하다가 강의 시간에 와서 2시간에서 2시간 반 정도 듣습니다. 개인들에게 7주 동안 적어도 15시간은 혼자 명상을 하라고 권유합니다. 대부분의 직원들은 이 정도만 해도 '이게 내 삶을 바꾸는 체험이었다'고 말합니다.

저희 '내면검색(Search Inside Yourself) 프로그램'이 그렇고, 틱낫한 스님이나 달라이 라마 존자님, 존 카밧진(Jon Kabat Zinn) 박사님이 구글에 오시면 제가 호스트를 합니다. 500명 규모의 강당이 항상 꽉 찼기 때문에 지금은 강의 내용을 녹화해서 유튜브로 내보냅니다. 얼마 전에 존 카밧진 박사님 강연 유튜브 영상은 조회 수가 200만 건이 넘었습니다. 지금 제가 하고 있는 내면검색 프로그램 7주 과정을 영상으로 만들었습니다. 저의 프로그램을 진행할 수 있는 강사를 양성하기 위해서입니다. 10년 안에 강사를 100만 명 이상 양성하는 것이 저의 목표입니다."

"선한 일을 하고 있네요. 종교가 수단이듯 수행도 수단이
지요. 차드 멍 탄 선생이 내면검색 프로그램이란 수단을 통해
사람들이 강의만 듣는 데서 멈출 것이 아니라 더 나아가 직접
적인 자기 체험을 하게 해야겠지요."

"스님 말씀에 동감합니다. 저희 수업에서도 마음을 단순
히 고요하게 하는 거기에서 한 걸음 더 나아가려고 합니다. 저
희 내면검색 프로그램은 세 단계가 있습니다.

첫 번째 단계는 기초적인 위빠사나, 사마타 단계로 마음
을 가라앉히고 맑히는 것입니다. 두 번째 단계는 위빠사나, 사
마타를 이용해서 자기 자신을 바라보고 성찰하는 것을 가르칩
니다. 이 과정을 거쳐 자신을 정화시키는데 첫 번째는 자신의
감정이 일어나고 사라짐을 지켜보고, 두 번째는 정신적·인지
적 과정을 지켜보고, 마지막으로 나의 전체를, 나의 모습을, 나
는 누구인가를 들여다보라고 합니다.

왜냐하면 실제로 회사 직원을 상대로 가르치기 때문에 심
리학적인 용어 EQ, 즉 정서지능 혹은 감성지능이라는 것을 응
용해서 특히 세 가지를 강조합니다. 자기 자신을 인식하는 것,
자기 자신을 조절하는 것, 마지막으로 나를 어떻게 하면 동기
화시킬 수 있는지에 대한 것입니다."

"그것만 하더라도 효과는 충분히 있겠네요."

"네, 마지막 세 번째 단계는 기본적으로 자비심이라고 하는 친절과 연민입니다. 회사에서 '자비심', '연민' 이렇게 얘기하면 공감을 쉽게 못 하기 때문에 저희 수업에서 그걸 어떻게 얘기하느냐 하면 대인관계에 대한 스킬, 어떻게 하면 리더십을 기르느냐, 좋은 리더가 되는 법 등으로 바꾸어 가르칩니다. 피드백으로 성공 여부를 가늠하는데, 이 수업을 듣고 '나는 더 나은 사람이 되었다. 더 좋은 사람이 되었다'는 평가가 많았습니다. 제가 받았던 피드백 중에 가장 인상 깊었던 것은 '나는 나 자신과 다른 사람에게 더 친절한 사람이 되었다'라는 것이었습니다."

"수행을 하면 스스로 겸손해지고 자비심을 내려고 하지 않아도 나올 수밖에 없어요. 내가 '착한 일을 해야지!'가 아니고 이미 착한 일을 하고 있지요. 수행의 결과가 그래요. 위빠사나 수행도 그렇게 나오고 대승불교 수행도 그렇게 나오지요. 그러나 수행자가 궁극적으로 도달해야 할 목표는 같겠지만 남방불교와 북방불교의 수행하는 입장이 다르기 때문에 변화를 느끼는 것은 조금 차이가 있을 거예요. 교리적인 차이도 있지만 수행의 결과에 대한 차이도 없지 않을 겁니다. 그걸 뭐라고 표현하기가 미묘해요.

나는 구글에서 하는 수행 프로그램에 대해서 100% 공감해요. 왜냐하면 세상 사람들은 그런 수행 방법을 만나 본 적이 없어요. 그러니까 만나자마자 굉장히 도움을 받는 거지요. 서양은 기독교 사상이 몸에 배어 있을 것 아니에요. 동양적인 어떤 사고를 '믿어라!'가 아니고 한번 '해봐라!'니까, 해봄으로써 무슨 변화가 오니까, 믿고 안 믿고를 떠나서 느낌이 달라지니까, 굉장히 좋은 에너지가 나오니까, 본인 스스로가 만족하게 되지요.

우린 대부분 위빠사나를 가르쳐본 적이 없어요. 한국의 선승들은 전통적으로 해온 간화선 수행에 대해서 관심이 많지요. 처음부터 간화선으로 수행했고 지금도 그런 입장이지요. 한편으로 위빠사나도 부처님 가르침이니까, 관심 안 가질 수도 없어요. 오히려 쉽게 빨리 다가올 수 있는 것은 사마타나 위빠사나 수행이구나, 하는 정도지요. 이제는 전문 수행자들도 그것을 배우고 이해하고 소화하고 넘어서서 또 다른 어떤 입장까지도 한번 직접 체험해 볼 수 있는 거지요.

다만 어떤 수행법이든 '이것이 전부이고 최고다' 이렇게 고집하고 집착하면 안 돼요. 부처님 가르침을 통해서 깨달을 수 있는 눈높이가 높아진다고 하면, 나뿐만 아니라 또 다른 사람한테도 그게 더 좋은 방법 아니겠어요? 이제 그것을 찾아 많은 사람들한테 나누어줘서 공감대를 형성할 수 있다면 좋은 일이지요.

오히려 지금이 윤리적이나 도덕적으로 과거 100년 전,

200년 전, 천 년 전보다 더 완벽해졌어요. 내가 볼 적에는, 엉망진창 된 것 같아도 어떤 질서라든가 도덕이 무너진 게 아니에요. 더 분명해지고 있어요. 그렇지 않으면 기계문명을 못 따라가요. 밸런스를 못 맞춘다고나 할까. 어찌 보면 기계문명이 발달한 것만큼 정신문명도 동반 상승해서 밸런스를 맞추고 있는 거지요.

모르는 사람 입장에서는 다 무너지고 얼마 못 가서 큰일 나겠다, 이런 생각을 하겠지만 지금 이 지구촌에 70억 명이 살고 있다는 사실이 분명하게 증명하고 있어요. 이렇게 많은 인구가 어떻게 지구촌에 살 수 있겠어요? 문제점이 많지만 그래도 질서를 유지하면서 변화하고 발전해 가는 것을 보면 정신적 가치가 충분히 컨트롤하고 있다는 얘기지요. 그러니까 우리보다 뒤에 태어나는 사람들이 더 자유롭고 행복한 거지요. 더 힘들고 어렵다고 착각할지는 몰라도 그렇진 않은 것 같아요. 생각하기 나름이지요. 그러니까 수행을 가르치는 사람이 중요해요. 어떻게 가르치느냐에 따라서 그것을 폭넓게 사용할 수 있는 것이니까. 수행자는 이 사회를 변화시켜야 할 의무가 있어요. 사람들이 긍정적 사고를 할 수 있도록 하는 것도 하나의 방법이지요."

"말씀하신 모든 것에 동의합니다. 이 일을 시작할 때 단 하나의 목표만 세웠습니다. 세계평화를 위한 조건을 내 인생,

내 생애에 만드는 것이었습니다. 처음 시작할 때는 기대도 안 했고 성공할 확률은 0%였습니다. 지금 현재는 가능성이 0%는 아니라고 생각합니다."

수불이 고개를 끄덕이면서 남은 말차를 마저 마셨다. 차드 멍 탄도 손을 대지 않던 사발을 들고 물 마시듯 말차를 쭉 들이켰다. 수불이 금정포교당 초기 때 간화선 수행 지도에 실패했던 기억을 떠올리며 말했다.

"나랑 비슷하네요. 내가 간화선 수행 지도를 시작할 때 사람들이 내 얘기를 못 알아들어서 실패했다고 생각했는데 지금은 아니지요. 문제가 사람들에게 있었던 것이 아니고 나한테 있었어요."

수불의 말에 차드 멍 탄이 '스님도 실패하셨다고요?'라는 놀란 표정을 지으며 소리 내어 웃었다. 수불은 스스럼없이 크게 소리 내어 웃다가도 문득문득 진지해지는 차드 멍 탄에게서 오스트리아 작곡가 모차르트 같은 천재성을 느꼈다.

∞

명상가 차드 멍 탄의 질문2

주지실 시자가 보이차를 투명한 유리 다관에 담아 내왔다. 보이차의 갈색 빛깔이 가을 오후 시간과 잘 어울렸다. 수불과 차드 멍 탄은 긴 시간 대화를 하느라고 목이 말랐다. 따뜻한 보이차가 입 안과 목구멍을 적시자 몸 안의 세포들이 기운을 얻었다. 체온이 조금 올라갔고 힘이 났다. 차드 멍 탄이 수불에게 동의를 구하듯 손가락을 하나 둘 셋 꼽아가며 이야기를 마저 했다.

"스님, 제가 세계평화를 이루려고 생각했을 때 세 가지를 생각했습니다. 어떤 것을 통해서 할 것이냐면, 내면의 평화, 내면의 기쁨, 그리고 연민과 자비였습니다. 왜 세 가지를 통해야 되냐면, 스님의 말씀에 정말 동의하는 게, 연민과 자비심이 세계평화를 이룩하는 데 있어서 방아쇠 역할을, 촉매 역할을 할 수 있다고 생각했기 때문입니다. 그런데 연민만 있으면 안 된다고 생각했습니다. 왜냐하면 연민은 내면의 기쁨과 평화가 없이는 유지되기가 힘들기 때문이었습니다. 그렇기 때문에 이 세 가지가 가장 중요하다고 생각했습니다. 내면의 평화, 내면의 기쁨, 연민과 자비, 이 세 가지를 순서대로 이야기하는 이유입니다.

그렇지만 이 세 가지를 사람들한테 어떻게 널리 퍼트릴 수 있을까 고민했을 때, 그 고민 끝에 찾아낸 방법은 먼저 사람들의 관심을 끌어야 한다는 것이었습니다. 그렇게 하기 위해서는 '셀프 인터레스트(Self Interest)', 어떻게 하면 자신의 이익에 도움이 될까? 이걸 불러일으키는 것이 중요하다고 생각했습니다.

때문에 이 프로그램에 참여할 사람들을 끌어들이기 위해 '당신은 이걸 하면 성공할 수 있습니다'라고 말을 했습니다. 실제 의도는 내면의 평화, 내면의 기쁨 그리고 자비심을 기르기 위한 것이었습니다. 그건 비밀은 아니었습니다. 사람들이 올 때마다 '이걸 하면 당신은 성공한다. 또한 나는 당신이 이 세 가지 코드를 키워나가길 바랍니다' 하고 말했습니다.

그런데 고백합니다만 제가 지금도 걱정하고 있는 것은 두 가지입니다. 저의 수행 방법이 같은 방식으로 지속할 수 있는가 하는 '지속가능성'과 '수행의 깊이'입니다. 어떻게 하면 수련생들이 이 수련을 계속하게 되고, 사람들의 수행을 더 깊어지게 할 수 있겠습니까? 최상의 방법은 무엇이겠습니까?"

수불이 자상하게 대답했다.

"종교는 말만 있는 게 아니고 의식을 병행하거든요. 어찌 보면 종교는 문서를 증명하는 것이거든요. 그 문서가 이치에 맞느냐 맞지 않느냐를 증명하는데, 거기에서 변형된 작품이 나오지요. 이게 나와서 세상 사람을 이롭게 하는 작품이 되는데, 이것을 좀 더 많은 사람들에게 이익을 주고자 폭넓게 끌고 가고, 더 깊이 있게 느끼게 하고, 지속적으로 연결하기 위해서는 무엇이 더 필요할까? 그래서 제가 생각하기에 종교의식(Religious Ritual), 세리머니가 필요하다, 이거예요. 그것이 긴장을 풀어주지요. 안 그러면 매너리즘에 빠질 수가 있으니까. 가벼운 세리머니로 시작하는 게 좋아요. 처음부터 무겁고 크게 하는 것보다."

"세리머니? 의식을 말합니까? 스님, 실례를 하나 들어주시겠습니까?

오랜만에 포교국장스님이 말했다.

"예를 들어 아침에 석굴암에서 제가 집전해 삼귀의를 하고 반야심경을 했지요. 이렇게 동시에 각자의 원은 다르지만, 기원하는 마음으로 함께하는 것을 의식이라고 해요. 스님 말씀은 이게 필요하다는 겁니다."

"네, 맞습니다. 제 제자들은 프로그램을 수료하고 나서 그때는 좋았는데, 얼마 안 가서 잊어버립니다."

"졸업하고 나면 얼마 안 가서 그 효과는 풀어져요. 그러니까 그 효과를 다시 묶을 수 있는 시스템이 필요할 수가 있어요. 몇 날이고 계속할 수는 없지만, 그 기억을 연상하면서 잠시라도 그런 시간을 가지면 훨씬 더 바람직하겠지요."

"승가처럼 공동체를 만들어서 계속 서로 함께 끌고 갈 수 있도록 하는 것을 말씀하시는 건가요?"

"그런데 그것도 사실은 부작용이 있을 수가 있어요. 업이 다 같으면 몰라도 각각 다른 사람들이 모였을 적에 말이에요. 짧게 모였다 흩어졌다, 다시 또 기회가 되면 뜻을 같이한다든지, 또 다른 이벤트로 모인다든지, 그게 바람직하지 계속 같이 있으면 부작용이 있을 수가 있어요. 꽃꽂이를 한다든지 자기가 좋아하는 스포츠를 한다든지, 함께할 수 있는 시간을 갖게 하는 것이 필요해요. 그렇지만 묶으면 안 돼요."

차드 멍 탄이 수불에게 합장하면서 또 질문했다.

"지금까지 스님 말씀에 너무 감명을 받은 것 같습니다. 그러기 때문에 스님께 또 다른 질문을 하겠습니다."

차드 멍 탄이 감명을 더 받고 싶어서 또 질문하겠다는 말에 접견실에 앉아 있던 모든 사람들이 웃었다. 시종 좌선하는 자세를 흩트리지 않고 허리를 꼿꼿하게 세운 채 대담을 경청하고 있던 그의 아내도 소리 내어 웃었다.

"불교 안에서도 긴장과 분쟁이 있는데, 말씀하신 것처럼 남방불교에도 북방불교에도 분쟁이 있는데, 어떻게 이 문제를 풀 수 있겠습니까?"

"통일시킬 수 있는 것은 선뿐이에요. 최고의 핵심은 선에 있어요. 선이 나오면서 종교가 수단이 되었어요. 선은 목적이 아니에요. 종교가 나온 역사는 삼사천 년도 안 돼요. 종교가 만들어지면서 인류가 급변했어요. 왜냐하면 지적인 체험이, 어리석음을 지혜로 전환할 수 있는 방법이 인류를 변화시킨 거지요."

"선끼리도 분쟁이 많은 것 같습니다만."

"음, 선은 선인데 수단이 달라요. 선에 나아가는 방법이 조사선이냐, 간화선이냐, 묵조선이냐, 또 다른 어떤 수행 방법이냐, 이런 것 때문에 서로 분쟁했던 것 같지만 명안종사들은 그것을 다 엮어가지고 시비를 안 했지요. 잘못된 것을 지적하지 잘하고 있는 것을 지적하는 것은 명안종사가 아니에요. 올바른 것은 더 키워주는 거지요. 더 잘할 수 있도록. 그래서 궁극적인 것은 선에 있어요. 선에 이르기 위한 방법이 조사선이고, 간화선이고, 묵조선이고, 또 다른 선이고, 위빠사나고, 사마타고 다 그런 거지요. 그 궁극적인 목적은 깨달음이고요."

"스님, 또 다른 걱정이 있는데, 지혜를 구합니다. 많은 불교 신자뿐 아니라 스님들도 초기불교의 경전인 니까야를 무시하는 경향이 있습니다. 제가 염려하는 게 맞습니까? 또한 이 현상을 어떻게 하면 좋겠습니까?"

"부처님 가르침 중에는 무시해야 될 대상이 없어요. 부처님 가르침은 거짓이 없다 했거든요. 눈높이에 따라서 달리할 뿐이지 좋다, 나쁘다 얘기하기는 힘들어요. 그런데 어떤 사람한테는 옳다 그르다 할 수 있는 어떤 입장이 있을지는 모르지요. 그렇더라도 제가 봤을 적에는 이것이 전부라고 하는 입장도 받아들여서는 안 돼요. 왜냐하면 그것을 제대로 알고 있는 사람의 입장에서 소화를 할 수 있지, 그러지 못한 사람들은 이게 옳다고 무조건 빠진다고 해서 다 이익을 볼 수 있는 것은 아니거든요."

"스님 말씀에 전적으로 동감합니다. 맞습니다. 불교를 가르치는 많은 분들이 아예 초기불교 존재 자체를 모르고 있거나 그 내용을 모르고 있다는 게 걱정입니다. 제 질문은요, 해결책이 뭔가요? 그 해결책으로 교육원을 세워서 가르치고 싶은데 어떻게 생각하십니까? 좋은 해결 방법인가요?"

"그것도 필요하지요. 그런데 거기에 집착하지 않게끔 해주면 돼요. 가르치고 배우고 이해시키는 데까지는 갔다고 해요. 그런데 그것이 전부고 최고다, 이 생각에 머물게 하면 안 된다는 거예요. 물론 처음에는 최고라고 믿게 만들어도 좋아요. 그렇게 해야 믿어 오니까. 그 대신에 믿은 사람을 계속해서 '그것이 전부고 최고다' 하고 믿게 하면 초등학교 20년, 30년,

평생 다니다 마는 것처럼 어리석은 결과를 낳게 돼요. 더 좋은 결과물을 낳게 하기 위한 가르침이 필요하다는 것이지요. 위빠사나, 사마타 수행이 해당되는 말인데, 더 발전하면 선하고도 연결된다, 이겁니다."

"네, 동의합니다."

포교국장스님이 차드 멍 탄에게 또 말했다.

"차드 멍 탄 선생이 '명상의 세계하고 선의 세계가 함께 가면서 어떻게 좀 더 발전할 수 있겠는가?'라는 문제에 관심이 많은 것 같아요. 제가 일반적인 예를 들어보겠습니다. 하나 더하기 하나를 둘로 보는 사람이 있고, 하나 더하기 하나를 하나로 보는 사람이 있습니다. 또 하나 더하기 하나를 영으로 보는 사람이 있고요. 세계관이 다 다르죠. 그런데 궁극적으로 보면, 하나 더하기 하나를 공(空)이라는 생각을 갖게 만드는 게 간화선의 주장이에요.

구글에서 차드 멍 탄 선생이 가르쳤던 수만 명의 제자들이 있잖아요. 또 명상을 하고 지도자급에 있는 사람이 미국에 많단 말이에요. 이제 구글 연수원에서 500명이고 1,000명이고 모아서 한국의 간화선과 명상의 세계에 대한 포럼이라든가 강연회를 한번 했으면 좋겠다고 생각해요.

그래서 선의 세계와 명상의 세계를 비교하면서 무슨 차이가 있는가를 수불 큰스님 모시고서 내년에 한번 진행하면, 명상하는 사람한테 굉장히 도움이 될 것 같아요. 어떻게 보면 명상가들이 선의 세계에 대해서 막연하게 알고 있거든요. 구글에서 차드 멍 탄 선생이 주선해 큰스님을 모시고 특별 대강연회를 한번 열어보세요. 참 좋을 것 같아요. '아, 이게 선의 세계고 명상은 이렇게 해서 나오는구나' 하고 확실하게 알 수 있을 겁니다. 지도자들이 수련하는 데 여러 가지로 도움이 되지 않을까 생각합니다."

차드 멍 탄이 또 합장하면서 말했다.

"네, 스님. 앞으로 캘리포니아에 오실 일이 있으면 우리 구글을 방문해 주십시오. 한국불교와 세계평화를 위해 제가 할 수 있는 최선책이 무엇인지 스님의 고견을 듣고 싶습니다."

"아, 지금도 굉장히 잘하고 계시는 것 같아요. 누구도 쉽게 내기 어려운 일을 직접 현장에서 다 드러내고 있으니까요. 실적을 다 눈으로 보여주고 있는데 지금 입장에서 더 이상 어떻게 되겠어요? 어떤 일에 봉착했을 때 거기서 뚫고 나갈 수 있는 에너지를 어떤 식으로 소화해 내느냐, 그런 것들이 좀 필요할지는 모르지요. 그런데 지금은 그런 것에 대해서 미리 얘기해야 할 입장은 아닌 것 같아요.

마지막으로 내가 하고 싶은 말은 위빠사나와 사마타는 충분히 체험했으니까, 선에 대한 어떤 입장을 한번 직접 체험하는 것이 필요할 것 같아요. 본인이 안 하더라도 옆에서 하는 것을 보고 느낀다든지 본다든지, 체험한 당사자들의 말을 들어 본다든지 하는 것은 꼭 필요하지요."

"그렇게 하고 싶습니다. 어떻게 하는지 알아야 될 것 같습니다. 선이라는 말 자체가 그 옛날 고대어 '자나'에서 왔고, 그리고 선으로 변화된 것으로 알고 있습니다. 현재는 '자나'를 하는 전통이 많이 없어진 것 같기도 하고요."

"자나를 음역한 말이 선나(禪那)인데 줄여서 선이지요. 사마디가 삼매거든요. 삼매 체험이라는 것을 잘못하면 자칫 신통을 낳는다고 해요. 삼매에 들어가면 고요하고 편안한데 사마타, 위빠사나하고 다 연결된 거지요. 그런데 그것을 뛰어넘을 수 있는 수단이 필요한 것이거든요. 삼매에 머물면 굉장히 고요하고 편안하고 좋으니까 집착한다고요."

"내일 미국으로 돌아가는데, 제가 어떻게 하면 미국에 가서 선을 수행할 수 있겠습니까?"

"그것은 선사를 직접 만나서 하는 게 제일 좋아요."

"마지막 질문인데요. 제가 수행하다 막힌 게 있었습니다. 명상을 하면서 '내가 아니고, 이게 내 것이 아니다' 하는 상태에 도달하기까지는 쉬웠습니다. 그런데요. '내가 아니고 내 것이 아니고 나 자신이 없다는 것을 지켜보는, 인지하는 것을 지속시키는 수행이 정말로 어려웠습니다."

"그것을 지속시키는 것보다도 주관과 객관이 있는데 주

관을 없애기가 더 어려울 거예요. 객관은 없애기가 쉬운데 주관이 아주 잘 안 없어져요. 주관까지 없어졌을 때 느껴지는 것을 한번 체험해야 돼요."

"무아의 경지에 빠져서 자기 자신을 놓아버리는 것이 아니라 의식이 아직 있는 상태에서 자기가 아닌 것, 내가 아닌 것, 이런 것을 어떻게 볼 수 있느냐는 것입니다. 그러니까 무아가 된 것이 아니라, 완전히 몰입된 상태가 아닌 그 상황에서 깨어 있는 의식(Consiousness) 상태잖아요. 그걸 어떻게 말할 수 있습니까?"

"선적 체험을 한번 해보는 게 좋을 것 같군요. 제가 옛날에 깊은 잠이 들었는데, 한 새벽 한 시 반이나 두 시 반쯤 되었을 거예요. 무의식 상태에서 몸이 퍼뜩 일어나더라고요. 잠이 들었다가 퍼뜩 일어나서 불을 켜니까 독 있는 지네가 베개로 올라와 머리 위를 스치고 있더라고요.

그때는 잠들었다는 의식도 없이 깊은 잠에 들었는데, 나도 모르게 탁 깨어지는 것이었어요. 그래서 얼른 불을 켜고 보니까 뭐가 올라오고 있어요. 그러니까 나도 모르게 위기를 느끼고 있었던가 봐요. 차드 멍 탄 선생이 얘기하는 깨어 있는 의식이 작동했던 것일까요? 그런데 지금 생각해 보니 그때 내가 수행이 덜 된 겁니다. 그냥 지네가 내 머리로 지나가도록 내버려 뒀으면 좋았을 것을. 지네도 살고자 하는 의지가 있는 생명

342

인데 말이에요."

"스님, 질문을 더 하고 싶지만 시간이 없습니다. 미래에 다시 만나 뵙고 더 많은 시간을 가지고 더 많이 배우기를 소망합니다."

차드 멍 탄이 수불과의 대화에서 자신의 의문이 어느 정도 해소된 듯 만족스러운 표정을 지으며 감사의 표시로 또 합장했다.

"그때는 제가 알고 있는 수행 방법을 거짓 없이 다 드러내 놓고 소개를 하고, 차드 멍 탄 선생이 가지고 있는 입장도 내가 좀 배우면 좋을 것 같아요. 지금 우리 입장보다도 훨씬 더 앞서가는 생각을 가지고 더 많은 사람한테 수행 기회를 제공하는 등 좋은 인연을 선보이고 있는 것 같아서 감사하게 생각해요."

"스님, 스승으로 모시고 싶습니다."

"잘 만났어요."

"저도요. 만나 뵈어서 영광입니다."

"내가 간화선 수행을 가르치는 안국선원이 여기서 가까워요. 한번 둘러보세요. 거기 가면 또 다른 분위기를 느낄 수 있을 겁니다."

"스님, 미국에 초청하고 싶습니다. 그러면 스님과 많은 시간을 함께 보낼 수 있을 것 같습니다."

"좋지요. 고맙게 생각해요. 27일 프랑스 유네스코 초청으로 국립 기메동양박물관에서 3박 4일간 간화선 집중수행 프로그램을 진행하기로 했어요. 그런 뒤 파리 7대학에 가서 강연도 하고요. 작년 가을에도 UCLA에 가서 간화선 강의를 했어요. 간화선 세계화랄까 그런 의지 때문에 초청하면 어디든 가고 있지요."

이윽고 차드 멍 탄이 일어나 수불을 향해 합장했다. 그런 뒤 간절한 눈빛으로 진지하게 말했다.

"허락해 주신다면 미래의 스승으로 지금 절을 드리고 싶습니다."

차드 멍 탄이 무릎을 꿇은 채 합장을 했다. 그런 뒤 또 일어나서 합장을 했다. 그때 주지실 시자가 차드 멍 탄에게 줄 대형 봉투에 든 선물을 가지고 왔다. 선물을 받은 차드 멍 탄이 수불에게 다가와 두 팔을 벌렸다. 그러자 수불이 차드 멍 탄을 안아주었다. 수불이 차드 멍 탄에게 말했다.

"지금 이 순간 굉장한 기운을 느꼈어요. 기운이 굉장한 시간이니 더 앉아 보세요."

차드 멍 탄이 다시 방석에 앉았다. 다른 사람들도 제자리를 찾아 주저앉았다. 수불이 미처 못 한 이야기를 했다.

"나는 선 체험을 26살에 했어요. 그때 빛이 정수리에서 확 퍼져나가는 현상을 체험했는데, 그때부터는 한 번도 두려워하거나 갈등 같은 것 없이 참선만 하고 살아왔어요. 긴장 없이 산

것이지요. 긴장을 풀면 어떤 상황에서도 당황하지 않아요. 이런 확신이 있으니까 선 체험을 권유하는 겁니다."

"치과의원에 가서도 긴장하지 않습니까?"

차드 멍 탄이 엉뚱한 말을 하자 모두가 크게 웃었다. 그러고 보니 차드 멍 탄은 명민한 사람이 그러하듯 집요하고 진지하기도 하지만 장난기가 발동하면 천진한 소년처럼 엉뚱한 말을 하여 좌중을 웃겼다.

"또 하나 덕담이랄까, 해주고 싶은 말은 IQ가 200이든 300이든 머리는 몸보다 둔해요. 바늘을 가지고 찌르면 몸이 먼저 느끼지 머리가 먼저 느끼지 않아요. 몸이 빨라요. 물론 몸이나 머리나 거의 동시에 느낀다고 할 수 있지만. 그러니 몸을 소중하게 생각해야 해요. 함부로 쓰지 말라는 겁니다. 그래서 승려들은 계율을 지키고 삼학을 닦지요. 선에서는 머리를 하루 종일 써도 쓴 바가 없다고 해요. 그러나 몸은 안 그래요."

"2010년 40세 때 달라이 라마 존자님을 뵈었습니다. 존자님께 '제 생일이니까 저를 한 번 안아주십시오' 해서 포옹을 했습니다. 무슨 연유인지 저는 그 이후로 술을 끊었습니다."

"좋은 일이었네요. 달라이 라마도 성자지요. 보통 분이 아니라는 게 멀리 있어도 느껴지지요. 그런 분하고 말하지 않고 있어도 시간 가는 줄 몰라요. 달라이 라마 같은 성인과 금세기를 함께할 수 있다는 게 큰 행복인 거예요."

그러자 차드 멍 탄이 합장한 채 또 한번 소리 내어 웃으며 말했다.

"스님과 함께하는 저도 행복합니다."

수불과 차드 멍 탄과의 긴 대화는 저녁 무렵이 되어 끝이 났다. 차드 멍 탄은 자신의 질문에 진심을 다해 답변한 수불에게 처음부터 끝까지 '동감한다', '감동한다', '동의한다' 등의 말로 적극 공감했다. IQ 156이라는 수재인 그가 때로는 진지한 학자처럼 질문하고 어느 순간에는 순수한 청년 모습으로 유쾌하게 웃었다. 주지 접견실 문을 열자, 깊은 가을 저녁 무렵의 맑고 서늘한 공기가 밀려들어 와 일렁였다. 주지 접견실 밖의 참나무들은 수행자가 번뇌를 비워내듯 여전히 마른 이파리들을 떨어뜨리고 있었다. 안국선원 신도가 차드 멍 탄 부부를 안국선원으로 안내할 채비를 했다. 안국선원에는 차드 멍 탄 부부를 위한 담백한 채식의 저녁 식단이 마련되어 있었다.

∞
인도인 베누 스리니바산1

청량한 공기가 코끝을 스치는 초겨울이었지만 아침 햇살은 초봄처럼 따뜻했다. 범어사 경내는 정갈했다. 새벽에 대중들이 비질한 흔적이 일주문부터 또렷했다. 범어사 주지 수불은 인도인 부부가 범어사를 방문할 것이라는 연락을 받았다. 불교 신자인 부산시 공무원의 전화였다. 범어사를 보고 싶다는 인도인은 베누 스리니바산 TVS모터스그룹 회장 부부였다.

감색 양복에 흰 와이셔츠를 입은 노타이 차림의 스리니바산은 브라만 신분으로 귀족의 품격을 풍겼다. 키가 컸고 이마는 훤칠하게 빛났다. 그의 부인은 흰색 인도 전통 옷에 널찍한 흰색 스카프를 어깨에 두르고 있었다. 주지실 시자가 스리니바산 부부를 접견실로 안내했다.

수불이 접견실로 들어오자 스리니바산 부부가 합장하며 미소를 지었다. 부산시 공무원이 스리니바산 회장을 소개했다.

"회장님은 저희 부산시로부터 부산 명예시민증을 받았

고, 인도 첸나이시(市) 한국 명예영사이십니다. 첸나이에 한국 문화원 인코센터(인도-코리아센터)를 설립하신 분으로 한국과 인도의 문화교류에 많은 기여를 하신 분입니다."

부산시 공무원은 스리니바산이 회장으로 있는 TVS모터스그룹을 짧게 설명했다. 1911년 설립된 TVS모터스그룹은 50여 개의 계열사를 가진 자동차와 이륜차 생산 기업인데, 현재 연 매출이 10조 원에 이르고, 5만 명 이상의 직원이 근무하고 있으며, 인도 5대 그룹 중 하나인 타타(TATA) 그룹에 이어 2위 기업이라고 소개했다.

이윽고 부산시 공무원이 범어사 주지 수불을 소개했다. 수불과 스리니바산 사이에 앉은 통역사가 바로 통역을 했다. 스리니바산이 수불에게 합장하며 미소를 지었다. 그는 수불을 지그시 보면서 눈길을 떼지 못했다. 부드러운 빛이 그의 눈을 사로잡았기 때문이었다.

스리니바산은 수불을 감싸고 있는 하얀 빛을 주시했다. 이른바 후광이었다. 그런데 스리니바산은 그 하얀 빛이 자신의 내면으로 들어와 비추고 있음을 느꼈다. 마치 불이 켜진 듯 자신의 마음속이 환해졌다. 스리니바산은 스스로 감격해서 합장만 한 채 아무 말도 못 했다. 수불이 말했다.

"어서 오세요. 반갑습니다."

"예."

스리니바산은 가슴이 벅찼다. 수불이 웃으면서 말했다.

"허허. 왜 그러고만 계십니까?"

"스님, 카르마 때문입니다."

수불이 조금 눈치를 채고 스리니바산을 부드럽게 쳐다보았다.

"수행을 하시는 분이군요."

"스님을 뵙고 있으니 가슴이 벅차서 말이 나오지 않습니다. 전생의 카르마 때문입니다."

스리니바산은 기업가이면서도 날마다 아침저녁으로 기도 수행을 하는 힌두교 신자였다. 윤회전생(輪廻轉生)을 믿는 힌두교 신자로서 카르마를 믿고 있음이 분명했다. 수불과의 만남을 카르마(Karma, 業)라고 단정해서 말했기 때문이었다. 수불이 앞에 놓인 찻잔을 들고 말했다.

"맞아요. 내가 전생에 스승이었을지도 모르지요."

"예, 그렇습니다."

스리니바산은 전생에 수불이 자신의 스승이었을 것이라고 생각했다. 자신의 마음속을 환하게 비추고 있는 하얀 빛은 여전했다. 그 빛은 더 없이 평화로운 기운을 그에게 주고 있었다. 잠시 후 수불이 물었다.

"인도에서 어떤 수행을 하고 있습니까?"

"예, 아침저녁으로 기도를 합니다."

그제야 스리니바산은 수불을 보고 느낀 강한 첫인상에서 벗어났다. 스리니바산이 솔직하게 말했다.

"힌두교 수행인데 무념, 무상에 이르려고 기도합니다. 그러나 잘 안 됩니다. 머릿속에서 번뇌를 없애려고 하면 더 많은 번뇌가 일어납니다."

"일부러 그러려고 하지 말고 그냥 안 되는 상태가 흐르는 대로 두세요. 번뇌가 일어날 때 번뇌를 없애야겠다고 하지 말고 그냥 내버려 둬야 합니다."

수불의 말에 스리니바산이 그렇게 해보겠다는 표시로 합장했다. 수불과 스리니바산의 얘기를 듣고만 있던 한 스님이 스리니바산에게 물었다.

"힌두교 수행 중에 영적인 체험을 한 적이 있습니까?"

"두세 번 했습니다. 그런 경험을 하고 나서 고통도, 즐거움도 카르마라는 것을 깨달았습니다. 저는 죽게 되면 다시 태어나지 않고 싶습니다."

스리니바산과 그의 부인이 앞에 놓인 차를 다 마시자, 수불이 범어사를 안내하겠다고 일어섰다. 수불은 스리니바산을 데리고 선원으로 올라갔다. 고색창연한 다른 전각들도 많았지만 선원을 먼저 보여주고 싶었다. 선원의 정식 명칭은 금어선원(金魚禪院)이었다. 금어선원은 범어사 경내에서 가장 깊숙한 곳에 있었다.

미로 같은 공간을 지나 계단을 오르자마자 백 년의 역사를 지닌 선원이 나타났다. 선원 뒤편 대숲에서 초겨울 찬 바람이 불어왔다. 찬 바람에 댓잎이 거풋거렸다. 대나무들이 장대처럼 곧게 솟구친 대숲은 그윽하고 울울했다. 스리니바산은 수불이 왜 이 선원으로 안내했는지 의문이 들었지만 묻지 않았다. 수불은 선원 옆문을 열고는 밑도 끝도 없이 말했다.

"아무에게나 공개하는 곳이 아니지만 한번 들어갔다가 나와 보세요."

"예, 감사합니다."

스리니바산은 수불이 시키는 대로 신발을 벗고 텅 빈 선원으로 들어갔다. 빈 공간에서 무언가를 느낀 듯 합장한 뒤 가만가만 한 바퀴를 돌았다. 수불은 스리니바산이 선원의 정적인 분위기에 어떤 반응을 보일지 궁금했다. 그런데 스리니바산은 처음 대하는 선원인데도 불구하고 낯설어하지 않았다. 그러기는커녕 아주 편안한 표정으로 합장한 손을 풀지 않았다. 그의 손은 가느다랗고 길었다. 수불은 스리니바산이 전생에 수행자였음을 직감했다.

'수행자였으니까 낯설지 않겠지.'

대숲에서 초겨울의 찬 바람이 또 불어왔다. 댓잎들이 서걱거리는 소리를 내며 우수수 선원 마당에 떨어졌다. 수불과 스리니바산은 주지실 앞마당까지 걸어서 내려왔다. 영문을 모른 채 선원에 들어갔다가 나온 스리니바산은 수불이 자신에게 무언가를 주었다고 생각했다. 스리니바산이 헤어지면서 수불에게 한마디 했다.

"스님, 금강계단을 지나면서 강한 기운을 느꼈습니다. 선원에서는 더 강한 기운을 받았습니다."

"그 기운이 오전 내내 느껴질 겁니다."

"스님, 다시 뵙고 싶습니다."

"더 계시다가 가도 되는데 다음 일정이 있다고 하니 아쉽네요."

"인도에 돌아간 뒤에 언젠가 스님을 모시고 가르침을 듣고 싶습니다."

"그런 기회가 온다면 인연을 만들어 보지요."

주지실 시자가 선물이 든 대형 봉투를 들고 나왔다. 수불은 스리니바산 부부에게 선물을 주었다. 기다리고 있던 부산시 공무원과 통역사가 다음 행선지로 가기 위해 승용차 문을 열었다. 수불이 합장하며 배웅했다. 오전의 짧은 만남이었지만 수불은 스리니바산과 오래전부터 깊은 인연이 있었던 것 같은 느낌이 들어 그 자리에 잠시 서 있었다.

부산 시내의 한 호텔로 돌아오는 길에 부산시 공무원이 통역사에게 부탁하더니 스리니바산에게 물었다.

"수불 스님에게 무슨 가르침을 얻었습니까?"

"가르침이 아니라 수불 스님은 평화 그 자체였습니다. 저는 평화를 보았고 느꼈습니다."

"그렇습니까?"

"최고의 가르침은 이심전심입니다. 말이 필요 없지요. 저는 수불 스님과 함께 있는 동안 자궁 속에 있는 것 같았습니다."

부산시 공무원이 '자궁 속에 있는 것 같다'라는 말을 이해하지 못하자 다시 설명하듯 말했다.

"스님이 옆에 계실 때 굉장히 마음이 평화로웠습니다. 에너지가 충만되는 것도 같았지요. 마음이 안정되고 힐링이 되었어요. 스님의 존재만으로도 보호를 받는 느낌이 들었습니다."

범어사 신도이기도 한 부산시 공무원은 스리니바산이 선원을 어떻게 생각하는지도 궁금했다.

"선원 안에 들어갔을 때의 느낌은 어떠했습니까?"

"내 마음의 문을 열고 들어갔다가 나온 것 같았습니다. 내 마음속의 부처를 찾으라고 수불 스님께서 선원에 들어갔다가 나오라고 하신 것 같습니다."

부산시 공무원이 더 묻지 않자 스리니바산은 눈을 감고 상념에 잠겼다. 또다시 수불이 그의 머릿속으로 떠올랐다. 스리니바산은 자신도 모르게 중얼거렸다.

'전생에 어떤 인연이 있었던 것이 분명해. 나도 모르게 그런 생각이 들고 수불 스님도 그렇게 말씀하셨으니 말이다. 그래서인가? 한국에 오게 되면 어떤 본능적인 이끌림이 있고, 집에 있는 것처럼 편하게 느껴지는가 보다. 한국의 채식이나 문화들이 매우 편하고.'

다음 해 여름.

스리니바산은 약속한 대로 자신이 살고 있는 첸나이로 수불을 초청했다. 수불은 안국선원 신도들과 함께 북인도 부처님 성지 순례를 마친 뒤, 스리니바산의 전용기를 타고 안국선원 신도회장 무량심 보살과 남인도 첸나이로 갔다.

수불은 7월 25일 한국문화원 인코센터에서 첸나이 지식인들을 상대로 한 강연부터 일정을 소화했다. 인코센터 건물 입구에는 '극동의 현자 수불 스님, 현대인을 위한 깨어 있는 삶'이란 강연을 알리는 현수막이 걸려 있었다. 인코센터는 스리니바산이 사재를 기부해 설립한 비영리단체였다.

한국문화원 인코센터의 작은 강당에는 첸나이 지식인 200여 명이 미리 자리를 잡고 앉아 있었다. 신분은 대부분 여론을 주도하는 사회 지도층 브라만들이었다. 수불의 강연이 있기 전 식순에 의해 영국 옥스퍼드대 영문학박사 출신인 라띠 자포 인코센터 원장이 먼저 말했다.

"스리니바산 회장님은 한국과 인도 간 공식적인 교류가 거의 없던 20여 년 전부터 한국에 관심을 기울였고, 2006년에는 한국문화원 인코센터를 설립해 10년간 지원해 오고 있습니다. 회장님과 저는 모두 한국과의 인연을 운명이라고 생각합니다. 우리는 인코센터에서 한국어뿐만 아니라 태권도 등도 가르치고 있습니다. 한국과 인도의 아티스트와 관련 단체들이 서로 소통할 수 있도록 〈첸나이비엔날레〉도 개최하고 있습니다. 궁극적인 목표는 일반인들까지 다 양국을 문화적으로 이해하는 것입니다. 한국문화에 관심이 많으신 스리니바산 회장님과 수불 스님의 인연으로 오늘 이 자리가 마련되었습니다. 극동의 현자 수불 스님의 강연을 듣게 된 것을 영광으로 생각합니다."

강당에 모인 첸나이 지식인들이 합장하며 관심을 나타냈다. 이어 스리니바산이 간단하게 축사를 했다.

"작년에 케이아트(K-art) 국제교류협회가 주최한 〈부산국제아트페어〉에 초청을 받고 방문했을 때 부산의 고찰 범어사를 간 일이 있었습니다. 거기서 수행의 강한 기운을 느꼈고, 한국의 전통 선원을 보고 깊은 인상을 받았습니다. 특히 수불 스님을 뵙고 큰 감명을 받았습니다. 오늘 수불 스님을 초청하게 된 것은 스님의 지혜와 가르침을 보다 많은 인도인들에게 전하기 위한 것입니다. 첸나이는 한국과 인연이 깊습니다. 한국의 전통 수행법인 참선 수행을 전한 달마 대사의 고향이며, 김수로왕의 왕비인 허황후의 고향이 첸나이 아요디아(Ayodhya)이기 때문입니다. 수불 스님께서 첸나이에 오시는 날에 맞추어 〈첸나이비엔날레〉를 개막했으니 많은 관심을 부탁드립니다."

스리니바산이 허황후 고향을 첸나이 아요디아라고 밝히자, 강당에 모인 첸나이 지식인들이 놀란 듯 눈을 휘둥그레 치떴다. 모두들 역사책에서 배운 대로 강가강 지류인 고그라강 강변의 중인도, 부처님 당시에 코살라국의 초기 수도 아요디아로 알고 있었기 때문이었다.

이윽고 수불이 강연을 시작했다. 처음에는 스리니바산과 범어사에서 만난 인연부터 이야기했다.

"스리니바산 회장님이 부산 범어사를 방문해서 공식적인 만남을 가졌습니다. 물론 전날 제가 선 수행을 지도하는 안국선원에 내려갔다가 우연히 회장님을 뵙고 어떤 분인지 어렴풋이 알았습니다만.

그때 회장님은 수행자의 자세를 저희들에게 먼저 보이셨습니다. 힌두교 수행을 아침저녁으로 오랫동안 해왔고 당신은 채식주의자라고 말씀하셨지요. 한국의 문화를 꼭 인도에 알리고 싶다는 말씀도 했고요. 한국문화원 인코센터에 직접 와보니 회장님의 의지가 실감 납니다."

수불은 앞에 놓인 차를 한 잔 마셨다. 목을 축인 뒤 미리 작성해 온 원고를 읽는 것으로 강연을 대신했다.

"달마 대사 고향을 방문하고 보니 감동스럽기 그지없습

니다. 달마 대사가 동아시아에 전한 선종은 시대와 인종을 뛰어넘는 진리이기 때문입니다. 그런데 오늘날 세계는 과학 문명의 발전에 힘입어 하나의 시공간 속에 살아가는 명실상부한 지구촌 공동체가 되었습니다. 시공간의 한계를 넘어 어떤 정신활동이라도 가능해진 기술적 환경이야말로 선(禪)적 여유로운 삶의 모습을 구현할 수 있는 상황이 된 것입니다. 21세기 들어 정치·경제·사회·문화 등의 분야에서 리더가 되려면, IT 기술을 비롯하여 급변하는 시대 변화의 흐름을 읽어내는 능력이 필요합니다. 그러기 때문에 기존 고정관념을 백지화하고, 오직 일어나는 그대로의 현상에 집중하는 훈련을 받아야 합니다. (하략)"

수불은 '현상에 집중하는 훈련'의 한 방법으로써 한국 전통 수행법인 참선 수행이 있으며 그것이 '미래 리더'의 한 실천 덕목임을 강조했다. 미국이나 유럽의 지식인들이 신과 명상 문화에 관심이 많은 것은 의심의 여지가 없었다. 작년 10월 중순쯤 세계적인 명상가 차드 멍 탄을 만났을 때도 확인한 사실이었다.

인도 청중들의 태도는 매우 진지했다. 수불은 인도에서도 마음공부에 대한 관심이 매우 높다는 것을 실감했다. 지금 세계는 알게 모르게 고급의 정신문화가 문명을 리드하고 있는데, 인도에서도 앞선 생각을 가지고 기업과 문화를 연결시키고 있는 분들이 많다는 사실에서 감동을 받았다. 수불은 한국과 인도 사이의 정신문화 교류를 통해 인류와 세계에 공헌하는 인연이 앞으로도 이어지기를 기원하며 강연을 마쳤다.

수불 일행은 스리니바산의 주선으로 첸나이의 한 호텔에서 여장을 풀었다. 다음 날에는 스리니바산의 노모가 수불을 큰 저택으로 초대했다. 저택으로 들어가기 전에 힌두교 사제인 사두가 대기하고 있다가 코코넛, 밀, 망고 잎 등으로 장식한 행복과 풍요를 상징하는 은제 화병을 수불에게 증정했다. 귀한 손님을 환영할 때 치르는 첫 힌두 의식이었다. 모두가 브라만 계급인 가족 3대가 현관까지 나와서 수불을 반겼다.

"나마스테!"

수불을 초대한 스리니바산의 노모는 80세가 넘은 단아한 노부인이었다. 하얀 은발이 고귀하게 빛났고, 인도 전통의상인 금색 사리에 에메랄드빛 상의가 잘 어울리는 참으로 맑고 곱게 나이 드신 분이었다. 노모가 자애로운 미소를 지으며 말했다.

"어제 스님의 강연을 감명 깊게 들었습니다. 한국 영화 〈달마가 동쪽으로 간 까닭은〉을 보고 한국의 선불교 문화를 동경해 왔지요."

응접실은 의외로 소박했다. 수불이 응접실 소파에 앉자, 온 가족이 한 명 한 명 오체투지로 삼배를 했다. 그런 뒤 수불

맞은편 카펫 바닥에 앉았다. 맨바닥에 앉는 것은 스승에게 존경을 표시하는 자세였다. 이런저런 덕담을 주고받은 끝에 노모가 지혜를 구했다.

"스님, 열반은 무엇입니까?"

"진정한 열반은 해탈입니다. 무엇에나 걸림이 없는 경지입니다. 그런데 열반은 노력해서 이루는 것이 아닙니다. 중생의 본래 성품입니다. 따라서 고통을 벗어나는 것이 열반이 아닙니다. 고통을 떠나 열반이 따로 없다는 사실을 꿰뚫어 보아야 합니다. 그래서 선불교에서는 번뇌즉보리(煩惱卽菩提)라고 합니다. 우리는 본래 그러한 성품을 깨닫자고 수행하는 것입니다. 바다를 보려고 파도를 없애는 것은 어리석은 일입니다. 파도가 바로 바다인 것입니다."

스리니바산의 노모는 힌두교 신자로서 미국 캘리포니아 오하이, 영국 블록 우드 파크, 인도 첸나이에 가끔 머물렀던 철학자이면서 명상가인 크리슈나무르티(Jiddu Krishnamurti)를 몹시 존경했고, 달라이 라마와 가까운 삼동 린포체(Samdhong Rinpoche) 스님을 스승으로 모시고 있는데, 어려운 일이 있을 때마다 노모는 삼동 린포체 스님을 만나 가르침을 청한다고 스리니바산이 전했다.

수불은 스리니바산 가족에게 기회가 되면 간화선을 한번 실참해 볼 것을 권유했다. 그러자 스리니바산이 딸인 락시미에게 간화선 공부를 권유했다.

"스님께 선을 배우고 오거라."

그러면서 자신의 가정사까지 수불에게 도움을 청했다.

"딸이 결혼할 때는 신랑감을 보여드리겠습니다. 수불 스님과 무량심 회장님이 보시고 한 사람이라도 반대하면 다른 신랑감을 찾아보겠습니다."

수불은 웃으면서 허락했지만 그보다는 락시미의 간화선 체험에 더 관심을 보였다.

"한국에 오세요. 안국선원에서 간화선 체험을 한번 해보세요."

락시미는 어머니를 닮아 얼굴이 작고 귀여운 용모를 지니고 있었다. 온 가족이 불교에 관심이 많고 수행자를 공경하는 모습이 언행에서 역력했다. 수행자의 영적 에너지를 알아보고 그런 것도 같았다.

스리니바산 가족과 헤어질 시간이 되었다. 그때 노모가 정원에서 기념사진을 찍기를 원했다. 수불과 스리니바산의 온 가족은 정원 잔디밭으로 나갔다. 수불이 잔디밭에 서자, 하인들이 모두 나와 한 명 한 명 오체투지로 절했다. 수불은 또다시 감동했다. 모든 이들이 진리의 가치를 존중하고, 선지식으로부터 축복받는 인연을 얼마나 소중하게 여기는지를 피부로 느꼈다. 수불은 이것도 인도의 숨겨진 힘이라고 생각했다.

∞

인도인 베누 스리니바산 2

인도 첸나이를 다녀온 수불은 세 달 만에 일미 스님의 초청을 받고 미국 듀크대로 갔다. 듀크대는 일미 스님이 종교학과 교수로 있으며, 그의 부인 수미 런던이 불교학생회 지도법사로 활동하는 미국 대학들 중에서 비교적 불교에 호의적인 사학 명문이었다. 2년 전에도 미국 서부 UCLA와 동부 스미스대 강단에 섰던 수불의 활동 영역은 어느새 프랑스, 미국, 인도, 중국, 뉴질랜드 등으로 넓혀지고 있었다.

수불은 10월 21일 듀크대 대학원 강의실에서 리처드 브로드헤드(Richard H. Brodhead) 총장과 명상에 관심 있는 교수, 신학대학원 박사과정 학생, 주민들을 대상으로 한 차례 선 수행을 주제로 강연했다. 다음 날에는 불교와 명상을 지도하는 지도법사 30여 명과 좌담회를 한 뒤 즉석에서 화두를 주어 간화선을 체험케 했다.

화두의심에 걸린 몇몇 참가자들은 큰 충격을 받았다. 바로 눈앞에 정신적인 벽이 생겼고, 그것을 뚫고 나가는 희열을 맛보았던 것이다. 간화선이 주는 통쾌함이었다. 의심되어진 화두를 어렵게 타파하면서 '이 무슨 도리인가?'에 대한 나름대로의 답을 쉽게 얻는 것이 간화선의 장점이었다. 수불은 25일 안국선원 신도들이 후원한 적이 있는 뉴욕 불광사로 가서 교민 불자들에게 법문하고 27일에 귀국했다.

1년 후.

베누 스리니바산 부부가 전용기를 타고 부산을 다시 방문했다. 이번에는 사랑하는 딸 락시미를 데리고 왔다. 12월 1일 개막하는 〈부산아트페어〉에 참석하기 위해서였다. 스리니바산은 김해공항에 도착한 직후부터 부산 지역방송과 인터뷰를 했는데, 주로 한국과 인도 양국의 산업 교류에 대한 인터뷰였다. 스리니바산은 국가 간에 산업을 교류할 때 상대국과 먼저 문화교류를 시작한 뒤 소통해야 한다는 지론을 폈다.

"한국과 인도의 문화교류는 매우 중요합니다. 우리가 단순히 제품만을 사고파는 것이 아니라 국가 브랜드 자체를 사고파는 시대가 왔기 때문입니다. 코카콜라나 맥도날드 같은 제품으로 미국의 문화를 알고, 소니나 도요타 같은 제품으로 일본문화를 알듯 삼성이나 LG를 통해서 우리는 한국문화를 알게 되지 않습니까?

저는 처음 인도에 진출한 현대와 같이 일을 하면서 첸나이 한국 명예영사가 되었고, 부산시로부터 부산 명예시민증도 받았습니다. 한국이라는 나라에 대해 점점 많이 알게 되었습니다. 한국의 문화와 예술에도 감명을 받았고, 한국은 인도처럼 문화적인 자원이 풍부한 나라라고 생각합니다.

제가 살고 있는 첸나이는 한국불교에 영향을 준 달마 대사의 고향입니다. 또 김수로왕의 왕비 허황후의 고향이기도 하지요. 시간을 내서 한국의 3대 사찰인 통도사, 해인사, 송광사를 반드시 가보려고 합니다. 첸나이 아요디아에서 온 허황후 왕비릉도 직접 참배하고 싶습니다."

한 불교방송에서는 인도산업연맹 회장 혹은 인도재계 3위라는 실업가로서의 스리니바산의 입장보다는 불교에 대한 관심이나 그의 힌두 수행에 대해서 질문을 많이 했다.

"힌두교 신지로서 불교의 어떤 면이 좋은가요?"

"가족들 모두가 불교에 큰 관심을 가지고 있습니다. 직관이 발달하신 어머니의 스승은 티베트 망명정부의 첫 국무총리를 지낸 삼동 린포체 스님입니다. 달라이 라마와 아주 친숙한 분이지요. 저희 회사가 위기에 처했을 때 어머니께서 삼동 린포체 스님을 만나게 주선해 주셨어요. 어머니께서는 제가 불행하다고 생각해서 삼동 린포체 스님을 만나게 해주신 것이지요. 스님께서 저를 보고 물었습니다."

스리니바산은 40세였던 당시의 힘들었던 상황과 삼동 린 포체 스님에게서 어떻게 위로받았는지를 스스럼없이 공개했다. 스리니바산 어머니가 스승으로 모시는 삼동 린포체 스님은 산스크리트어와 힌디어를 자유롭게 구사하는 고승이었다. 삼동 린포체와 스리니바산은 힌디어로 말을 주고받았다.

"왜 불행한가?"

"사업이 잘 안 돼서 힘들고 불행합니다."

"회사 직원이 몇 명인가?"

"2,000명입니다."

"2,000명의 업을 너 혼자 짊어지고 있다고 생각하기 때문에 힘든 게야. 너는 사업이 잘 될 거라고 생각하는가?"

"현재 힘들긴 하지만 저뿐만 아니라 직원들은 회사가 잘 될 거라고 생각합니다."

"그래?"

"해낼 수 있을 것도 같습니다."

스리니바산의 마음을 간파한 삼동 린포체 스님이 말했다.

"할 수 있으면 하고 못 할 거 같으면 팔아라."

스리니바산은 자신의 고통이 용기로 바뀌는 것을 느꼈다. 삼동 린포체 스님의 알 수 없는 영적인 에너지가 자신에게 전이되는 것 같았다. 이윽고 삼동 린포체 스님이 자신의 손으로 스리니바산의 손을 살짝 잡고 5분 정도 말없이 기도를 했다. 스리니바산을 위한 축원의 기도였다. 삼동 린포체 스님은 기도삼매에 들었지만 스리니바산은 슬쩍 눈을 떴다가 감았다. 손이 바늘로 찌른 듯 아팠다.

인터뷰하는 기자에게 스리니바산이 그의 손바닥을 펴고서 앞으로 내밀어 보라고 말했다. 그러고는 스리니바산이 기자의 손바닥 위에 자신의 손바닥을 올렸다. 삼동 린포체 스님이 자신에게 그렇게 했다는 동작이었다. 스리니바산의 손은 작지만 길었다. 여성의 손가락처럼 가늘었고 손에 무슨 기름을 바른 듯 반질반질했다. 기자는 슬그머니 손을 빼고서 다시 물었다.

"축원의 기도가 회장님의 업을 녹여준 것이었을까요?"

"카르마 때문에 그랬을지도 모릅니다. 저는 스님의 기도가 끝났을 때 눈물을 흘리고 있었습니다."

뿌리를 알 수 없는 막연한 두려움이 갑자기 밀려와서 울었다. 그러자 삼동 린포체 스님이 스리니바산을 인자하게 바라보며 말했다.

"울지마라. 내가 너를 위해 기도하고 명상하고 있으니까."

이후 스리니바산은 눈 녹듯 회사의 위기를 극복했다. 사업은 나날이 번창했다. 인도 서민들을 위해 만든 이륜차는 날개 돋친 듯이 인도 전역에서 팔렸다. 서민을 위한다는 스리니바산의 마음이 인도인들에게 받아들여졌던 것이다. 인도재계는 스리니바산의 회사가 날로 성장하는 것을 보고 놀랐다.

기자는 스리니바산의 이야기에 감격한 듯 질문을 계속했다.

"수불 스님을 만나고 나서도 사업이 잘 됩니까?"

"이제는 사업이 잘 되든 안 되든 상관없습니다. 모든 속박에서 벗어났습니다. 사업을 하다 보면 본의 아니게 부정한 일을 하기도 합니다. 벌을 받고 감옥에 갈 수도 있을 것입니다. 그런데 저는 아무것도 두렵지 않습니다. 다만 저는 전생에 무엇을 훔쳤던 것 같습니다. 그래서인지 이번 생에 그림자처럼 나를 따라다니며 속박하는 것 같습니다. 힌두사원을 보수하는 데 도움을 주어왔는데 전생의 빚을 갚는 것 같습니다. 저는 그렇게 생각합니다."

"회장님 자비심 같은데요. 보살 같은 마음이 아닐까요?"

"그건 잘 모르겠습니다. 아무튼 저에게 오는 나쁜 기운을 힌두 사두나 불교 스님들이 울타리처럼 막아주는 것 같습니다. 그래서 고마움을 느낍니다. 안국선원의 수불 스님을 뵐 때도 마찬가지 기분이 듭니다."

"이번 생에 무엇을 하고 싶으신가요?"

"전생에 진 빚을 갚는 일을 할 것입니다. 이미 천문학자 등을 모셔와 자문을 받으면서 낡은 힌두사원을 보수하는 데 그 비용을 제가 감당했습니다. 전생에 제가 잘못했던 것을 바로잡는 일이라고 생각합니다. 현재 130군데 힌두사원을 보수·수리했습니다. 수불 스님께서 첸나이에 오셨을 때 제일 큰 힌두사원 두 곳을 방문하셨지요. 유네스코 세계문화유산이 된 힌두사원입니다. 또 한 가지 할 일이 더 있습니다. 앞으로 얼마나 오래 살지 모르지만 가난한 사람들에게 일자리를 만들어 주어 도우려고 하는데 현재 380만 명이 혜택을 보았습니다. 500만 명이 목표입니다. 돈을 주면 그때뿐이지만 일자리를 만들어 주면 오랫동안 의식주를 해결할 수 있을 것입니다. 그 사람들 중에는 무슬림도 있고 힌디도 있고 기독교 신자도 있고 불교 신자도 있습니다. 저는 종교에 편견이 없습니다. 그래야 합니다. 인간은 평등하기 때문이지요. 일찍이 부처님도 모든 사람들을 사랑하셨습니다."

　　스리니바산은 김해공항에 도착한 다음 날 부인과 딸을 데리고 안국선원을 찾았다. 안국선원 선원장 접견실에서 소파에 앉아 있는 수불에게 삼배를 했다. 재작년 범어사에서, 작년 첸나이, 이번 안국선원까지 공식적으로 세 번을 만나는 셈이었다. 이번에는 스승과 제자 사이의 신뢰를 분명하게 확인하는 자리였다. 수불이 말했다.

　　"잘 계십니까? 어떻게 지내셨나요?"

　　"예, 그런데 요즘은 기도를 해도 기도가 잘 안 되어 애를 먹고 있습니다."

"일부러 기도하지 말고 그냥 내버려 두세요. 그러면 마음이 점점 가벼워질 겁니다."

스리니바산의 부인과 딸도 수불에게 합장한 뒤 승복 빛깔의 소파에 앉았다. 그때 수불이 종이 한 장을 스리니바산에게 내밀었다. 종이에는 도연(度然)이란 글씨가 쓰여 있었다. 수불이 말했다.

"회장님 법명이오."

"아, 감사합니다."

스리니바산이 자리에서 일어나 법명을 받고 합장했다. 스리니바산이 물었다.

"스님, 도연이 무슨 뜻입니까?"

"세상 사람들을 많이 도와주고 살라는 뜻이지요."

"스님, 그렇게 하겠습니다."

"사람들은 자기 방식으로 돕고 살아야 해요. 회장님 방식도 있겠지요. 제가 세상 사람들을 돕는 길은 간화선을 대중화, 세계화하는 것이지요. 모든 사람들이 진리의 가치를 알고, 그 속에서 산다면 얼마나 좋은 일입니까?"

"스님, 제 딸 락시미를 부탁합니다. 락시미가 간화선 수행을 할 것이라고 제게 말했습니다."

"잘 됐어요. 서울 안국선원에서 간화선 집중수행 프로그램이 있으니까요."

"스님, 고맙습니다."

락시미가 수줍게 웃으며 합장했다. 락시미가 입고 있는
노란색 인도 전통의상은 접견실 분위기를 한층 환하게 했다.
점심시간이 가까워져 오자 신도회장 무량심 보살이 공양간으
로 연락해 스리니바산의 점심 공양을 준비하도록 했다. 스리
니바산은 부산에 올 때마다 안국선원 채식 식단에 매료됐던
것이다.

스리니바산은 부산 일정을 마치고 첸나이로 돌아갔다. 얼
마 후 서울 안국선원에서는 수불의 지도하에 초심자들의 간
화선 집중수행 프로그램을 실시했다. 인도인으로는 유일하게
락시미도 참가해 함께 수행했다. 다행히 락시미는 삼사일 만
에 반응이 왔다. 가슴이 답답하고 목에 가시가 걸린 듯 숨을 쉬
기조차 힘들었는데 화두의심이 몸과 한 덩어리가 되었던 것이
다. 수불은 날마다 참가자들에게 한두 번씩 눈앞에 나타난 벽
을 무너뜨려야만 한다고 짧은 법문을 했다. 화두타파를 유도
하는 호법의 영향은 컸다. 마침내 락시미는 간화선 체험을 했
다. 온몸으로 오직 의심하다가 견고한 벽 너머의 실상을 절감
했다. 이 세상의 모든 존재가 공하므로 내가 있을 수 없었다.
그러니 집착할 상대는 아무것도 없었다. 애벌레가 나비로 변

해 날아가듯 화두의심이 깨지는 순간 답을 찾았다. 지식이나 설명은 아무 소용이 없었다. 단지 체험했다는 것만 머릿속에 남았다. 락시미는 답답했던 가슴이 뻥 뚫린 것 같아 황홀했다. 기쁨을 나눌 사람이 옆에 없으니 꿀 먹은 벙어리처럼 안국선원 계단을 혼자서 오르락내리락했다.

수불은 락시미를 점검한 뒤 안국선원 회장단에게 말했다.

"락시미 양이 체험을 단단하게 했어요. 인도 첸나이에서 왔는데 참으로 다행이요."

락시미는 한국에 머물지 않고 곧 인도로 돌아갔다. 그녀의 행복한 표정을 본 신도회장 무량심 보살은 안도했다. 락시미가 행복해하니 스리니바산도 행복해할 것이 틀림없었다. 과연 첸나이로 돌아간 락시미는 가족들 앞에서 간화선 체험을 자랑스럽게 말했다.

"놀라운 체험을 했어요. 저에게 있어 가장 기쁜 일 중에 하나가 될 거예요. 수불 스님이 저에게 행복을 선물하신 거예요. 우리 가족 모두 수불 스님을 모시고 간화선 수행을 했으면 좋겠어요."

"손녀가 좋아하니 나도 덩달아 기분이 좋아지는구나."

"어머니, 수불 스님을 이곳에 모시고 간화선 수행을 하면 어떻겠습니까?"

"더없이 좋은 일이지."

"저는 수불 스님이 멀리 계셔도 저를 보호하고 있다는 생각이 듭니다. 수불 스님께 미리 여쭙고 내년 여름쯤 초청하겠습니다."

스리니바산은 가족에게 스님과 상의한 뒤 초청하겠다고 말했다. 간화선 체험을 하고 돌아온 락시미가 제의해서 이뤄진 스리니바산의 결심이었다. 이후 스리니바산은 자신의 딸 락시미도 수불의 제자가 되었다고 지인들에게 자랑했다.

2017년 7월 〈첸나이비엔날레〉를 개최하는 한국문화원 인코센터 명의로 초청을 받은 수불은 바로 응했다. 수불은 〈첸나이비엔날레〉 개막식에도 초대받았다. 간화선 집중수행 날짜는 7월 25일부터 8박 9일 동안이었고, 대상은 스리니바산 가족, 첸나이 브라만 지도자들이었다.

수불은 안국선원 신도들에게 첸나이에 가서 간화선 집중수행을 지도하는 의미를 밝혔다.

"첸나이는 달마 대사의 고향으로, 그곳에서 할 내년 여름의 간화선 지도는 달마 대사가 중국을 거쳐 한국에 전해준 선종의 가르침을 원래의 고향으로 1,500여 년 만에 돌려준다는 보은의 의미도 있는 겁니다. 인도의 대표적인 재벌기업 회장이 지역 지도자급 지인들과 함께 직접 간화선 수행에 참여하는 것은 우리 한국불교가 간직해 온 고귀한 인류 문화유산인 간화선의 세계화에 중요한 계기가 되리라고 봐요."

수불은 간화선을 세계화하는 데 장소와 시간의 장애가 사라진 과학 시대에 살고 있다고 생각했다. 지난 1월 30일 동국대 국제선센터에서 만난 미국의 저명한 물리학자 미나스 카파토스(Menas C. Kafatos) 박사가 문득 떠올랐다. 71세의 카파토스 박사와 '과학과 종교'라는 주제로 200여 명의 청중 앞에서 이야기를 함께 나누었던 것이다. 카파토스 박사는 그리스 크레타섬에서 태어나 고교 졸업 후 미국으로 유학, 코넬대학에서 천체물리학을 공부하고 MIT에서 박사학위를 받았는데, 캘리포니아 채프먼대학 부총장을 지낸 그는 40년 이상 대학에서 강의를 한 '방랑하는 과학자'라는 별명이 붙은 노학자였다. 사회는 카파토스 박사의 부인이자 채프먼대학에서 두뇌과학을 연구하는 양근향 교수가 맡았던 것으로 수불은 기억했다.

수불은 동국대 국제선센터에서 카파토스 박사가 한 말이 생각나 미소를 지었다. 과학의 발달로 달마 대사의 선법이 1,500여 년 만에 인도와 한국을 아무런 장애 없이 오갈 수 있게 되었다. 하지만 1,500여 년이란 시간은 실제로 존재하는 것이 아니라 결국 마음속에 있을 뿐이라고 보아야 옳았다. 그때 카파토스 박사는 시간과 존재의 문제를 불교와 양자역학을 연계해 설명했던 것이다.

"시간이라고 하는 것은 인간적인 개념일 뿐입니다. 동그란 원은 시작도 끝도 없는 것처럼 양자역학에서는 연결된 시간이 존재하지 않는다고 봅니다. 현대 우주를 연구하는 분야에서는 부처님 말씀처럼 모든 존재가 성주괴공(成住壞空) 한다고 이야기합니다. 그러니까 시작과 끝은 하나입니다. 시작 이전에 빈 것을 허(虛) 혹은 무(無)라고 하는데 이는 아무것도 아닌 게 아니라 무엇이든 있을 수 있음을 의미합니다. 오늘날 불교와 과학에서는 시간이 마음속에 있다는 데 동의합니다. 부처님께서 말씀하셨던 항상 존재한다는 것은 무엇일까요? 아마도 자신의 존재에 대한 자각이 아닐까 싶습니다."

수불은 카파토스 박사가 불교의 제행무상(諸行無常)과 텅 빈 충만, 즉 진공묘유를 과학적인 사고로 이야기했다고 이해했다. '연결된 시간이 존재하지 않는다'는 말은 제행무상이고, '시작 이전에 빈 것이란 아무것도 아닌 것이 아니라 무엇이든 있을 수 있음'이란 말은 진공묘유인 것이었다. 그러나 그때 수불은 철학에서는 무엇을 존재라고 하지만 불교에서는 모든 것은 변하고 사라진다고 보기 때문에 존재 자체도 물음표를 붙이고 있다는 식으로 말했던 생각이 났다.

소백산 안국사 선방(수불 스님)

에
필
로
그

∞
벽송사 하안거

벽송사 선방에서 2021년 하안거 결제 중인 대중은 모두 10명이었다. 수불도 그중 한 명이었다. 주지는 선방 밖에서 선방 스님들을 외호했다. 대중 중에 아픈 사람은 없는지, 무엇이 필요한지를 살피고, 반찬거리를 사러 광주 각화동 시장을 다녀오거나 외부 손님이 오면 다실에서 차를 대접했다. 다실은 결제중인 선방스님들이 방선 시간에 차를 마시는 곳이었다. 스님들은 하루 종일 참선을 했다. 다만 어떤 날은 다랑이 밭에 나가울력을 했다.

수불은 서울 안국선원 신도들이 대중공양을 온다는 연락을 받고 다실에서 혼자 차를 마시며 기다리는 중이었다. 수불이 벽송사 선방에 방부를 들인 것은 선적인 에너지를 재충전하고, 안국선원을 개원할 때의 초심으로 되돌아가고자 하는 바람에서였다. 2011년 8월 1일 동국대 국제선센터 선원장으로 취임한 이후 10여 년 동안 간화선 대중화, 세계화를 위해 미국의 동부와 서부 및 남부, 프랑스, 인도, 중국, 뉴질랜드 등 나라 밖으로 동분서주했던 것이다.

수불은 차 한 잔을 마시며 상념에 잠겼다. 차 한 잔 속에 자신을 풍덩 담갔다. 선을 주제로 강연과 좌담회를 하고, 간화선 집중수행을 지도하기 위해 여러 나라를 오갔지만 차 한 잔을 마시는 동안에는 한 걸음도 떼지 않았다는 마음도 들었다. 어디에도 집착하지 않으니 그때의 마음이나 지금의 마음이나 똑같을 뿐이었다.

갑자기 소나기가 내리기 시작했다. 장마의 뒤끝을 보여주는 소나기였다. 밭에 울력하러 나갔던 선방스님들이 소나기를 피해 주지실 처마 밑에 모여들었다. 한 스님이 방문을 열고 다실로 들어왔다. 무엇이든 수불에게 자주 묻는 스님이었다.

"스님, 5년 전인가 불교 텔레비전을 우연히 본 적이 있습니다. 로버트 버스웰 교수가 동국대 어느 교수와 대담을 하는 프로였습니다. 버스웰 교수가 스님을 애기하더군요."

"버스웰 교수는 나와 인연이 깊어요. 안국선원에서 간화선 집중수행에 참여해 나한테 화두를 받고 체험한 분이지요. 동국대 〈국제간화선학술대회〉에서 여러 번 만났고요. 그분은 동국대 불교학술원장이었고, 나는 국제선센터 선원장이었으니까요."

"아, 인연이 많은 교수군요."

"버스웰 교수 주선으로 그분이 재직하고 있는 UCLA에 가서 강연도 했으니 그런 셈이지요."

"텔레비전을 보니, 그분이 대학교 1학년을 다니다가 열아홉 살 때 태국으로 출가한 뒤 2년 만에 우리나라 송광사로 와서 구산 큰스님 제자가 되었다고 하더군요. 저도 태국으로 가서 출가할 생각을 했거든요. 그때만 해도 테라바다(남방불교)에 관심이 많았기 때문입니다."

"지금도 태국으로 가고 싶은가요?"

"아닙니다. 여기 벽송사 선방 분위기가 좋습니다. 버스웰 교수의 고백을 듣고 생각을 바꾸었습니다. 버스웰 교수는 태국에서 비구계를 받은 뒤 우리나라에 와서 구산 큰스님께서 주신 무 자 화두를 들고 5년간 송광사 선방에서 정진했다고 합니다. 그러다가 미국으로 돌아가 한국불교를 연구하는 대학교수가 되었는데, 2009년에 부산 안국선원에서 스님께 손가락을 튕기는 탄지 화두를 받고 일주일 만에 화두를 타파했다는 고백을 들었습니다. 저도 하안거가 끝나면 기회를 보아서 안국선원에 가려고 합니다."

"코로나 때문에 간화선 집중수행을 자꾸 연기해 왔지만 기회를 보고 있으니까 한번 오세요."

"버스웰 교수가 안국선원을 높이 평가하더라고요."

자리를 바꾸어 풋풋한 젊은 스님이 차를 우렸다. 수불은 다탁 옆에 앉아 차를 우리는 젊은 스님의 손놀림을 보았다. 손놀림이 세심하고 차분했다. 수불이 웃으며 물었다.

"어떻게 평가하던가요? 나는 버스웰 교수가 나오는 텔레비전을 보지 못했어요."

"사회자 질문에 버스웰 교수가 안국선원에서 수불 스님이 지도하는 7일간 안거에 참여했는데, 자신이 스님 시절 송광사에서 매년 보낸 3개월 안거와 매우 달랐다고 말했습니다. 그러면서 안국선원에서 7일 동안 배운 것이 송광사에서 여러 차례의 3개월 안거로 배운 것보다 더 많았다고 말했습니다."

"하하. 내가 뭐라고 말할 수는 없네요. 당사자니까요. 버스웰 교수가 부산 안국선원에 온 것은 사실이지요. 동국대 불교학술원장에 취임하고서 한 달 보름쯤 됐을 때 온 것으로 기억나네요."

"저는 대학 시절에 테라바다의 위빠사나 수행이나 티베트의 관상 수행을 책을 통해서 보고 큰 매력을 느꼈거든요. 불교학생회 어떤 친구는 방학 때 태국이나 미얀마를 가서 수행하고 오기도 했어요. 저도 기회를 보고 있었고요. 그런 현상을 버스웰 교수는 전 세계에 종교 시장이 형성됐다고 말하더라고요. 그러면서 한국도 이제는 경쟁하는 방법을 배워야 한다고 했고요."

수불은 젊은 스님이 젊은이답게 문제의식을 가지고 있다

는 느낌이 들었다. 그래서 또 물었다.

"버스웰 교수는 한국불교의 전망을 어떻게 내다보고 있던가요?"

"예, 한국불교가 전 세계의 종교 시장에서 고립을 벗어나려면 한국불교와 간화선을 통해 얻을 수 있는 가치를 알리는 것이 중요하다고 말했습니다. 특히 간화선 전통이 살아남을지 우려도 있었지만 안국선원만 놓고 볼 때 지난 15년간 승가와 재가에서 간화선의 위상이 올라갔다고 진단했습니다. 스님의 지도 사례를 참고해 볼 때 간화선을 통한 한국불교의 미래는 아주 밝다고 말하더군요."

"BTN 텔레비전에서 방송했던가요?"

"예, 스님, 2016년 10월 초순쯤이라고 기억납니다. 다시보기 프로에 들어가면 지금도 볼 수 있습니다."

"동국대 국제선센터 선원장으로 있을 때 들었어요. 버스웰 교수가 미국에서 AAAS, 그러니까 아메리칸 아카데미 오브 아트 사이언스(American Academy of Arts and Sciences, 미국 예술 과학 아카데미) 회원이 되셨다고요."

"스님, 방송에서 버스웰 교수가 말했습니다. 학술단체 AAAS는 미국 건국의 주역인 토머스 제퍼슨 대통령이 설립했다고 합니다. 과학자 벤저민 프랭클린도 회원이었고요. 버스웰 교수는 회원선출 통지를 받고서 놀랐다고 합니다. 한국학이나 한국불교학을 연구한 학자가 회원이 된 것은 AAAS가 생긴 이래 처음이었다고 합니다."

"한국불교 연구가 서양에서 그만큼 성장했다는 것을 보여주는 거지요. 버스웰 교수가 처음 캘리포니아 대학원에서 연구를 시작할 때는 한국불교학은 없었다고 나한테 말한 적이 있어요. 인도불교, 남방불교, 티베트불교, 일본불교 연구는 서양 학계에서 활발한 편이었지만."

빗소리가 제법 세차게 들려왔다. 주지실 마루에 앉아 있던 선방스님들이 다실로 들어왔다. 스님들이 다탁을 빙 둘러 앉자 자리가 비좁아졌다. 수불은 자리를 양보하고 일어나 방을 나와 우산을 챙겼다. 굵은 빗줄기가 선방 기왓장을 후드득후드득 두들겼다. 수불의 가슴을 시원하게 쓸어주는 빗소리였다.

수불은 우산을 쓰고 원통전 뒤편 도인송이 서 있는 쪽으로 올라갔다. 도인송은 내원암에 살 때 꿈에서 용으로 변신해서 승천했던 바로 그 낙락장송이었다. 미인송이 있는 곳까지 올라가자 서울 안국선원 신도들이 버스에서 우르르 내리는 모습이 보였다. 신도회장 무량심 보살이 인솔하고 있었다. 수불은 안국선원 신도들을 격려하기 위해 절 주차장으로 내려갔다.

두 달 후.
하안거 해제 전날이었다. 몸무게가 7킬로그램 정도 줄어

든 수불의 눈매는 예전처럼 날카로웠다. 수불의 눈매는 민첩하고 늠름한 독수리의 눈매를 연상시켰다. 누구라도 한번 낚아채면 하늘로 날아가 버릴 것 같은 그런 기운이 서린 눈매였다. 해제 전날에는 전통적으로 자자(自恣)를 하면서 하루를 보냈다. 결제 때 지은 허물을 대중 앞에서 참회하는 것이 이른바 자자였다. 수불도 자자를 했다.

"선방스님 모두가 한 철 무사히 보낸 것을 고맙게 생각합니다. 무엇보다 선방스님 덕분이지요. 주지스님 외호도 감사하게 생각하고요. 저는 안국선원으로 돌아갈 것인데 벌써 동안거를 어디서 날지 생각하고 있습니다. 전생에 정진했던 것 같은 벽송사에서 한 철 보낸 것을 뜻깊게 생각합니다. 이곳에서 깨달음을 얻으신 옛 조사, 선사님들도 한없이 고마울 뿐입니다. 옛 조사, 선사님들이 안 계셨더라면 우리가 어찌 벽송사 선방에 앉아 있을 수 있겠습니까? 아무튼 두루두루 고맙고 감사할 뿐입니다."

수불은 덕담으로 자자를 대신했다. 다른 선방스님들도 마찬가지였다. 부처님 당시처럼 오금이 저릴 만큼 추상같은 질책은 오가지 않았다. 원칙대로 하다가는 서로 감정을 상할 수 있기 때문이었다. 오후에는 비가 조금 내렸지만 수불은 한 스님을 앞세우고 지리산으로 포행을 나갔다가 돌아왔다.

저녁 7시 예불 시간 무렵이었다. 수불은 가사를 수한 뒤 법당에 들어가 지전에게 말했다. 지전의 소임은 법당에서 예불을 집전하고 독경을 하는 일이었다.

"지전스님, 오늘은 조금 일찍 예불을 시작하지요."

그러자 지전이 말했다.

"스님, 빨리 가시려고 서두르십니까?"

"아니, 빨리 안 가도 돼요. 목탁은 알아서 치세요."

"스님, 죄송합니다. 저는 스님께서 목탁을 치라고 해서 치지 않습니다. 날마다 저녁 7시가 되면 목탁을 칠뿐입니다."

수불은 내심 지전을 칭찬했다. 지전이건 입승이건 수행자는 일과표대로 초지일관해야 했다. 상황에 따라서 태도가 오락가락해서는 안 되었다. 수불은 혼잣말로 중얼거렸다.

'마지막 끝나는 순간까지 정신을 바짝 차려야지. 지전스님 덕분에 한 철 잘 살았네.'

수불은 저녁예불을 마치고 법당을 나와서 선방스님들에게 말했다.

"지전스님이 내 목에 칼을 대는 바람에 내가 마지막까지 정신을 바짝 차렸어요. 감사하고 고맙지요. 한 철 잘 났으니까요. 스님들도 앞으로 정진 더 잘하시고 건강하기를 바랍니다."

수불은 밤에 벽송사를 나와 부산 안국선원으로 떠났다. 내일 백중 때 안국선원 신도들을 상대로 법문을 하려면 밀쳐두었던 선서 등을 보면서 준비해야 하기 때문이었다.

∞

소백산 안국사

수불은 새벽의 별빛이 아직 또록또록할 때 부산 안국선원을 나섰다. 영주시 부석면 소백산 산자락에 있는 안국사를 가기 위해서였다. 작년까지만 해도 현정사(現靜寺)로 불렸는데, 수불은 절 이름을 바꾸었다. 현정사가 안국사로 바뀐 데는 사연이 좀 있었다. 서울에서 요정을 크게 운영하던 광명장 보살이 노후에 참선 수행하는 스님을 모시고 살 목적으로 우리나라 10승지(勝地) 가운데 한 곳인 소백산 산자락에 신용수 도편수를 불러와 대웅전과 선방인 동당과 서당, 설선루, 요사채를 지었는데, 처음에는 화계사 숭산 조실스님에게 맡기려고 했다가 여의치 않자 조실스님의 제자 미국인 현각이 주지로 살도록 간청했던 것이다. 그러나 현각은 신도가 없는 고립무원의 현정사에서 풀을 뽑는 등 잡일만 하다가 2년여 만에 손을 들고 나가버렸다. 그래서 광명장 보살은 불국사를 찾아가 한학에 정통한 대강백 덕민 스님에게 부탁했다.

그런데 덕민 스님도 이런저런 이유를 들며 손사래 쳤다. 결국 덕민 스님과 교분이 두터운 수불이 현정사를 떠맡게 되었는데 절 운영은 녹록지 않았다. 소백산 심심산골에 자리하여 풍광은 빼어나지만 신도들이 찾아오기가 어려운 곳이기 때문이었다.

수불은 10여 년 동안 경내도로 포장과 축대 쌓기 등 도량 관리만 해오다가 작년에야 선방을 개설하여 올해 동안거부터는 10여 명의 선방 대중을 맞아들였다. 수불이 도량 정비에 남몰래 힘을 쏟고 절 이름을 안국사로 바꾼 것은 자신의 원력이기도 한 '국제간화선센터'를 개원하기 위해서였다. 안국사 재가선원에다가 '국제간화선센터'를 개원하여 세계 각지의 사람들이 안거하면서 간화선을 통해 진리에 눈뜨게 하는 것이 수불의 원력이었다. 수불과 인연을 맺은 로버트 버스웰, 차드 멍탄, 베누 스리니바산, 미나스 카파토스 등이 세계인들과 함께 안국사에 모여 세계일화를 일궈나가는 평화로운 모습이 수불의 꿈인 것이었다.

승용차는 2시간 만에 소백산 초입에 도착했다. 마구령부터 시작하는 구불구불한 산길은 늘 아찔했다. 강원도 쪽으로 돌아가는 조금 편한 길도 있지만 마구령 산길이 지름길이었다. 그런데 1월의 산길은 더 위험했다. 교행이 힘든 내리막 응달 외길에는 살얼음이 끼어 있었다. 그런 산길을 무려 30여 분

동안이나 달려야 했다. 산길은 산림청의 산림관리용 임도이지 일반도로는 아니었다. 수불은 무사히 오전 9시쯤 안국사에 도착했다.

오늘은 동안거 반결제 법회 날이었다. 수불은 대웅전을 먼저 들렀다가 다실에서 상좌인 주지 회산(會山)과 차담을 나눈 뒤 선방으로 입실했다. 선방에는 스님 10여 명이 좌복에 앉아 수불을 기다리고 있었다. 수불은 빛이 들어오는 창호를 등지고 앉았다. 그러자 입승이 입정(入定)을 알리는 죽비를 쳤다. 순간 선방은 더 고요해졌다. 스님들의 숨소리만 들릴 뿐 몇 분 동안 선방은 적막에 빠져들었다.

죽비 소리가 다시 들렸을 때 좌복에 앉은 선방스님들이 엄숙하게 허리를 곧추세웠다. 수불은 선방스님들을 한번 둘러본 뒤 미소를 지으며 법문을 시작했다.

"오늘은《돈오입도요문론(頓悟入道要門論)》을 스님들과 함께 공부하도록 하지요.《돈오입도요문론》은 대주혜해(大珠慧海) 스님이 직접 저술한 것이지요. 다른 사람의 힘을 빌리지 않고 본인이 직접 저술한 것인데, 조카상좌 현안(玄晏) 스님이 몰래 마조 스님한테 보였다고 하지요.

마조 스님이《돈오입도요문론》을 읽고서 '월주에 큰 구슬이 있어 둥글고 밝아 광명이 비쳐 나와 자유자재하고 걸림이 없구나' 하고 감탄했다고 해서 아마도 대주라는 호를 쓰게 된 것 같아요.

대주 스님이 마조 스님을 6년 동안 시봉했다고 하니까, 대운사에서 꽤 오래 살다가 다른 곳으로 가신 셈이지요. 대주 스님은 마조 스님을 처음 뵈었을 때 아주 쉽게 깨쳤다고 해요. 마조 스님을 오랫동안 모시고 살다가 깨달은 것이 아니라 마조 스님 찾아뵙자마자 말 한마디에 툭 터져가지고 6년을 모셨다고 합니다. 두 분이 처음 만났을 때 마조 스님께서 대주 스님에게 물었지요.

어디에서 왔느냐?

월주 대운사에서 왔습니다.

여기에 와서 무엇을 구하려고 하느냐?

불법(佛法)을 구하려고 합니다.

자기의 보배창고는 살피지 않고서 집을 버리고 사방으로 치달려 무엇 하려느냐? 여기 나에게는 아무것도 없다. 무슨 불법을 구하겠느냐?

무엇이 혜해의 보배창고입니까?

바로 지금 나에게 묻는 그것이 그대의 보배창고다. 그것은 일체를 다 갖추었으므로 조금도 부족함이 없어 작용이 자유자재한데 어찌 밖에서 구할 필요가 있겠느냐?

이 말끝에 본래 마음을 스스로 깨닫고 뛸 듯이 기뻐하며 절을 하였다는 겁니다. 한마디에 그냥 툭 터져가지고 절을 하고서 6년을 섬겼다, 이런 내용입니다.”

수불은 성철 스님이 저술한《돈요입도요문론 강설(頓悟 入道要門論 講設)》을 펴놓고서 읽기 시작했다. 처음에는 수불의 생각을 먼저 말하고《돈요입도요문론 강설》을 읽어 내려갔다. 그런 뒤에는 수불이 평을 하듯 이야기했다.

“마조 스님 문하에서 대주 스님의 위치를 본다면 마조 스님 비문에서나《경덕전등록(景德傳燈錄)》,《조당집(祖堂集)》에서나 모두 대주 스님을 마조 스님의 수제자(首弟子)로 보고 있습니다. 그리고《경덕전등록》에 1,700여 명의 큰스님 법문이 실려 있지만, 그중에서도 대주 스님의 법문이 가장 많이 실려 있고, 제28권에는 스님의 긴 법문이 따로 실려 있습니다.

마조 스님의 정맥은 백장 스님에게 내려갔다고 하는 것이 선가의 정설로 되어 있지만, 그 당시에는 백장 스님, 남전 스님, 법상 스님보다 대주 스님이 더 유명하였으므로 천하에 이름을 더 날렸습니다.

이러한 점으로 미루어 볼 때《돈오입도요문론》은 당대에 명성을 떨친 대주 스님의 저술이고, 또 선가의 대조사이신 마조 스님이 극찬한 책이므로 선종의 정통사상을 아는 데 있어서 말할 수 없이 귀중한 자료라고 하지 않을 수 없습니다.

여기서 우리가 또 한 가지 중요하게 여겨야 할 것은《육조단경(六祖壇經)》이라든가,《전심법요(傳心法要)》라든가,《백장광록(百丈廣錄)》이라든가 하는 선종의 어록들이 많이 있지만, 이러한 어록들은 스님들께서 입적하신 뒤에 당시 사람들이나 후세 사람들이 법문을 기록하거나 수집한 것이지 본인이 직접 편찬한 것이 아닙니다. 하지만《돈오입도요문론》은 대주 스님이 직접 저술하였으므로 거기에 가필이나 착오가 없다고 보며 다른 어떠한 어록보다도 완전한 것이라고 학자들은 생각하고 있습니다. 또 마조 스님이 인가하신 논(論)이니만큼 부처님의 정법을 정확하게 기술한 것으로서 선종 초기의 근본사상을 연구하는 데 있어서《증도가(證道歌)》와 함께 가장 중요한 자리를 차지하고 있습니다.

돈오란 구경각(究竟覺)을 말합니다. 즉 제8식 아뢰야식의 근본무명이 완전히 끊어져서 중도(中道)를 정등각(正等覺)하여 진여본성을 깨친 증오를 말하는 것입니다. 중도를 정등각한 구경각을 돈오라고 하는 만큼 입도(入道)라고 하는 것도 결국은 성불과 같은 뜻으로서 증도(證道)라는 말과 뜻이 같습니다. 그러므로 이《돈오입도요문론》은 영가 스님의《증도가》와 그 사상과 내용이 같다고 할 수 있겠습니다. 이 점을 잘 이해하고 법문을 들어주시길 바랍니다."

헌사(獻辭) 부분부터 수불은 성철 스님의 주석은 읽지 않겠다고 말했다. 이 말은《돈오입도요문론》을 읽으면서 자신의 입장에서 이야기하겠다는 뜻이었다.

"성철 스님께서 주(註)를 달아놓았는데, 저는 이제부터 성철 스님 애기는 빼버리고 대주 스님과 제 입장만 애기하겠습니다. 참고로 이 책을 미리 읽고 온 것은 아닙니다. 예전 8~9년 전에 범어사에서 주지를 할 때 강의했지만, 그 이후로는 한번도 보지 않다가 오늘 처음 보고 있는 것입니다."

수불은 차를 한 잔 마셨다. 차를 음미했다기보다는 목을 축인 뒤부터 '돈오'에 대해서 평소 자신의 생각을 드러내며 법문을 했다.

"음, '돈오'라 하는 것이 뭘까요? 돈오돈수가 있고 돈오점수가 있습니다. 돈오라는 것은 몰록 깨친다는 겁니다. 순간적으로 깨달음이 온다는 입장하고 통하는 것인데, 그런 돈오를 어떻게 체험해야지만 돈오 체험을 했다고 말할 수 있을까요?

누구든지 선에 관심 있는 분들은 돈오를 체험하고 싶을 겁니다. 누구든지 깨달음을 제1순위로 생각하고 공부하지요. 그렇지 않고 덮어놓고 앉아서 버틴다는 것은 바보 멍청이나 하는 짓이겠지요. 뭔가 하고자 하는 의욕이 있으면 결과가 여법해야지요.

누가 물었어요.

어떤 법을 닦아야 곧 해탈을 얻을 수 있겠습니까?
오직 돈오의 한 문(一門)만이 곧 해탈을 얻을 수 있느니라.

누가 대주 스님한테 물으니까 스님께서 당신 입장을 드러
낸 것이지요. '오직 돈오의 한 문 만이 곧 해탈을 얻을 수 있다.'
본래 해탈인데 따로 드러내고 자시고 할 것은 없지요. 이대로
가 완벽한 해탈이라는 거예요. 해탈 아닌 것이 어디 있겠어요.
그런데 이것은 불법에 눈뜬, 제대로 된 안목을 가진 사람만이
이해할 수 있어요. 불법에 대한 안목 없이 알음알이로, 육안을
가지고 '돈오하는 것이 해탈이다' 하고 얘기한다면, 이거 큰 문
제지요.

불법에 대한 올바른 가치를 어떻게 받아들여야 눈을 뜰
수가 있을까요? 우리는 지금 육안을 가지고 시작하는 거지요.
육안이라는 것은 도덕적 관념이에요. 선악에 대한 옳고 그름
을 구별하는 것이 도덕적 관념이라는 겁니다. 짐승들도 몸에
육안이 달려 있지요. 그렇다 하더라도 업이 다르니까 도덕적
가치라든지 상식적인 어떤 입장을 알지를 못하니까 불법에 대
한 올바른 눈을 뜰 수 없어요.

선에서 오안(五眼)을 얘기할 적에 천안을 열고, 혜안을 눈

뜨고, 다시 법의 어떤 안목이 열린다고 하지요. 혜안에서도 눈 뜰 적에 돈오합니다. 그런데 그건 번뇌가 있는 유루법(有漏法)이에요. 이승(二乘, 성문과 연각)도 돈오를 얘기하지요. 아라한과를 증득할 적에도 돈오를 말하지요.

육조 스님은 돈오를 두 번 체험했어요. 나무꾼으로 있을 적에 한 번 체험했고, 오조 스님 만나서 다시 크게 깨달았어요. 그때 육조 스님이 비로소 돈오돈수에 대한 입장을 정리했던 거지요. 그전에는 돈오돈수가 아니에요. 그냥 돈오는 했어도 점수적 돈오라고나 할까. 그때 오조 스님이 육조 스님을 조금 폄하하는 어떤 입장을 취했어요. '방앗간에서 방아 찧으라' 하고 말이에요. 하여튼 어떤 기회를 스스로 가질 수 있게끔 이놈이 물건인지, 하심은 하고 있는지 보려고 말입니다. 신수 스님 게송에 반박하는 것을 보니까 어지간하기는 한데 아직까지는 완벽한 깨달음에 눈뜨지 못했다는 사실을 오조 스님만 아는 거였어요. 다른 대중이 어떻게 알 수 있나요? 그러니까 살짝 불러가지고 《금강경》을 말하는 어느 대목에서 활짝 깨쳤다, 이 말이지요.

뒤에 깨친 것이야말로 남을 깨닫게 해줄 수 있는 대승의 최상승법에 눈떴던 겁니다. 이건 말로 표현할 수 없는 거예요. 그런데 그런 체험을 과연 누가 했느냐, 이 말입니다. 어떻게 하면 그런 체험을 할 수 있겠습니까?

그런 체험을 하기 위해서는 화두를 채택해서 화두일념(話頭一念), 화두삼매(話頭三昧) 속에서 시간을 보내면서 나름대로 깨달음을 얻는 기회를 가져야 되는데, 어떤 화두를 어떻게 들고 어떻게 삼매에 들어가야만 비로소 깨달음에 나아갈 수 있겠습니까? 생각은 쉬운데 막막해요. 하면 다 될 것 같은 기분인데 말이에요. 기분만 그렇지 실제는 안 되고 있으니까 더 막막해지는 거지요.

그래서 우리 불법 문중에서는 해탈을 얘기하는 겁니다. 부처님 말씀이지요. 이제 생사해탈을, 생사를 벗어나기 위해서는 돈오라는 체험을 반드시 필연적으로 만나야만 해요. 해탈할 수 있는 근거를 가지게 되니까요. 그것이 지름길이니까요. 대주 스님은 돈오 입장을 이렇게 정리한 것 같아요.

어떤 것을 돈오라고 합니까?
돈이란 단박에 망념(妄念)을 없앰이요, 오란 얻은 바 없음(無所得 무소득)을 깨치는 것이니라.

무엇이 돈오냐 하니까, 망념을 단박에 없애고 무소득을 깨치는 거다, 이렇게 얘기를 했어요. 무소득이라는 게 뭡니까? 본래 갖추어져 있어서 눈앞에 다 훤하게 드러난 이 모습이야말로 그것 아닌 게 없지요. 말은 그렇게 하지만 우리는 그걸 소

화를 못 한다, 이 말입니다. 이해는 해요. 이치를 따라서 이해
는 하는데, 실질적인 깨달음이 없으니까 증명할 수 있는 힘을
못 가진 거지요.

무엇부터 닦아야 합니까?
근본부터 닦아야 하느니라.

내가 볼 적에는 굉장히 까마득한 말이에요. 어떻게 닦아
야 되냐고 물으니까 근본부터 닦아야 된다, 얼마나 까마득한
말입니까?

어떻게 하는 것이 근본부터 닦는 것입니까?
마음이 근본이니라.

마음부터 깨달아야 된다는 말입니다. '마음! 마음! 마음!
마음!' 이렇게 하지만 본래 그 마음이 어떤 것인지 자각을 안
해요. 우리가 가지고 늘 쓰고 있는 마음인데도. 다만 막연히 이
게 마음일 거야, 하고 말아요. 행주좌와 어묵동정. 보고 듣고
느끼고 움직이고 말하고 행동하는데 마음이 없으면 목석과 같
은 무정물이지 무슨 놈의 불성이 있나. 유정물이 불성 있지, 하
고 얘기를 해요. '마음을 근본으로 한다'고 했으니 제일 의심하

기 쉽지 않아요? '무엇이 마음입니까?' 하고 의심이 딱 걸려들면 좋겠는데 알음알이가 너무 심하니까 잘 안 걸려요.

'마음이란 이건데 왜 또 깨달으라 하나, 뻔한 것을. 보고 듣고 느끼고 움직이고 말하고 행동하는 이것이 마음이라고 하면서 무슨 마음을 또 깨달으라고 하나. 심외무법(心外無法)이라 마음 밖에 따로 법이 없다고 말해놓고.' 이렇게 말하면 깨달음이 멀어진다, 이 말입니다.

깨달은 것처럼 잘난 체하는 것이 증상만(增上慢)인데 가장 골치 아프다, 이 말이에요. 그 알음알이 때문에 결국은 깨달음하고 등지게 되는 거지요. 그것 때문에 우리는 깨닫지 못하고 늘 거기 첫 관문에 걸려 있거든요. 그러면 업이 안 녹아요. 탐진치 삼독이 있는 줄 뻔히 알지만 어떻게 녹일 거예요? 있는 것을 없다고 어떻게 속일 수 있나요? 깨달음을 계기로 이론적 근거를 제시해야지 깨달음 없이 남한테 배워서 이해한 것을 가지고 자꾸 얘기하면 한계가 있다, 이 말입니다.

마음이 근본임을 어떻게 알 수 있습니까?

《능가경(楞伽經)》에 이르기를 '마음이 생(生)하면 일체만법이 생하고 마음이 멸(滅)하면 일체만법이 멸한다'고 하였고, 《유마경》에 이르기를 '정토(淨土)를 얻으려고 하면 마땅히 그

마음을 깨끗이 하여야 하나니 그 마음의 깨끗함을 따라 불국
토가 깨끗해진다' 하였고, 《유교경(遺敎經)》에 이르기를 '마음
을 한 곳으로 통일하여 제어하면 성취하지 못하는 일이 없다'
고 하였고, 어떤 경에서는 '성인은 마음을 구하나 부처를 구하
지 아니하고, 어리석은 사람은 부처를 구하면서 마음을 구하
지 아니한다. 지혜로운 사람은 마음을 다스리나 몸을 다스리
지 아니하고 어리석은 사람은 몸은 다스리나 마음을 다스리
지 아니한다'고 하였고, 《불명경(佛名經)》에 이르기를 '죄는 마
음에서 났다가 다시 마음을 좇아서 없어진다'고 하였어요. 또
《선문경(禪門經)》에 이르기를 '바깥 모양에서 구한다면 비록
몇 겁을 지난다 해도 마침내 이루지 못할 것이요, 안으로 마음
을 관조하여 깨치면 한 생각 사이에 보리를 증(證)한다'고 하였
지요. 그러니까 바깥으로 법을 구하려고 하지 말고 안으로 살
펴서 마음을 깨닫는 그런 입장을 강조하면서 '공부는 이렇게
해야 됩니다' 하는 모습을 드러내고 있는 거지요.

　　대주 스님이 또 선정(禪定)을 이야기하고 있는데, 이 부분
은 오후 시간에 하지요. 벌써 그냥 떠들어댄 지가 40분 가까이
되었어요. 너무 많은 내용을 한꺼번에 얘기하는 것도 그렇고
하니, 지금부터는 스님들의 질문을 받겠으니 아무거나 물어보
세요."

입승이 먼저 질문했다.

"스님, 오늘 강의 중에 나오는 돈오는 조사선의 돈오입니까? 간화선의 돈오입니까?"

"똑같아요. 일맥상통합니다.《돈오입도요문론》의 돈오는 조사선의 돈오이지만, 간화선에도 이 돈오가 똑같이 적용돼요. 간화선에서도 돈오가 없으면 그건 간화선이라고 얘기할 수가 없어요. 간화선도 돈오돈수를 주장합니다. 돈오점수가 아니고."

"제가 아까 잘못 들은 것 같은데, 대주 스님이 역사적으로 대혜 스님 이전입니까? 아니면 이후입니까?"

"대주 스님이 대혜 스님보다 한참 위지요. 오늘 얘기한 것은 7~8백 년 대의 일이고 대혜 스님은 천백 년 대 얘기예요. 그러니까 250년 이상 차이가 있어요. 돈오라는 말은, 마조 스님의 돈오나 대혜 스님의 돈오나 똑같은 돈오예요. 맥을 같이하지 않으면 돈오라는 표현을 쓰면 안 돼요. 조사선이든 간화선이든 묵조선이든 돈오는 같습니다. 묵조도 돈오 안 하면 인가를 못 받아요."

"돈오란 성철 큰스님께서 말씀하신 '완벽하게 번뇌망상이 떨어진 자리'입니까?"

"번뇌망상이 떨어진 자리는 본인이 확인해야 돼요. 본래 마음에 번뇌망상이 어디 있어요?"

"번뇌 즉 보리다, 라는 뜻은 무엇입니까?

"'번뇌가 보리다' 하는 것은 깨달음을 통해서 실증해야지, 깨달음 없이 뜻만 배워서 '번뇌와 보리가 둘이 아니다' 하는 것은 공부에 도움이 안 되고 방해만 돼요. 실지로 번뇌와 보리가 둘이 아니라 할지라도 번뇌는 번뇌고 보리는 보리다, 이렇게 쪼개놓고 공부하는 것이 오히려 공부에 도움이 되는지 몰라요. '번뇌가 보리고 보리가 번뇌다. 번뇌와 보리가 둘이 아니다' 하면 공부에 더 방해가 되는지 알 수 없지요."

스님들이 돌아가면서 한마디씩 질문을 했다.

"해묵은 얘기이지만 성철 스님께서 많이 말씀하신 돈오돈수와 돈오점수에 관한 것입니다. 스님은 어떻게 생각하십니까?"

"돈오점수는 아라한과까지입니다. 돈오돈수는 법안(法眼)이에요. 부처님은 굳이 말로 표현하자면 돈, 점이 없어요. 그걸 무오무수(無悟無修)라 해야 되나?"

스님들의 질문은 계속 이어졌다. 이번에는 키가 큰 스님이 질문했다.

"점오점수라는 말은 어떻게 생각하십니까?"

"보편적으로 일반 중생들이 하고 있는 것이 점오점수 아닙니까? 그러니까 지금 우리가 하고 있는 이런 것들이 다 점오점수에 속하는 것 같아요."

방금 질문한 스님은 사뭇 진지했다.

"점수할 게 있다면 돈오라고 얘기하는 게 좀 어긋나지 않나 싶습니다. 점수할 게 남아 있는데 어떻게 돈오라고 해서 돈오점수라는 말이 있는지 이해가 안 됩니다. 점수할 게 있다면 차라리 점오점수라고 하는 게 좋을 것 같습니다. 그냥 점진적으로 깨닫고 점진적으로 닦아 나아간다, 이런 식이니까 점오점수는 어떤지요?"

"점오점수라는 말도 있지만 돈오를 체험해 보니까, 하나를 물었는데 천을 깨닫는 일문천오(一問千悟) 하는 모습이 돈오돈수 속에 있다는 것이 증명됐어요. 깨닫기 전에는 그 말을 아무리 해줘도 납득을 못 해요. '이거 궤변이 아닌가? 내가 그 말을 어떻게 믿고 의지하고 공부하겠나?' 하는 거지요.

그런데 인연이 닿으면 해보고 싶은 마음이 생겨날 수도 있어요. 실질적으로 딱 하고 난 뒤에 그것이 점수적 돈오이든, 돈수적 돈오든 말이에요. 눈 밝은 종사들은 다 돈오 체험을 했어요. 다만 점수적 돈오는 돈오돈수적 돈오에 비하면 그 힘이 만분의 일, 백만 분의 일도 안 된다고 경에 극단적으로 표현했어요. 《화엄경》을 보면 나와요. 경에 부처님께서 말씀하신 겁니다. 경에 없는 소리를 내가 떠들어대면 궤변이지요."

"스님, 마지막으로 질문하겠습니다. 화두의심에 들었을

때 좌선이 최상의 자세입니까?"

"화두가 제대로 들려지면 앉아서 화두 들고 의심하는 것이 가장 집중하기 좋지요. 그러나 꼭 그렇지만은 않아요. 고봉 원묘 화상은 잠이 너무 오니까 행선을 주장했어요. 본인이 '나는 앉으면 조니까, 일어서서 공부할 수 있도록 대중이 허락해 주시면 그렇게 하겠습니다' 하고 말했지요. 그런데 화두의심에 제대로 걸리면 앉아 있을 때는 말할 것도 없고 서서 움직일 때나 밥 먹을 때나 똥 쌀 때나 24시간, 48시간, 72시간 공부가 끝날 때까지 화두가 들려요. 그게 활구지요."

"화두가 정말로 끝날 때까지 들려집니까?"

질문은 한 사람이 했지만 사실은 스님들 모두의 질문이었다. 수불은 스님들의 마음을 간파하고 길게 답했다.

"사구면 안 들려져요. 억지로 애를 쓰니 들려진 것처럼 착각할 뿐이지요. 대표적인 사구가 '이뭣꼬?'라는 겁니다. '이뭣꼬?'를 들고 있다가 한 시간에 한 번, 아니면 세 시간에 한 번씩 '이뭣꼬?' 하는 생각이 자기도 모르게 쓱 떠올려지니까 '아, 의심이 안 도망가고 계속 이뭣꼬가 되어가고 있구나'라고 인식하는 겁니다. 이런 착각이 공부를 방해하는 거지요. 그런 '이뭣꼬?'는 제대로 된 공부가 아니에요. 제대로 된 '이뭣꼬?'는 처음서부터 끝까지 정신없어요. 의심되어진 화두는 학인이 들려고 해서 들려지는 게 아니에요. 이런저런 방해 속에서도 간단

없이 들려지는 화두가 돼야지요.

　방해를 안 받고 공부할 수 있으면 최고로 좋겠지요. 그러
나 공부하다가 보면 알겠지만 이런저런 방해가 생기게 되어
있어요. 방해 속에서도 화두의심을 꿋꿋하게 이어가는 집중력
과 의지가 필요한 거지요. 그런데 활구를 들고 그래야지 사구
를 들고서 생으로 애쓰는 것은 억지로 공부를 마치려고 하는
육단심(肉團心)만 더하는 거예요. 그래봤자 공부하고는 멀어지
는 결과를 낳아요. 그런 공부는 하나 마나 한 공부지요. 천년만
년 해도 공부가 안 되지요.

　그런데 본인이 활구를 들고 있는지, 사구를 들고 있는지,
그게 참 구별이 안 될 수도 있어요. 그래서 선지식한테 화두를
타서 점검받으라고 하는 이유가 바로 그런 것입니다."

　수불과 스님들은 선방을 나왔다. 잠시 후 점심 공양을 하
기 위해서였다. 수불은 좌선 자세로 법문하는 동안 긴장한 근
육을 풀어주기 위해 포행을 했다. 선방 적묵당 맞은편에는 다
실로 사용하는 어래실이 있었다. 대웅전은 어래산 여러 봉우
리 밑에 있었는데, 어래산에서 태백산까지는 다섯 개의 산봉
우리가 이어져 있었다. 수불은 대웅전 마당까지 걸어갔다. 대
웅전에서 내려다보이는 설선루 앞산은 소백산이었다.

　소백산은 마구령에서 고치령까지 골골이 뻗어나간 백두

대간의 한 부분이었다. 빗금을 긋듯 죽죽 흘러내린 산자락은 마치 주름치마 같은 모습을 하고 있었다. 안국사 앞산은 소백산이고 뒷산은 태백산이었다.

안국사 부근 소백산 계곡 남대리는《정감록(鄭鑑錄)》에 나오는 10승지 중의 한 곳인데 태백산 검룡소, 오대산 우통수와 함께 한강의 3대 발원지 가운데 하나였다. 수불이 설선루를 내려와 공터에 섰다. 그러자 안국사 주지 회산이 옆에 섰다. 수불이 상좌 회산에게 말했다.

"선객들이 참선하는 선방을 개설했으니 이제는 여기 공터에 재가선원을 지어 '국제간화선센터' 간판을 걸었으면 좋겠다. 회산 생각은 어떤가?"

"안국사의 미래를 보는 것 같습니다."

회산은 스승 수불의 한마디에 세계의 젊은이들이 백두대간의 기운이 뻗치는 안국사를 찾아와 간화선을 수행하며 '이 무슨 도리인가?'를 반조하는 날이 올 것만 같은 예감이 들었다. 2030세대의 K컬처에서 이제는 한 단계 심오해진 K정신문화가 세계 미래를 선도하는 시절인연이 도래할 것 같은 느낌이 들었던 것이다. 한강의 발원지 중 하나인 소백산 계곡 남대리에서 흐른 물 한 방울이 한강이 되고, 서해가 되고, 태평양이 되고, 오대양이 되듯이! 〈끝〉

∞

나에게《시간이 없다》는 무엇인가?

구름이 색즉시공을 노래하니

허공이 공즉시색을 드러내네

나타났다 흩어지는 구름이여

시공을 초월한 청정허공이여

백운같이 흐르는 인생나그네

그대의 옛집 왜 찾지 않는가.

閒月吟詠 色卽是空 虛空善露 空卽是色

한월음영 색즉시공 허공선로 공즉시색

彰顯泯滅 彼白雲兮 時空超越 此虛空兮

창현민멸 피백운혜 시공초월 차허공혜

人生榮華 如流白雲 羈旅本鄉 何處覓來

인생영화 여류백운 기려본향 하처멱래

이 소설《시간이 없다》의 작가 의도는 한마디로 영원한 행복의 옛집, 본래의 나로 돌아와 살기를 발원하는 이야기이다. 더 구체적으로 말하자면 세납 70세가 되신 안국선원 선원장 수불 스님의 원력인 간화선의 대중화·세계화는 무엇이고, 간화선을 체험한 개인에게는 어떤 의미와 가치가 있는지를 탐구해 본 소설이다.

내가 수불 스님을 뵌 지는 올해로 13년째다. 흥미로운 사연이 있다. 2008년쯤 지리산 벽송사로 월암 주지스님을 뵈러 갔을 때였다. 월암 스님은 벽송사에서 전통적인 선 수행을 되살리는 한편 중창불사에도 진력하시고 있었는데, 나는 스님으로부터 놀라운 얘기를 전해 들었다. 자신의 저서《간화정로》를 보내드린 것밖에 아무 인연이 없는 수불 스님이 중창불사를 여법하게 할 수 있도록 거액을 모금해서 보시했다는 얘기였다.

그때부터 나는 수불 스님을 친견하고 싶어 대학교 후배인 지인에게 주선해 보라고 했다. 결국 나는 수불 스님이 서울에 와 있는 동안 머무시는 스님의 안국동 토굴로 올라갔다.

2009년 1월 2일 오후 3시경이었다. 나와 아내는 스님께 삼배를 하고 마주 앉았다. 내 옆에는 안국선원 신도회장 무량심 보살님과 시인 부회장 거사님, 그리고 차를 우리는 환산 법사님 등이 동석했다. 스님의 인상은 후덕하고 자애롭지만 안경 속의 눈매는 매서웠다. 첫 친견이었지만 차담을 나누는 동안 깊은 내면의 이야기가 오고 갔다. 스님은 내게 견처(見處)가 있는 불교 작가라고 덕담을 해주셨다.

그런데 한 달 후, 2009년 2월 하순쯤 수불 스님이 내가 사는 남도 산중으로 예고 없이 찾아오셨다. 아내가 내게 간밤에 꾼 꿈 이야기를 했는데, 아내의 꿈과 맞아떨어지는 방문이었다. 아내의 꿈에 독수리의 왕 같은 흰 독수리가 날카로운 부리로 자신의 목을 물고는 하늘로 날아가더니 빨간 산삼 열매를 보여주더라는 것이었다. 스님이 내가 사는 깊은 산중으로 찾아오신 까닭은 단순 명쾌했다. "작가가 산중에서 어떻게 살고 있는지 눈으로 확인해 보고 싶었다"고 말씀하셨다. 차담을 나누는 동안 무량심 보살님이 아내에게 "선글라스를 벗어요", "공부해 보세요"라고 화두 같은 한마디를 던지셨다.

이후 나와 아내는 2010년 가을 안국선원 서울 신도들이 중국 선종 사찰을 순례하는 데 동행했다. 상해 엑스포를 관람한 뒤 중국 남악 형산으로 가서 마조 스님의 마경대, 복엄사, 남대사를 먼저 참배하고 위산 밀인사, 석상사, 보통사를 순례했다. 이때 나는 호기심에서 신도들을 상대로 간화선 체험에 대한 취재를 했다. 그러니까 이 소설《시간이 없다》는 12년 전인 이때부터 사실상 씨앗이 뿌려진 것으로 봐야 할 것 같다.

순례에서 돌아온 아내는 무량심 보살님이 던진 '선글라스를 벗어라'는 말씀에 자극받아 서울 안국선원에서 실시하는 간화선 집중수행 프로그램에 참여하겠다며 가방 속에 소소한 짐을 챙겼다. 나는 산중에서 자취 생활 잘하고 있을 테니 내 걱정 말고 올라가라고 등을 떠밀었다.

일주일 만에 아내는 돌아왔다. 간화선 체험을 하고 돌아온 아내의 모습을 보니 예전보다 밝았다. 산책하면서 아내가 간화선 수행 과정을 생생하게 이야기했다. 간화선 집중수행이 무엇인지 궁금해하는 분들을 위해 아내가 내게 한 말을 가감 없이 그대로 옮겨보겠다.

첫째 날. 오후 1시, 스님이 화두를 주셨다. 집게손가락을 구부렸다 펴시며 "이 손가락을 구부리는 이것은 무엇이냐, 내 손이냐, 마음이냐, 무엇이냐?" 그러면서 스님은 "문제는 생각하지 말고 답을 찾아라. 알음알이로 찾으려 하지 마라. 아마 답답할 것이다. 오직 답만 찾아라"고 하셨다. 오후 내내 화두는 머릿속에서 잡히지 않았다. 잠깐 앉아 있는 것도 힘들었다. 온갖 잡생각이 머릿속을 떠나지 않았다. 조금 있다 물 마셔야지, 화장실 다녀와야지 하며 수시로 시계를 보면서 어떻게든 일어날 궁리만 했다.

둘째 날. 어제보다는 화두가 머릿속을 가끔 맴돌긴 했지만 여전히 망상이 떠나지 않았다. 오전 10시, 스님이 우리를 위해 법문을 해주시러 들어오셨다. '몹시 답답할 것이다. 절대 눈을 5분 이상 감지 마라. 수마가 가장 무서운 적이다. 망상이 생겨도 없애려 하지 말고 그냥 놔두어라. 화두가 잡히면 졸음이 절대 오지 않는다' 등등 여러 가지 해서는 안 되는 사례를 말씀해 주시며 "악!" 하고 고함을 쳐주셔서 정신이 번쩍 들었다. 오후 내내 화두에 집중하는 연습을 해보았다.

그러나 계속되는 졸음에 몸은 이리저리 흔들리고, 가슴은 솜뭉치를 틀어막은 듯 점점 더 답답했다. 막연했고 짜증스러웠다. 시간은 비몽사몽간에 흘렀다. 화두는 신도들이 문 여닫는 소리, 물 마시는 소리에 멀어지곤 하였다. 그런데 저녁 시간이 다 되었을 때 내 눈앞에 믿을 수 없는 현상이 나타났다. 분명 눈을 뜨고 있는데 눈앞의 사물이 사라지고, 금색의 엷은 막이 쳐진 뒤 숨이 가빠지며 화두가 머릿속에 불이 켜진 듯 생생하고 환하게 나타났다. 언제 졸렸던가 싶었다. 눈앞에 금빛 기둥이 나타났고, 나는 그 기둥을 밀어야 답이 나온다고 생각하고는 기둥을 밀었다. 한참을 밀어내는데 갑자기 고무풍선에 바람이 빠지듯 힘이 빠지고 있었다. 그리고 눈앞의 현상이 어느덧 사라지고 화두도 머릿속에서 멀어졌다. 저녁 식사 후에도 애써 보았지만 화두가 잡혔다, 안 잡혔다 하였다. 점점 초조했지만 방법이 없었다. 혼자서 화두를 단순화시키고자 '답을 모른다'로 정하고 계속 '모른다'를 외우고 다녔다. 그러나 더 답답할 따름이었다. 숨이 탁탁 막히곤 했다.

셋째 날. 오전 내내 어제의 부족한 수면 때문에 비몽사몽으로 헤맸다. 스님이 법문 시간에 질문을 받겠다고 하셨다. 그러자 여러 사람이 관세음보살님을, 스님을, 부처님을 보았다고 하면서 자신의 체험을 말했다. 그러나 스님은 모두 마구니라고 하셨다.

정진하는 것에 대한 스님의 법문이 끝나고, 나는 화두를 '답이 뭐냐?'로 구체화시켰다. 오후에 이제 두세 시간 앉아 있는 것은 어렵지 않다. 단지 아직도 화두는 가끔씩 도망을 갔다. 함께 정진하는 사람들의 울음소리, 괴로움에 괴성을 지르며 온몸을 뒤트는 사람들이 속출했다. 그 소리 역시 화두에 집중하는 데 방해가 되었다. 가슴은 터질 듯이 답답해지고 머리도 깨질 듯이 아팠다. 화두를 집중해서 들면 금빛의 엷은 막이 눈앞에 쳐지고 그곳에 관세음보살님, 그리고 절 부도에 조각돼 있던 온갖 동물들이 한 번씩 나타났다가 힘이 빠지면 어느새 화두와 함께 사라졌다. 이런 현상이 여러 차례 반복됐다. 화두에 집중하려고 얼마나 힘을 주었던지 거울을 보니 왼쪽 눈의 실핏줄이 터진 듯 새빨갛겠다.

저녁에도 화두에 집중하자, 눈앞에 옅은 금색의 막이 내 주위에 쳐지고 한동안 걷히지 않았다. 나 혼자 세상에서 고립된 것 같았다. 그러나 황홀한 느낌이었다. 그러고는 잠시 후에 화두와 동시에 사라졌다. 내일 정도면 답을 풀 수 있을까 스스로를 위로하며 답답한 마음을 달랬다.

넷째 날. 이제 앉아 있는 것, 화두에 집중하는 일에 어느 정도 자신이 생겼지만 그래도 가끔씩 화두가 사라지곤 하였다. 스님이 오전 10시에 법문해 주시고 격려의 말씀을 하셨다. 스님의 말씀을 듣고 나면 당장 목적을 달성할 수 있을 것 같았다. 그런데 하루 종일 앉아 있는 동안 어제 같은 현상이 나타나곤 했다. 눈앞에 문이 나타나서 그 문을 밀려 하면 문이 어느새 화두와 함께 저 멀리 가버리곤 하였다. 오늘은 스님이 오후에도 한 번 더 오셔서 법문을 해주신다고 하더니, 오후 7시에 오셨다. 스님은 "나타나는 현상에 매달리지 말고 화두를 놓치지 마라. 그러면 화두는 힘쓰지 않아도 저절로 굴러간다"고 하셨다. 그 말씀에 정신이 번쩍 들었다. 나는 지금까지 눈앞에 나타난 현상에 매달려 왔던 것이다. 스님 말씀에 드디어 실마리가 풀렸다. 7시 30분부터 다시 좌복에 앉아 집중하기를 여러 차례 시도한 끝에 드디어 순조롭게 화두가 잡혔다. 심장의 박동이 점점 빨라졌다. 이윽고 심장에 불이 붙은 듯했다. 화두를 놓치지 않으려고 고도의 집중을 했다. 그 시간이 불과 몇 분이었을 텐데, 내게는 엄청나게 긴 시간으로 느껴졌다. 그러자 눈앞에 다시 금색의 휘장이 쳐지고 가슴께에 구름 같은 것이 나타났다. 엷은 회색, 검은색이었다. 그래도 스님 당부대로 구름 같은 현상에 집착하지 않고 오로지 화두에만 집중했다. 마침내 가슴께에서 시작한 구름이 서서히 머리까지 올라오더니 순식간에 허공으로 흩어졌다. 순간 가슴이 서늘하고 후련했다. 한동안 나도 모르게 눈물이 흘렀다. 세상을 얻은 듯 행복했다. 몸은 허공을 날 듯 가벼웠다. 순간적으로 '답이 이거구나' 하는 느낌이 들었다. 8시가 조금 넘은 시간이었다. 마침 스님이 또다시 정진을 독려하러 나오셨다. 스님께 조금 전 상황을 말씀드리자 "화두를 들지도 말고 내려놓지도 말고 그냥 앉아 있어라. 졸리면 자고 내일 아침에 다시 결과를 보자"고 하셨다.

다섯째 날. 오전에 스님이 점검을 하셨다. 편안하고 차분하다고 말씀드렸더니, 스님은 편안함까지도 느끼지 않아야 한다고 말씀하셨다. 스님은 "이번 체험은 변화를 받아들이는 힘을 주고, 자기에게 일어나는 상황을 객관적으로 볼 수 있는 눈을 줄 것이다"라고 말씀하시며 평소 정진을 게을리하지 않을 것을 당부하셨다.

나는 아내의 '가슴께에서 시작한 구름이 서서히 머리까지 올라오더니 순식간에 허공으로 흩어졌다. 순간 가슴이 서늘하고 후련했다'는 말에서 《반야심경》의 오온개공(五蘊皆空), 즉 자신이 공(空)하다는 것을 체험했다고 생각했다. 간화선을 체험한 아내는 두 딸아이에게 적극적으로 권했다. 큰딸은 2012년에, 작은딸은 2015년에 간화선 집중수행을 했다.

가족의 변화를 본 나는 간화선 수행에 대해서 어떤 확신이 들었다. 속도를 요구하는 21세기 과학 시대에 선의 정신적 가치를 가장 빠르게 인식하고 삶의 힘을 얻는 수행법 중 하나가 '간화선 수행법이다!'라는 자각이었다. 이러한 자각은 수불 스님의 가풍과 수행을 소설로 형상화해야겠다는 강한 동력이 되었다.

마침내 2019년 안국선원 신도분들과 인도의 부처님 성지를 순례하는 중에 나는 수불 스님께 "스님 소설을 쓰겠습니다"라고 말씀드렸다. 나의 내면에서 오랫동안 숙성된 제안이었다. 스님이 세납 67세였을 때의 일이었다. 스님은 나의 제안을 부처님께서 정각을 이루신 보드가야 마하보디 사원 보리수 아래서 서울 안국선원 신도들에게 공개했다.

그러니까 이 소설《시간이 없다》는 2010년 가을부터 2021년 초겨울까지 10여 년간의 취재 및 인터뷰 기간을 거쳐 작년 겨울부터 올해 7월까지 8개월 동안 집중적으로 집필한 셈이다. 한편《시간이 없다》라는 제목에 대해서 궁금해하실 분이 많을 것 같아서 이 지면을 빌려 밝힌다. 수불 스님은 어느 장소든 소참법문 때 다음과 같이 '시간이 없다'라는 요지의 말씀을 자주하셨다.

"부처님께서 방일하지 말라고 말씀하셨는데 가만히 아무것도 안 하고 있으면 되겠어요? 수행은 안 하고 시간을 흘려보내서야 되겠냐는 거지요. 어차피 한정된 시간을 살다가 가는데 어떻게 보내야 하겠느냐는 겁니다. 부처님 가르침을 접할 기회가 왔을 때 공부해야지요. 이런 의미에서 시간이 없다는 거지요. 내 입장에서도 신도들한테 가르쳐줄 시간이 점점 줄어들고 있어요. 시간이 없는 거지요. 앞으로 내가 몇 번이나 가르치겠어요?"

일반인들 가운데 간화선 수행법에 대해서 반신반의하는

분들이 많은 줄 안다. 그러나 선 수행이란 실참을 통한 체험보다 더한 설득력은 없을 것이다. 안국선원에서 간화선 체험을 한 미국 AAAS(미국 예술 과학 아카데미) 회원 로버트 버스웰 박사가 증언하고 있다.

"한때는 국제적 경쟁, 특히 위빠사나 전통 때문에 한국의 간화선 전통이 살아남을지에 대한 우려도 있었습니다. 그러나 지난 15년간 승가와 재가에서 간화선 수행이 확대되고 있는 모습을 볼 때, 특히 간화선 수행의 기반을 발전시키고 넓히기 위해 노력하시는 안국선원의 수불 스님을 볼 때 한국불교와 간화선의 미래는 전망이 매우 밝다고 생각합니다."

안국선원의 예를 통해서 '한국불교의 미래는 밝다'고 진단하는 버스웰 박사의 말에 나 역시 전적으로 동감하고 있다. 부처님 시대에 부처님과 여러 수행자가 스승과 제자 관계였던 것처럼 안국선원도 참선 공부를 통해 그런 모습을 복원하고 있다는 사실은 유의미한 바가 적지 않다. 또 하나 생업에 바쁜 현대인들에게 내 존재가 무엇인지를 신속하게 체험시켜 주는 간화선 수행의 전통을 잇고 있다는 점도 희망적이다. 21세기 과학 시대의 속도에 적응하지 못하는 수행법은 현대인들에게 외면당할 수도 있으므로 일주일 안에 답을 주는 간화선 수행법이야말로 시간에 쫓기는 현대인들에게 가장 효율적인 수행법인 것이다.

우리도 이제 종교적 사대주의에서 벗어날 때가 되었다고 생각한다. 달라이 라마나 틱낫한 같은 외국의 종교 지도자에게는 열광하면서 우리 곁에 있는 수행 지도자들의 평가에 인색하지 않았나 하는 것이다. 중국에 혜능선, 마조선, 백장선, 조주선, 임제선이 있다면 우리 역시 근현대사만 해도 용성선, 동산선, 경봉선, 전강선, 성철선, 혜암선, 일타선, 법정선 등이 분명히 있었기 때문이다.

끝으로 이 소설 《시간이 없다》가 발간되기까지 많은 분들의 기대와 수고가 있었음을 밝히지 않을 수 없다. 마음으로 격려해 주신 수불 스님과 무량심 보살님께 먼저 감사를 드린다. 그리고 불광출판사 류지호 대표, 양동민 이사, 유동영 사진부장과 출판사 여러분들에게 감사를 드린다. 날마다 새벽에 쌍봉사로 내려가 기도했던 아내 호연에게도 이 지면을 빌려 고맙다는 말을 전하고 싶다. 스님의 법문 녹취 자료를 만들어 보내주시고 인터뷰에 응해 주셨던 안국선원의 모든 분들께도 감사를 드린다. 코로나 사태로 인해 고초를 겪고 있지만 신산한 삶을 극복해 오신 모든 분들이 날마다 좋은 날이 되고 청안하시기를 바란다.

2022년 가을, 이불재에서
벽록 정찬주 합장

정찬주 장편소설

시간이 없다

2022년 9월 15일 초판 1쇄 발행
2023년 6월 9일 초판 4쇄 발행

지은이 정찬주
발행인 박상근(至弘) • 편집인 류지호 • 상무이사 김상기 • 편집이사 양동민
책임편집 양민호 • 편집 김재호, 김소영, 최호승, 하다해 • 사진 유동영
디자인 쿠담디자인 • 제작 김명환 • 마케팅 김대현, 이선호 • 관리 윤정안
콘텐츠국 유권준, 정승채
펴낸 곳 불광출판사 (03169) 서울시 종로구 사직로10길 17 인왕빌딩 301호
       대표전화 02) 420-3200 편집부 02) 420-3300 팩시밀리 02) 420-3400
       출판등록 제300-2009-130호(1979. 10. 10.)

ISBN 979-11-92476-43-8 (03810)

값 18,000원